그늘진 모퉁이에 핀
들꽃 같은 그대에게

그늘진 모퉁이에 핀
들꽃 같은 그대에게

좁은 방에서 시작된 사랑과 성장 이야기

초 판 1쇄 2025년 01월 17일

지은이 김훈
펴낸이 류종렬

펴낸곳 미다스북스
본부장 임종익
편집장 이다경, 김가영
디자인 윤가희, 임인영
책임진행 안채원, 이예나, 김요섭, 김은진, 장민주

등록 2001년 3월 21일 제2001-000040호
주소 서울시 마포구 양화로 133 서교타워 711호
전화 02) 322-7802~3
팩스 02) 6007-1845
블로그 http://blog.naver.com/midasbooks
전자주소 midasbooks@hanmail.net
페이스북 https://www.facebook.com/midasbooks425
인스타그램 https://www.instagram.com/midasbooks

ⓒ 김훈, 미다스북스 2025, *Printed in Korea*.

ISBN 979-11-7355-039-3 03810

값 18,500원

미다스북스는 다음세대에게 필요한 지혜와 교양을 생각합니다.

그늘진 모퉁이에 핀
들꽃 같은 그대에게

김훈 지음

좁은 방에서 시작된 사랑과 성장 이야기

미다스북스

차 례

Part Ⅰ 소리 없이 움트는 청춘

1　지네가 벽을 타고 내려오는 자취방　011
2　고단한 삶 속의 정취　022
3　세상의 쓴맛　044
4　빛이 있으면 그림자도 있다　052
5　다시, 봄　074
6　순수와 무지와 야만　082
7　청춘이라고 다 싱그럽지는 않아　086

Part Ⅱ 한 송이 들꽃으로 피어나다

8　소망북클럽　099
9　아름답고 참된 그대　132
10　열등감의 뿌리　163
11　두 친구의 모순　181
12　기다리는 시간　226
13　애틋한 재회　248
14　각자의 길로　262

에필로그　278
작가의 말　283

어느 날, 선생님이 말씀하셨다. 열심히 공부해서 성공하면 된다고. 하지만 그 말은 나에게 와닿지 않았다. 시간이 흐르며 나는 알게 되었다. 세상은 내 생각보다 훨씬 넓고, 내게 주어진 것보다 훨씬 더 많은 것들이 있다는 사실을.

화가 나는 건 세상이 이 모든 불평등을 당연하게 여긴다는 것이다. 가난한 사람은 열심히 일해야 한다고, 참고 견디며 더 노력해야 한다고 말한다. 반면에 가난하지 않은 사람들은 그저 있는 그대로의 환경에서 모든 기회를 당연한 듯이 누리고 산다.

누가 이런 차이를 만든 걸까? 노력만으로 정말 바꿀 수 있는 걸까? 궁벽한 시골에 갇혀 사는 내가 학원에 다니고 과외를 받는 도시 친구들을 따라갈 수 있을까? 누군가가 이 질문에 대한 답을 해줬으면 좋겠다. 대책 없는 위로나 격려 따위가 아니라.

Part I

소리 없이
움트는 청춘

1 지네가 벽을 타고 내려오는 자취방

"바스락 바스락, 바스락 바스락."

잠자던 내 귓가에 바스락거리는 소리가 들렸다. 나는 순간적으로 정신을 번쩍 차렸다. 그러나 몸을 움직이지 않은 채 소리에 온 신경을 집중했다. 바스락거리는 소리가 어둡고 고요한 자취방에 음침한 기운을 불어넣는 것 같았다.

'또 그놈이구나.'

나는 놈이 놀라 도망가지 않도록 천천히 몸을 움직여 전등 스위치가 있는 벽 쪽으로 갔다. 그리고 스위치를 켬과 동시에 눈으로 천장과 벽을 훑었다. 예상대로였다. 손바닥만 한 크기의 검붉은 지네가 천장 모서리의 작은 틈새에서 몸을 비틀며 기어 나오고 있었다.

지네는 불빛에 반응하지 않는다. 놈은 눈과 귀가 없다. 대신 마디마다 삐져나온 징그러운 다리로 주변의 미세한 떨림을 감지한다. 나는 숨을 죽인 채 책상 위에 놓인 아무 책이나 집어 들었다. 그리고 지네를 향해 힘껏 올려쳤다. 일격을 당한 지네는 방바닥으로 떨어져 몸을 파르르 떨었다. 나는 지네를 한 번 더 내리쳤다. 지네의 옆구리가 터져서 피와 내장 같은 것들이 쏟아져 나왔다. 나는 완전히 죽은 지네를 휴지로 둘둘 말아 휴지통에 넣었다.

"잡았어?"

깊이 잠든 줄 알았던 형이 약간 잠긴 목소리로 돌아누우며 물었다.

"응, 이번에는 엄청 큰 놈이야 형. 혹시 모르니까 이불은 좀 털어야겠어."

"그려, 그리고 내일은 천장에 테이프 좀 싹 다시 바르자."

형과 나는 각자의 이불을 두어 번씩 털었다. 다행히 이불 속에는 지네가 없었다. 나는 불을 끄고 찝찝한 기분으로 자리에 누웠다. 요즘 들어 지네가 자주 나온다. 날씨가 풀리면서 동면에서 깨어난 놈들이 본격적으로 먹이활동을 시작한 모양이다. 나는 시골에서 나고 자랐기 때문에 지네를 봐도 놀라지는 않지만 잠든 사이에 지네가 벽을 타고 내려오는 건 여전히 꺼림칙했다.

나는 우리 자췻집에 지네와 쥐가 왜 들끓는지 그 이유를 최근에야 알게 됐다. 오래전에 이 집을 이렇게 지은 사람이 주인할머니인지, 아니면 순진한 주인할머니를 등쳐먹은 건축업자인지는 알 수 없으나 이 집은 주거용으로서 몇 가지 문제가 있다.

이 집을 위에서 내려다보면 긴 직사각형 모양이다. 예전에 이곳이 양계장이었다고 하는데, 양계장을 헐고 그 터에 집을 지으면서 땅 모양 그대로 길쭉하게 지은 것이다. 커다란 지붕 아래 복도를 사이에 두고 양쪽으로 방들이 일렬로 배치된 구조다. 방은 십여 칸 정도 된다.

건축업자는 시멘트벽돌을 홑겹으로 쌓아 방의 형태를 만들고 그 위에 합판을 올렸다. 단열재 같은 건 없었다. 당연히 겨울에 몹시 추울 것을 예상했는지 천장으로 얹은 합판 위에 단열재 대신 톱밥을 두툼하게 깔았다. 그리고 전체를 커다란 슬레이트 지붕으로 덮음으로써 이 훌륭한 집을 완성했다. 톱밥을 두툼하게 깔았으니 각종 벌레들에게 이보다 더 좋은 서식 환경이 어디 있겠는가. 또한 벌레가 많으니 이것들을 먹고 사는 쥐와 거미, 지네에게도 이 집이 최적의 서식지가 된 것이다.

나는 어느 날 우연히 슬레이트 지붕 아래를 들여다보고 이 같은 근본 원인을 이해하게 됐다. 그리고 섬뜩한 사실을 한 가지 더 알게 됐다. 이 집은 나이를 많이 먹었다. 게다가 주인할머니가 혼자 관리하기에는 너무 크다. 그래서인지 여기저기 낡고 부서진 곳들이 기술자의 손길을 기다리고 있다. 만약 노후화된 전선이 합선돼 불이라도 난다면 나를 비롯한 자취생들은 모두 죽은 목숨이 될 게 뻔했다. 단열재 대신 깔아놓은 톱밥이 훌륭한 불쏘시개 역할을 할 것이기 때문이다.

이곳은 형과 내가 살고 있는 자췻집이다. 우리 형은 3학년인데 2학년 때부터 이 자췻집으로 옮겨와 살고 있다. 한 달에 오만 원이라는 방값이 형을 이곳으로 끌어들였다. 팔만 원짜리 방에 살다가 오만 원짜리로 옮기면 남는 삼만 원으로 질 높은 생활이 가능하리란 계산이었다. 삼만 원이면 라면에 소시지 반찬까지 풍족하게 먹을 수 있으니 말이다.

비슷한 이유로 형의 친구들도 같은 선택을 했다. 친구 따라 강남 가듯 한 무리의 학생이 이 자췻집으로 우르르 몰려들었다. 덕분에 이곳의 열 칸 남짓한 방이 자취생들로 가득 찼다. 자췻집은 늘 북적거렸다. 나도 형과 같은 고등학교에 다니게 되면서 자연스레 형이 있는 이곳에서 자취를 하게 됐다.

나는 충남 청양군 장평면 낙지리 사당골이라는 시골 동네에서 태어났다. 중학교까지는 장평면에서 다녔고, 이후 성적에 맞춰 인근 부여군에 있는 부여고등학교에 진학했다. 한마디로 청양군에서 부여군으로 유학을 온 셈이다. 유학이라고는 하지만 사실 대단한 건 아니다. 1997년도에 장평중학교를 졸업한 남학생 중 절반 정도가 인문계 고등학교에 진학했고, 다시 그중에 절반이 부여고등학교로 왔다. 그 수는 일곱이었다.

그 일곱 중 두 명은 면 소재지에 살았던 덕분에 버스를 한 번만 갈아타면 한 시간 반 정도로 통학이 가능했다. 하지만 나머지 다섯 명은 버스 편이 안 좋은 동네에 살고 있었다. 그래서 어쩔 수 없이 학교 근처에서 자취나 하숙을 해야만 했다. 물론 학교에는 기숙사가 있었다. 그러나 성적이 우수한 소수만 지원할 수 있었기 때문에 대부분 학생에게는 그림의 떡이었다.

장평면은 그나마 가까운 편에 속한다. 부여고등학교로 진학한 학생들 중에는 홍산면, 임천면, 충화면 등 버스로 두 시간은 족히 걸리는 먼 곳에서 온 학생도 많았다. 부여군 일대에서 인문계 고등학교라고는 부여고등학교가 유일했다. 그러니 멀리서라도 올 수밖에 없었던 것이다. 이런 사정으로 학교 근처에는 자췻집과 하숙집이 많았다.

읍내에 사는 애들이라고 해서 학교를 편하게 다니는 건 아니다. 우리 학교는 읍내에서 제법 멀리 떨어져 있다. 읍내의 중심인 부여시장부터 학교까지 걸어서 한 시간 정도 걸린다. 버스 편은 여기도 좋지 않다. 그래서 읍내 애들은 주로 자전거를 타고 다닌다.

부여 읍내는 동쪽과 북쪽은 산으로, 서쪽과 남쪽은 강으로 둘러싸여 있다. 동쪽 산의 이름은 금성산이며 북쪽 산의 이름은 부소산이다. 두 산 모두 나지막한 산이지만 정상에 오르면 부여읍 시가지와 백마강, 그리고 백마강 너머로 펼쳐진 드넓은 평야를 한눈에 조망할 수 있다.

금성산 남쪽 자락에 가탑리라는 마을이 있다. 누군가는 이곳을 탑골이라 부르기도 한다. 가탑리는 산과 들, 작은 개천이 어우러진 평범한 시골 마을이다. 하지만 여느 시골 마을처럼 고요하지만은 않다. 전교생이 천여 명쯤 되는 부여고등학교가 이곳 가탑리에 자리 잡고 있기 때문이다.

나는 우리 학교가 이렇게 외진 곳에 자리 잡은 이유를 교련선생님께 들어서 알게 됐다. 일제강점기 때 조선 각지에서 자원 수탈이 이루어졌다. 일본은 각 지역마다 거점을 만들어 수탈한 자원을 임시 보관했다. 그리고 각 거점을 잇는 도로와 철도를 건설했다. 일본은 도로와 철도를 이용해 수탈한 자원을 항구로 운송했다. 항구에서는 화물선들이 우리의 자원을 끊임없이 일본으로 실어 날랐다.

부여군 일대에서 수탈한 목재는 금성산 아래 넓은 개활지에 보관되었다. 수천 평에 이르는 땅에 목재가 가득 쌓였다. 해방 이후 목재는 사라졌다. 그리고 그 땅에 고등학교가 자리 잡았다. 이것이 환갑을 바라보는 교련선생님의 설명이었다.

오래된 수목으로 가득 찬 교정은 원래부터 금성산과 한 몸이었던 듯 자연스럽게 조화를 이루고 있다. 학교 후문 근처에 옹기종기 모여 있는 작은 집들도 주변 경관과 잘 어우러진다. 서로 어깨를 맞댄 집들과 달리 마을에서부터 멀찌감치 떨어진 곳에 회색 슬레이트 지붕을 짊어진 집이 한 채 있다. 바로 우리 자췻집이다. 내가 이 집에 산 지도 벌써 석 달 가까이 돼간다.

자췻집에는 두 개의 공동세면장과 두 개의 공용화장실이 있다. 세면장은 그나마 덜한데 아침마다 화장실이 붐볐다. 남자들이라 얼굴은 안 씻어도 그만이지만 생리현상은 언제나 긴박하니까 말이다. 화장실은 대문 밖에 하나, 집 뒤편 텃밭 가장자리에 하나 있다. 둘 다 재래식이다. 나는 낮에는 뒤편 화장실을 쓰고 밤에는 대문 밖 화장실을 썼다. 밤에 뒤편 화장실에 가는 것이 무서웠기 때문이다. 자췻집 주변이 산이라 밤에는 칠흑같이 어둡다. 게다가 울타리 너머에는 무덤이 몇 개 있다. 낮에는 무덤을 봐도 아무렇지 않은데 밤에는 오히려 보이지 않는 무덤이 더 의식됐다.

대문 밖 화장실은 그나마 덜 무서웠다. 대문 근처에는 개집이 있다. 누렁이의 낑낑거리는 소리가 무서움을 몰아내주곤 했다. 그런데 가끔은 누렁이 때문에 더 오싹할 때가 있다. 누렁이는 간혹 허공에 대고 짖었다. 마치 허공에 무언가가 있는 것처럼.

공동세면장 이용에는 나름대로 노하우가 필요하다. 샤워를 하려면 보일러를 켜야 한다. 보일러 스위치는 주인할머니가 사는 본채 안에 있다. 문 안쪽 벽에 걸린 보일러 스위치를 켜고 온수 버튼을 누르면 된다. 보일러 작동 램프가 켜져 있으면 주인할머니가 금세 꺼버리기 때문에 샤워를 최대한 서둘러야 한다. 몸에 비누칠을 했는데 찬물이 나온다면 낭패가 아닐 수 없다. 나는 이런 상황이 번거로워서 날씨가 추울 때는 일주일에 한두 번만 샤워를 했다.

그래도 세면장이 있는 게 어딘가? 나의 청양 본가는 욕실이 따로 없다. 어릴 때는 부엌에서 목욕을 했다. 큰 고무통이 나의 욕조였다. 그런데 이제는 그렇게 씻는 게 불편한 나이가 됐다. 내 몸집에 맞는 고무통도 없다. 집에서는 목욕조차 아무 때나 할 수 있는 게 아니었다. 시간과 장소와 상황이 맞아야 할 수 있다.

자췻집에서는 아무 때나 목욕을 할 수 있다. 물론 욕조가 있는 것도 아니고 따뜻한 물이 항상 나오는 것도 아니다. 그렇지만 안에서 문을 걸어 잠그고 편하게 씻을 수 있는 보장된 공간이 있다. 비록 내가 일주일에 한두 번만 샤워를 할지라도 본가에 있을 때보다 더 자주 씻는 편이었다.

자췻집의 형들은 단합이 잘됐다. 언젠가는 형들끼리 공용 이발 기구를 하나 샀다. 어차피 다 똑같이 까까머리로 밀고 다니는데 그런 머리를 굳이 미용실에서 돈을 주고 깎을 필요는 없었다. 형들은 바리캉으로 서로의 머리를 밀어주며 자신들의 선택에 만족해했다. 우리 형도 내 머리를 깎아줬다. 아니, 밀어줬다.

학교의 두발규정은 스포츠머리였다. 그런데 학생들의 머리 스타일은 두 부류로 갈렸다. 한 부류는 머리를 조금이라도 길러서 멋을 내는 쪽이었고, 다른 한 부류는 형들처럼 시원하게 밀고 다니는 까까머리였다. 형들 때문인지 신기하게 학교에는 까까머리가 점점 늘어났다. 1학년에도 까까머리가 늘더니 어느새 머리로 멋을 내는 부류는 소수파가 돼버렸다. 나는 자췻집 형들이 마치 이런 변화를 이끌기라도 한 듯 형들이 더 멋있고 대단해 보였다.

형들 중에 중국어를 잘하는 유재호라는 형이 있다. 그 형은 중국어학과 진학을 목표로 했다. 나를 볼 때마다 "니하오.", "짜이찌엔." 하면서 중국말로 인사했다. 얼굴도 하얗고 안경까지 쓴 것이 다른 형들과 달리 인텔리 느낌이 났다. 농구를 잘하는 문식이 형, 통기타를 치며 팝송을 잘 부르는 용만이 형도 있다. 우리 형은 힘이 셌다. 카누부 코치가 형의 탄탄한 몸을 보고 영입을 제안했을 정도다. 형은 공부를 이유로 운동부에 들어가는 걸 거절했다. 그래도 학교에서 카누부 다음으로 힘이 세다고 했다.

　이곳의 형들은 각자 뚜렷한 개성을 가지고 있다. 그러면서도 조화롭게 잘 어울렸다. 형들은 종종 한 방에 모여 다 같이 밥을 먹었다. 나는 아직 깊이 친해진 친구가 없었다. 그래서 형들이 이토록 사이좋게 지내는 모습이 부러웠다.

　이 커다란 자췻집을 운영하는 사람은 주인할머니다. 주인할머니는 본채에 혼자 산다. 자식들이 타지에 있는 것 같은데 아직까지 본 적은 없다. 주인할머니는 여느 할머니들처럼 푸근한 인상이다. 하지만 담배를 많이 피우는 점은 여느 할머니답지 않았다. 주인할머니는 저녁마다 대문 옆 평상에 앉아 담배를 입에 물고 학교에서 돌아오는 자취생들의 인사를 받는다. 평소에는 자췻집 이곳저곳을 둘러보는 것이 일이다. 자취생들이 문단속을 잘 했는지, 세면장의 불을 끄고 수도도 잘 잠갔는지 확인하기 위해서다. 주인할머니는 다리가 불편한지 약간 뒤뚱거리며 걸었다.

　건너편 방에 2학년 형이 살고 있다. 그 형은 학교에 갈 때마다 전등불을 켜놓고 다녔다. 이런 건 주인할머니에게 욕이 섞인 잔소리를 한바가지 들을 만한 일이다. 그런데 주인할머니는 그 형만큼은 이해해줬다. 얼마 전 그 형의 할머니가 돌아가셨다고 했다. 장례식을 치르고 온 후로 그 형은 항상 방에 불을 켜놓았다. 잘 때도 불을 끄지 않았다. 아마 장례식장에서 돌아가신 할머니의 시신을 보고 염하는 장면도 보고 하면서 어떤 공포심을 느꼈던 것 같다. 주인할머니는 그 형의 방에 더 자주 왔다 갔다 하면서도 불을 끄라는 잔소리는 하지 않았다.

얼마 전에는 주인할머니가 크게 화를 내는 일이 있었다. 건너편 끝 방에 이과 애들 세 명이 한 방을 쓰고 있는데, 그 애들이 방에서 담배를 피우고 술을 마시다가 주인할머니에게 들킨 모양이었다. 주인할머니는 오랫동안 자췻집을 운영하면서 학생들이 어떻게 어긋나고 탈선하는지 보아왔을 것이다. 그래서인지 자취생들이 비행을 저지르지 못하도록 철저하게 감시했다. 그리고 외부 친구들을 자취방에 불러들여 노는 것도 절대 용인하지 않았다. 당연히 자췻집에서 술과 담배는 허용되지 않았다.

그 일이 있은 다음 날이었다. 나는 저녁을 먹고 설거지를 하고 있었다. 순찰을 돌던 주인할머니가 우리 방문을 슬쩍 열었다.

"저녁 먹었니?"

"네 할머니."

"너는 담배 안 피우지? 널랑 절대로 피우지 말거라. 저놈의 새끼들이 방에서 술 처먹고 담배도 피워서 내가 야단쳤다."

주인할머니가 이과 애들의 방을 손으로 가리키며 말했다. 주인할머니는 자취생들이 다 자기 손자 같다고 했다. 사실 자췻집 주인으로서 학생들의 생활지도까지 해야 할 의무는 없다. 그런데 이럴 때 보면 주인할머니가 꼭 진짜 할머니 같다는 생각이 든다.

주인할머니의 얼굴에는 왼쪽 눈 밑에 손톱만 한 흉터가 있다. 언젠가 주인할머니는 내가 묻지도 않았는데 자신의 흉터에 얽힌 이야기를 들려주었다. 원래는 그곳에 사마귀가 있었다고 한다. 그런데 관상을 볼 줄 안다는 누군가가 말하길, 사마귀가 주인의 눈물을 먹고 살고 있으니 빼라고 했다는 것이다. 눈 밑 흉터는 사마귀를 제거한 흔적이었다. 주인할머니는 그놈의 사마귀를 떼버려서 후련하다고 했다.

우리 자췻집에는 나와 같은 반인 막돼지라는 친구가 살고 있다. 막돼지의 이름은 이승업인데 반 친구들은 이름 대신 막돼지라는 별명으로 불렀다. 나도 종종 막돼지라고 부르고 있다. 막돼지는 용강중학교 출신이다. 중학교 때부터 별명이 막돼지였다고 하므로 이 친구가 중학교 때도 뚱뚱했을 거라는 합리적 추정이 가능하다.

나도 키가 큰 편이지만 승업이는 나보다도 더 크다. 거기에 뚱뚱하기까지 하니 덩치가 훨씬 더 커 보인다. 화가 나면 그 큰 덩치로 막 밀어붙일 것 같다. '막 밀어붙이는 돼지'여서 중학교 때 누군가가 막돼지라고 작명한 듯하다. 보통 이렇게 덩치가 큰 친구에게는 아무리 친해도 '돼지'라는 비하의 의미가 담긴 별명을 부르기 쉽지 않다. 그런데 승업이는 덩치에 안 어울리게 성격이 온순하다. 그래서 반 친구들이 승업이를 만만하게 보고 계속 막돼지라고 부르고 있다.

승업이는 약간 미적지근하고 심심한 성격이다. 공부, 운동, 연예인, 그리고 시답잖은 잡담을 별로 좋아하지 않는 것 같다. 한마디로 평범한 고등학생들이 중요하게 생각하거나 좋아하는 것들에 관심이 없다. 그래서인지 학교에서 친한 애들이 거의 없다. 나도 아직은 승업이와 그렇게 친하지 않다.

사실 승업이는 그 누구보다 바쁘게, 열심히 사는 친구다. 새벽에 신문배달을 하고 밤에는 목욕탕 청소 아르바이트를 하고 있다. 얼마 전까지는 자전거로 신문배달을 했는데 월급을 꽤 모았는지 최근에 중고 스쿠터를 한 대 샀다.

승업이는 아르바이트 때문에 늘 피곤에 절어 있다. 그래서 수업시간에 내내 졸거나 가끔은 아예 자기도 한다. 공부는 진즉에 포기한 것 같다. 그럴 거면 왜 인문계 고등학교에 왔는지 모르겠다. 차라리 실업계 고등학교에 가서 기술을 배운다면 나중에 더 빨리 취직할 수 있을 텐데. 하지만 나는 아직 승업이와 그렇게 친하지 않다 보니 아르바이트를 왜 두 개나 하는지, 또 공부도 안 할 거면서 굳이 왜 인문계 고등학교에 왔는지 물어보지 못했다.

나는 단지 승업이의 스쿠터가 부러웠다. 자췻집에서 라면이라도 사러 나가려면 슈퍼까지 십오 분 정도 걸어가야 한다. 지름길로 가면 십 분 만에 갈 수도 있지만 지름길은 공동묘지 앞을 지나가야 하기 때문에 밤에는 갈 수 없다. 가로등이 있는 큰길로 돌아가면 왕복 삼십 분이나 걸린다. 나에게 스쿠터가 있다면 얼마나 좋을까. 나는 승업이의 기동력이 부러웠다.

2 고단한 삶 속의 정취

우리 형은 자취 경력 3년 차답게 김치찌개를 잘 끓인다. 큰 냄비에 김치찌개를 한 번 끓이면 몇 끼는 먹을 수 있다. 형의 요리는 틀에 얽매이지 않았고 실험적이었다. 김치찌개에 소시지나 햄을 넣는 것은 기본이고 김, 계란, 어묵, 오징어채, 나물도 넣었다. 심지어 오징어 대신 오징어땅콩을 넣거나 새우 대신 새우깡을 넣기도 했다. 나는 형의 이런 면이 대단하다고 생각한다. 형처럼 임기응변에 능한 사람은 세상 어느 곳에 가더라도 잘 적응하며 살 것만 같다.

형이 아무리 김치찌개에 통달했어도 반찬까지 만들지는 못했다. 그래서 주말마다 반찬을 가지러 청양 본가에 다녀와야 했다. 그런데 형은 수험생이라 주말에도 본가에 가지 않고 학교에 나갔다. 학교 주변에는 도서관이나 독서실이 없다. 다행히 학교에서 공부 희망자들을 위해 일요일에 교실

22 그늘진 모퉁이에 핀
들꽃 같은 그대에게

두 개를 열어줬다. 형이 학교에 가니까 반찬을 나르는 일은 결국 나 혼자만의 몫이 되었다. 토요일 오후 여섯 시에 자율학습이 끝나면 자취방에 돌아오는 즉시 빈 반찬통을 챙겨 읍내로 나간다. 그리고 곧바로 도착하는 일곱 시 십 분 버스를 타고 집으로 간다. 이것이 나의 주말 루틴이다.

이번에도 나는 여느 주말처럼 본가에 갔다. 엄마는 오래 놔두고 먹을 수 있는 반찬들 위주로 싸주셨다. 일주일 치 반찬은 가방이 잘 잠기지 않을 정도로 많았다. 특히 스테인리스 김치통은 가장 크고 무거웠다. 나는 이 김치통이 싫었다. 뚜껑이 낡아서 김칫국물이 새기 때문이다. 김치통을 가방에 넣을 때는 이것이 기울어지지 않게 조심해야 한다. 그런데도 어김없이 김칫국물이 새곤 했다. 우리 동네에서 버스를 타려면 집에서부터 마을 어귀까지 이십여 분을 걸어 나와야 한다. 나는 가방이 흔들리지 않게, 아니 김칫국물이 새지 않게 조심조심 걸었다.

나를 태운 버스가 부여읍내로 들어섰다. 나는 자췻집에서 가장 가까운 정류장에 내렸다. 여기서부터 자췻집까지 삼십 분 정도 걸어가야 한다. 초여름이라 늦은 오후의 햇볕은 제법 뜨거웠다. 나는 반찬이 가득 담긴 옆가방을 어깨에 메고 자췻집을 향해 걸어갔다. 불과 몇 분 만에 옷이 땀으로 젖기 시작했다.

나는 갈등했다. 나의 가방 안에는 이만 원이 들어 있다. 자취생활 중 급한 일이 생기면 쓰라고 엄마가 넣어준 비상금이다. 나는 지난 석 달 동안 이 두 장의 지폐를 깨지 않았다. 나는 비상금을 쓸지 말지 고민했다. 고민이 길어지는 사이 가방끈에 짓눌린 어깨가 빠질 듯이 아파왔다. 나는 처음으로 택시를 탔다.

택시 안은 딴 세상이었다. 곧바로 쾌적한 택시 안에 김치 냄새가 퍼졌다. 택시기사는 냄새에 개의치 않고 차를 몰았다. 불과 몇 분 만에 자췻집으로 들어가는 샛길에 도착했다. 나는 차마 자췻집 입구까지 가달라는 부탁은 하지 못 했다. 자췻집 문 앞이 옹색하여 택시가 들어가면 돌아 나오기 불편했기 때문이다. 나는 택시에서 내려 오 분 정도 걸어서 자췻집에 도착했다.

자취방에 들어서자마자 선풍기를 강으로 틀었다. 빠질 듯이 아팠던 어깨는 금방 괜찮아졌고 땀에 젖었던 옷도 다 말랐다. 나는 이제 이런 생활이 익숙하다. 게다가 오늘은 택시를 탄 덕분에 한결 수월하게 부식 조달 미션을 완수할 수 있었다.

자취생들 대부분이 나처럼 주말마다 본가에 다녀온다. 그래서 주말에는 자췻집이 조용하다. 자췻집이 큰길에서 멀찌감치 떨어져 있기 때문에 행인에 의해 이곳의 고요함이 깨질 일도 없다. 이토록 완벽한 고요함은 좀도둑을 끌어들인다. 형도 전에 살았던 자췻집에서 두 번이나 도둑을 맞았다고 했다. 기본적으로 자취생들의 방에는 돈도 없고 값나가는 물건도 없다. 좀도둑은 자취생들이 아끼는 미니카세트, 전자사전, MC스퀘어, 만화책 등을 훔쳐갔다. 도난품 목록으로 추정하건데 도둑의 신분이 학생이란 걸 짐작할 수 있다.

우리 자췻집은 도둑을 막기엔 허술한 부분이 많다. 낮은 울타리와 듬성듬성 심어진 측백나무가 집 안팎을 구분하는 경계지만, 이것들은 침입자를 막는 데 아무 도움이 되지 못한다. 방문이고 창문이고 다 못미덥다.

방문은 기성품이 아니라 집을 지을 때 각기 다른 문틀 크기에 맞춰 목수가 손수 제작한 것이다. 언뜻 보기에도 어떻게 만들었는지 짐작이 간다. 먼저 각목으로 날일 자 모양의 문 뼈대를 만들고 그 뼈대에 함석을 붙여 문짝을 완성한다. 문 바깥쪽에는 걸고리를 달아 밖에서 자물쇠로 잠글 수 있게 했다. 물론 안쪽에서도 문을 잠글 수 있는데 문틀에 박힌 쇠못에 철사를 두어 번 감는 방식이다. 문 안팎의 시건장치는 펜치로 붙잡고 비틀면 속수무책으로 떨어져나갈 것처럼 연약해 보인다.

창문도 허술하기는 마찬가지다. 창문 또한 각목으로 뼈대를 만들고 그 뼈대에 비닐을 몇 겹 붙인 것이다. 비닐은 제법 두툼하다. 하지만 이놈의 비닐 탓에 방안이 항상 어두컴컴하다. 햇빛이 두툼하고 뿌연 비닐을 온전히 투과하지 못하기 때문이다. 바람이 세게 부는 날에는 비닐이 빠르게 떨리며 '푸부북! 푸부북!'하는 소리를 냈다. 다행인지 불행인지 창문 자체가 너무 작다. 결국 창문을 부수거나 떼어내도 도둑이 몸을 통과시켜 침입하기는 어려웠다.

형은 이곳에 도둑이 들 수 있다는 사실을 늘 염두에 두고 있다. 그래서 자신의 물건에 일부러 칼로 흠집을 냈다. 혹시 잃어버린대도 나중에 알아볼 수 있도록 자신만의 표시를 해놓는 것이다.

일요일이면 형이 종종 읍내 구경을 시켜줬다. 어느 날은 학교 근처에 있는 작은 책방에 데려갔다. 책방 이름은 '열린글방'이었다. 책방에는 세 면 벽마다 책이 빼곡히 채워져 있었는데, 절반은 만화책이고 나머지 절반은 소설책이나 무협지 같은 것들이었다. 삼천 원을 내고 회원으로 가입하면 만화책은 이백 원, 소설책은 삼백 원에 빌릴 수 있었다. 원래 가격이 얼마인지 모르지만 나는 형의 권유대로 회원가입을 했다. 사실 나는 만화책도, 소설책도 별로 좋아하지 않았다.

형은 무협지를 즐겨 읽었다. 그중에서도 『영웅문』이라는 책을 특히 좋아했다. 영웅문 시리즈는 대략 스무 권 정도였다. 형은 자신이 무협지를 읽는 것이 공부에 도움이 되면 됐지 절대 방해가 되지 않는다고 했다. 무협지를 읽다보면 기본적으로 텍스트에 익숙해지므로 언어영역 시험에서 지문을 빨리 읽을 수 있다고 했다. 또한 무협지에는 한자어가 많이 나오기 때문에 어휘력 향상에도 도움이 된다고 했다. 형은 자신이 모의고사에서 언어영역 점수가 가장 높다는 것을 그 근거로 제시했다.

형이 언어영역 점수가 높은 것은 사실이지만 반대로 다른 과목은 평균 이하였다. 예를 들어, 언어 영역에서 95점을 받으면 수리 영역이나 외국어 영역은 50점대에 그치는 식이었다. 이런 경우에 보통은 점수가 낮은 과목에 공부 시간을 더 할애하여 평균을 끌어올리는 것이 합리적인 전략이다. 그러나 형은 자신이 잘하는 언어영역에 더 집중했다.

이유는 이러했다. 다른 과목은 기초가 약하기 때문에 기초부터 다시 공부하려면 시간이 많이 필요하다. 그렇게 다른 과목에 시간을 쓰다보면 언어영역 공부에 소홀해지고, 그러면 그나마 잘 했던 언어영역 점수까지 까먹을 수 있다는 거다. 이미 손에 쥔 떡을 놓칠까 봐 다른 떡을 잡지 못하는 아이러니였다.

두 번째 이유는 형의 자존심 때문이었다.

"너 이번 모의고사에서 몇 점 맞았어?"

"평균 70점."

"그래? 생각보다 점수가 낮은데?"

"그런데 언어영역은 매번 90점 이상이야."

"아, 그럼 머리가 나쁜 건 아니네. 다른 과목도 열심히 하면 되겠다."

형은 이렇게 해서 본인의 자존심을 지켰다.

형의 말은 처음 들을 때는 다 맞는 말 같은데 시간이 지나서 돌이켜보면 반은 맞고 반은 틀린 경우가 많다. 특히 지나친 확신을 갖고 다소 부풀려서 하는 말일수록 논리적 허점이나 모순이 많다. 어렸을 때는 형의 말이 다 맞는 줄 알았다. 형의 말은 곧 법이고 세상이었다. 나는 형을 통해 세상을 바라보고 해석했다. 그런데 이제는 형의 말이 세상을 다 대변하지 않는다는 것을 알고 있다. 내가 너무 커버려서 형이 보통사람으로 보인다는 게 재미있기도 하고 섭섭하기도 하고 그렇다.

나는 수업만큼은 열심히 들었으나 그 외 시간에 따로 공부를 하지는 않았다. 스스로 공부하는 습관이 안 들어서 그런지 자율학습 시간에도 딴짓을 많이 했다. 특히 얼마 전까지는 거의 한 달 내내 만화 그리기에 빠져 있었다. 당시 나 말고도 만화를 그리는 친구가 몇 명 있었다. 그 애들은 만화책을 보고 그림을 똑같이 따라서 그렸다. 정말 예술적으로 잘 그리는 애도 있었다. 반면에 나는 실제 만화책처럼 스토리가 있는 만화를 만들었다. 연습장 한 페이지를 가로로 두 칸, 세로로 세 칸으로 나누어 각각의 네모 칸 안에 한 장면씩 그리며 이야기를 만들어 갔다. 만화 제목은 『슬램덩크』였다. 스토리는 이랬다.

부여고등학교에 농부구가 있었다. 그리고 그 농구부에는 각자 개성이 뚜렷한 선수들이 있었다. 선수들의 이름은 우리 반 친구들의 이름을 차용했다. 주인공은 기면증 같은 게 있어서 농구 경기를 하다가 중요한 순간에 잠에 빠져들었다. 그런데 그는 잠들었을 때도 몽유병 환자처럼 계속 농구를 했다. 오히려 잠든 상태일 때 실력이 월등히 향상됐다. 특히 코까지 골면서 강력한 덩크슛을 꽂아 넣었다. 이른바 슬립덩크였다. 부여고등학교 농구부는 원래 지역대회 예선조차 통과하지 못하는 하위권 팀이었다. 하지만 주인공과 동료들이 마음을 모아 함께 성장해갔고 결국 전국대회 준우승을 차지했다. 이것이 내가 만든 만화의 스토리다.

내 만화는 우리 반에서 매일 연재됐다. 나는 야간자율학습 세 시간 중 두 시간 동안 만화를 그렸다. 스토리를 구상하고 연습장에 연필로 밑그림을 그렸다가 다시 볼펜으로 그렸기 때문에 시간이 오래 걸렸다. 그래서 하루에 고작 서너 장밖에 그리지 못했다. 마지막 시간에는 친구들이 나의 만화를 돌려 봤다.

처음에는 재미삼아 시작했는데 점점 일이 커졌다. 내 만화의 다음 이야기를 궁금해하는 친구들을 보니 중간에 그만둘 수가 없었다. 나는 한 달 동안 계속 만화를 그렸다. 만화를 완성했을 때는 두꺼운 연습장 한 권이 만화책으로 변해 있었다. 완성된 만화를 보며 나는 뿌듯함과 해방감, 그리고 약간의 허탈함을 동시에 느꼈다.

어느 날 규삼이 형이 우리 교실로 찾아왔다. 규삼이 형은 나와 같은 동네에 살고, 같은 초등학교와 중학교를 거쳐 고등학교까지 함께 다니고 있는 한 살 많은 형이다. 10년 넘게 인연을 이어왔지만 사실 나는 규삼이 형에 대해 잘 알지 못했고 그다지 각별한 감정을 느낀 적도 없었다. 그냥 동네 형, 학교 선후배로서의 관계일 뿐이었다. 그래서 학교 안팎에서 마주쳐도 거의 대화 없이 눈인사만 하고 지나치곤 했다.

내가 아는 규삼이 형은 공부를 열심히 하지도 않고 활달하게 놀거나 하지도 않는, 한마디로 여럿이 있으면 딱히 눈에 띄지 않는 평범하고 조용한 사람이었다. 외모도 흔한 얼굴에 보통 키, 보통 체격이다. 그런 규삼이 형이 우리 교실까지 찾아왔다는 것 자체가 낯선 일이었다. 우리는 교실 앞 복도에 서서 이야기를 나눴다.

"찬이야, 잘 지내지? 잠깐 얘기 좀 할 수 있을까?"

"네, 형이 여기까지 웬일이에요?"

"사실 내가 평소에 너를 되게 좋게 보고 있었어. 성격도 차분하고, 공부도 열심히 하고, 중학교 때 전교 부회장도 했었잖아."

"아이구, 형이 그렇게 봐주셨다면 고맙죠."

"그래서 말인데, 너한테 괜찮은 모임을 하나 소개하려고. 분명히 도움이 될 거야."

"그래요? 무슨 모임인데요?"

"우리 부여고랑 부여여고가 함께하는 연합 동아리야. 같이 책 읽으면서 소감도 나누고 친목도 다지는 모임이라고 생각하면 돼. 이번에 새로운 멤버를 모집하는데 후배들 중에서 너랑 제일 잘 맞을 것 같더라고. 그래서 내가 특별히 너를 추천했어."

"그런 게 있어요? 그 모임은 언제 하는데요?"

"일주일에 한 번, 토요일 저녁에 만나는 거야."

거기까지 듣는 순간 나는 이 동아리가 청춘남녀의 사교모임일 거라고 짐작했다. 단지 독서토론이 목적이라면 남고는 남고끼리 하고 여고는 여고끼리 하면 그만이지 뭐하려고 굳이 남고와 여고가 만나서 소감을 나눠야 한단 말인가? 이 모임은 이성을 만나고 싶은 욕구는 있지만 그런 티를 내고 싶지 않은 앙큼한 청춘들에게 딱 좋은 핑곗거리겠구나 싶었다. 얌전한 고양이가 부뚜막에 먼저 올라간다더니 규삼이 형이 이런 모임을 갖고 있을 줄은 몰랐다.

나는 규삼이 형의 이야기를 들으면서 동시에 거절해야 하는 이유를 생각했다. 일단 나는 주말마다 반찬을 가지러 집에 다녀와야 하기 때문에 시간을 내기 어렵다. 시간은 그렇다 쳐도 쉬는 날 읍내 어딘가에서 만나는 거라면 교복이 아닌 사복을 입고 나가야 하는데 나에게는 마땅한 옷이 없다. 나는 외출복이 계절별로 한 벌씩밖에 없는 말 그대로 단벌신사였다. 모임에 매번 같은 옷을 입고 나가는 건 곤란하다. 그렇다고 해서 물이 다 빠지고 헐렁해진 트레이닝복 같은 옷을 걸친 채 여자들 앞에 서 있는 것도 싫었다.

결정적인 문제는 모임에 참여할 돈이 없다는 것이다. 모임 장소까지 오고가는 버스비 정도는 감당할 수 있다 해도 모임에서 회비를 걷는다거나 다 함께 밥이라도 먹게 되면 추가로 돈을 내야 할 텐데 나는 그럴만한 여윳돈이 없다. 무엇보다 나는 여자를 만날 마음의 준비가 안 되어 있었다. 나는 여자 앞에서는 늘 생각과 말과 행동이 꼬여버리는 사람이다. 중학교 때부터 여자울렁증 증세가 나타나기 시작했는데 아직까지 치료를 못 받은 상태였다.

나의 여자울렁증을 더욱 심화시킨 인물은 중학교 시절의 체육선생님이다. 우리 중학교는 남녀공학이었지만 남녀합반은 아니었다. 학년 별로 반이 두 개씩 있었는데 남자 반과 여자 반으로 나뉘어 있었다. 그런데 일주일에 한 번 체육수업이 겹쳤다. 노년의 체육선생님은 두 반을 합쳐서 동시에 수업을 진행했다. 이론 수업을 하는 날은 거의 없었고 대부분 축구, 농구, 피구를 하게 했다. 남자애들은 축구와 농구를 했고 여자애들은 운동장 구석에서 피구를 했다.

나는 1학년 때까지만 해도 축구파였다. 내 체격이 또래 애들보다 큰 편이라 몸싸움에서는 밀리지 않았다. 게다가 공을 쫓아 뛰고 공을 걷어차고 하는 단순한 행위만으로도 충분한 즐거움을 느꼈다. 그래서 나는 내가 축구를 잘하는 줄 알았다. 그런데 실제로는 축구에 대한 감각이 없었던 모양이다.

강아지에게 공을 던져주면 강아지는 오로지 공만 보며 뛰어간다. 강아지의 그런 순수한 모습이 귀엽고 재미있는데, 축구를 할 때 내가 딱 그랬던 것 같다. 나는 단순히 뛰고 공을 차는 것만 좋아했지 어디로 달리고 어떻게 공을 다루고 누구에게 패스를 해야 하는지는 몰랐다. 간혹 좋은 기회가 왔을 때 멋진 장면을 상상하며 공을 힘껏 차면 내 발은 어김없이 헛발질을 했다.

결국 체육선생님의 눈에 꽤나 어설퍼 보이는 내가 걸려들었다. 그때부터 체육선생님은 유독 나에게 지적을 많이 했다. 그것도 운동장은 물론이고 교실에까지 다 들릴 만큼 큰 소리로 말이다.

"김찬이 뛰어! 김찬이 막아! 김찬이 그게 뭐야! 김찬이 똑바로 해!"

체육선생님이 내 이름을 부르며 고함을 치니 당연히 여자애들의 시선이 나를 향했다. 나는 여자애들이 나를 쳐다보고 있다는 걸 느꼈고, 그 시선 때문에 더욱 황당한 실수를 연발했다. 그것은 마치 뫼비우스의 띠처럼 끝없이 반복됐다. 내가 실수를 하면, 선생님이 고함을 치고, 여자애들이 나를 쳐다보고, 그러면 또 실수를 하고, 선생님이 다시 고함을 치고, 여자애들이 또 나를 쳐다보고….

이런 일을 겪으면서 나의 자존감은 점점 사그라들었고 반대로 여자울렁증은 더욱 심화되었다. 사실 나의 실수는 주목할 필요조차 없는 아주 사소한 것이었다. 그러나 체육선생님 탓에 나는 번번이 부당한 굴욕감을 느껴야 했다. 나는 축구가 싫었다. 아니, 축구가 아니라 체육선생님의 고함소리가 싫었다. 나는 체육선생님의 시야에서 벗어나기 위해 농구장으로 도망쳤다. 운이 좋게도 그 선택은 전화위복이 되었다. 덕분에 농구를 가장 좋아하게 됐으니 말이다.

아무튼 나는 규삼이 형의 제안을 거절할 수밖에 없었다.

"규삼이 형 얘기는 잘 알겠는데요, 저는 토요일마다 집에 갔다가 일요일에 늦게 자췻집으로 돌아오니까 시간이 안 될 것 같아요. 재밌는 모임인 것 같은데 너무 아쉽네요."

나는 진짜 이유들 말고 표면적인 이유 한 가지만 밝히면서 거절의 뜻을 전했다.

"그래? 내가 더 아쉽다야. 너 같은 애 없는데. 그럼 누구를 데려가지? 고민이네."

"권오나 재섭이나, 다른 애들도 있잖아요. 한번 얘기해 보시죠."

"그래 알았어. 혹시 다음에라도 참여하고 싶으면 그때 말해줘."

그늘진 모퉁이에 핀
들꽃 같은 그대에게

규삼이 형은 우리 교실까지 찾아온 보람도 없이 그냥 돌아갔다. 나는 진심으로 아쉬웠다. 나도 여고 애들을 만나고 싶었다. 싱그러움이 가득한 여학생들의 얼굴을 보며 생생한 대화를 나누고 싶었다. 그리고 짝사랑이나 첫사랑의 달달함도 느껴보고 싶었다. 규삼이 형이 말한 모임에 나가면 그런 걸 경험할 수도 있었으리라. 하지만 나는 자신이 없었다. 그 모임은 내가 감당할 수 있는 게 아니다. 나는 아쉬움을 삼켰다. 그래, 가질 수 없는 것에 대한 미련은 접어 두자.

평소처럼 오후 수업을 마치고 저녁을 먹으러 자췻집에 돌아왔다. 막 자췻집에 들어섰을 때 평상에 앉아 계시던 주인할머니가 나를 불렀다. 주인할머니는 본채로 들어가시더니 무언가를 챙겨서 나왔다. 그건 검정색 비닐봉지였다.

"너 이것 좀 먹거라. 저쪽에 깨밭 있지? 거기 밭 임자가 따다 먹으라고 혀서 내가 가서 따왔다."

주인할머니가 내민 비닐봉지 안에는 보리수 열매가 들어 있었다. 나는 비닐봉지를 받아 들었다.

"이거 보리수 열매네요? 잘 익었는데요."

"다 주는 거 아녀. 나도 먹어야지. 자, 손 대봐라. 찬이 너만 주는 거여."

내가 들고 있던 실내화를 옆구리에 끼고 손바닥을 모아 내밀자 주인할머니가 보리수 열매를 한 움큼씩 두 번 덜어 주었다.

"감사합니다. 잘 먹을게요 할머니!"

보리수 열매는 어려서부터 매년 먹던 거였다. 우리 집 근처에도 커다란 보리수나무가 있는데, 모내기 철이 다가올 즈음에 빨간 보리수 열매가 주 렁주렁 열리곤 했다. 얼마나 많이 열리는지 나무 아래쪽에 달린 것만 따먹 는데도 다 못 먹을 정도였다. 엄마는 보리수 열매를 '뽀루쑤'라고 불렀다. 나도 엄마처럼 '뽀루쑤'라고 부르다가 중학교 때 농업책에서 보고 이게 보 리수라는 걸 알게 됐다. 그리고 이 열매가 주로 술을 담그거나 차, 청, 약 재로 많이 쓰인다는 것도 그때 알았다.

이런 생각을 하다 보니 입안에 침이 고였다. 사실 보리수 열매는 맛이 별로 없다. 시큼하고 떨떠름한 맛이 난다. 그래서 나는 이 열매를 썩 좋아 하지 않았다. 어려서는 앵두를 다 따먹은 다음 더는 먹을 게 없을 때 대안 으로 보리수 열매를 먹었다. 어른들은 보리수 열매를 먹지 않았던 것 같 다. 엄마도 나에게 많이 먹으면 배 아프니까 조금만 먹으라고 했다. 그런 데도 나는 입안이 텁텁해서 혀의 감각이 무뎌질 때까지 많이 먹곤 했다. 딱히 맛도 없는데 말이다. 나름대로 여러 가지 추억이 깃들어 있는 보리수 열매였다.

나는 양손 가득한 보리수 열매를 내려다보며 조심조심 걸었다. 마침 승 업이의 방문이 열려 있었다.

"야 이승업!"

"어 찬이야, 왔어? 들어와."

"뭐 끓이고 있었네? 너 이거 먹을래?"

"이게 뭔데?"

"보리수 열매라고, 할머니가 주신 건데 나는 많이 먹어봐서 너한테 주는 거야."

"맛있게 생겼네."

"너 이거 처음 보냐? 그래 먹어봐. 맛이 어떤가."

역시 예상대로 구룡면 촌놈이 이런 걸 알 리가 없었다. 나는 선반에 놓인 빈 대접에 보리수 열매를 담았다.

"찬이야, 점심 같이 먹을래? 오징어국 끓여놓은 게 있는데."

"그래? 한 끼 차려주면 나야 좋지. 잠깐만, 나 그럼 우리 형한테 얘기 좀 하고 올게."

나는 급히 우리 방으로 갔다. 형이 벌써 밥상을 차리고 있었다.

"형, 나 친구 방에서 밥 먹고 올게. 형 혼자 먹어."

"그려 알았다."

나는 형의 짧은 대답을 듣고 다시 승업이 방으로 돌아왔다. 방 안에 놓인 오봉상에는 반찬 두어 가지가 이미 올려져 있었다. 거기에 두 사람의 밥그릇과 국그릇이 더해지니 조그만 오봉상이 꽉 찼다. 우리는 마주 앉아 밥을 먹었다. 오징어국은 제법 시원한 맛이 났다.

"야, 나 네 방에 처음 와본다. 생각보다 깔끔한데."

승업이의 방은 살림살이가 단출했다. 먹고 자는 데 필요한 기본적인 살림살이 외에 책이나 라디오 같은 무료함을 달래줄 만한 물건은 없었다. 비싼 스쿠터도 장만한 애가 라디오 하나 안 샀다니 의외였다. 벽에는 SES와 양파, 베이비복스의 브로마이드가 붙어 있었다. 승업이도 남자는 남자구나 싶었다.

"찬이야, 너는 형이 있어서 좋겠다."

승업이가 뜬금없이 말했다.

"뭐가?"

"형이 있으면 이것저것 챙겨주고, 마음도 든든하고 그러지 않아?"

"글쎄, 지금까지 살면서 형이 있어서 좋았던 건 별로 없는 것 같은데? 오히려 어렸을 때 형한테 엄청 맞기만 했는데 뭘. 왜? 너는 형이 없어?"

"응, 나는 여동생만 한 명 있어."

"그래? 여동생은 몇 살인데?"

"중학교 3학년."

"한 살 차이밖에 안 나네? 착한 여동생 하나 있으면 더 좋은 거 아니야?"

"아이구, 안 착하니까 문제지."

그 말을 듣는 순간 내 머릿속에 한 여중생의 이미지가 그려졌다. 그 여중생은 오빠가 막돼지니까 일단 예쁘지는 않을 테고, 그렇다고 귀엽거나 깜찍한 소녀도 아닐 것 같았다. 승업이의 무겁고 어두운 이미지를 닮은, 자기 세계가 강한 당돌한 여자애가 아닐까 하는 추측을 했다. 승업이에게는 미안하지만 나는 속으로 그런 상상을 하면서 말을 이어갔다.

"여동생은 말 잘 듣냐?"

"잘 듣겠냐? 만날 대들고, 막나가고, 엄마랑도 매일 싸우고, 집이 조용할 날이 없다."

"곧 철들겠지. 나도 어렸을 때 형이랑 만날 싸우고, 엄마한테 만날 혼나고, 그렇게 살았어."

"철이 들 것 같지가 않아. 조만간 사고 한번 칠 것 같아서 불안하다."

"뭐야? 그 정도야? 네가 오빠로서 교육 좀 잘 해봐."

"뭘 교육해. 말이 통하질 않는데."

"하긴 좀 그렇다. 여자애라 강압적으로 하기도 그렇고."

"그래도 너는 형이 있으니까 좋지 않아?"

승업이가 자기 여동생에서 우리 형으로 다시 화제를 돌렸다.

"글쎄다. 형이 있어서 좋은 점이라…."

나는 승업이의 질문에 긍정도 부정도 하지 않은 채 지난날을 떠올렸다. 어릴 때 나는 함께 놀 친구가 별로 없었다. 우리 집이 동네에서 멀리 떨어져 있었기 때문에 동네 애들과는 잘 어울리지 못했다. 대신 형이나 앞집에 사는 육촌 동생과 놀았다. 우리 형제는 잘 놀다가도 뭔가 사소한 일로 자주 싸웠는데 그럴 때마다 형이 나를 무지막지하게 때리곤 했다. 나는 언제나 악에 받친 듯이 울었다. 그러면 엄마가 달려와서 자초지종도 듣지 않고 빗자루든 부지깽이든 손에 잡히는 걸로 우리를 때렸다. 눈치 빠른 형은 엄마가 때릴 기미를 보이면 재빨리 도망쳤고, 나는 울면서 형의 몫까지 다 맞았다. 나는 형한테도 맞고 엄마한테도 맞았다. 그런 게 일상이었다.

형이 중학생이 됐을 무렵부터 우리는 거의 싸우지 않았다. 형이 먼저 철이 들어서 형다운 모습을 보이니 나도 자연히 형한테 대들지 않고 동생다운 모습을 보였다. 나는 학교 다닐 때 학교 형들한테 맞아본 적이 없다. 우리 형이 덩치 크고 힘센 다른 형들이랑 다 친했기 때문이다. 형의 친구들은 대부분 나를 알았다. 지나가다 만나면, "어이, 산이 동생! 어디 가냐?" 하면서 말을 걸었다. 내가 어디 간다고 하면 "별일 없지? 또 보자!" 하는 식이었다. 형의 후배들까지 거의 다 형을 알았고 형의 동생이 나라는 사실도 알았다. 덕분에 학교 안팎에서 나를 건드리는 사람은 없었다.

물론 나는 항상 조용했고 튀는 행동을 하지 않았기 때문에 형이 없었어도 누가 나에게 시비를 걸지는 않았을 것 같다. 하지만 간혹 껄렁한 형들이 후배들을 가리지 않고 괜히 욕을 하거나 좋지 않은 심부름을 시키는 경우가 있었다. 나는 그런 일조차 당하지 않았다. 돌이켜 보면 그런 것도 다

형 덕분이 아니었을까 생각한다.

그뿐만이 아니었다. 내가 초등학교, 중학교, 고등학교에 입학했을 때마다 항상 형이 있었기 때문에 학교에 빨리 적응할 수 있었다. 버스를 타고, 학용품을 사고, 군것질을 하는 것까지도 다 형한테 배운 거였다. 형은 밖에 나오면 알게 모르게 늘 형 노릇을 했다. 자전거 타는 것도, 컴퓨터 하는 것도 형한테 배웠다. 생각해 보니 형한테 고마운 게 많았다.

"맞네, 형이 있어서 좋은 점이 있었네."

나는 한참 뜸을 들이다가 승업이의 물음에 대답했다. 하지만 그렇게만 말하고 뭐가 좋은지는 설명하지 않았다. 그러자 승업이가 다시 대뜸 물었다.

"너 장평중학교 나왔다고 했지?"

"응, 너는 용강중학교 나왔잖아. 김용재랑 복석만도 용강 나왔고."

"장평은 청양이잖아? 그런데 왜 고등학교를 부여로 온 거야?"

"청양에는 인문계 고등학교가 없거든. 정산고등학교라고 있는데 거기는 인문계 반, 실업계 반 섞여 있는 종합학교야. 그래서 일반 인문계고로 가려면 타지로 가야돼."

"그렇구나. 그런데 청양에는 유명한 게 뭐가 있어?"

그 질문에 갑자기 말문이 막혔다. 나는 중학교 때까지 내가 태어나고 자란 장평면을 거의 벗어난 적이 없었다. 내가 보고 듣고 경험한 모든 것은 장평면이라는 작은 세계에 한정돼 있었다. 그런 나에게 청양군은 내 의식으로는 온전히 담기 어려운, 너무 크고 막연한 고향이었다.

"〈칠갑산〉 노래 알아? 주병선의 〈칠갑산〉?"

"아니, 못 들어봤는데."

역시 열일곱 살 남자애가 십 년 전에 히트한 성인가요를 알 리가 없었

그늘진 모퉁이에 핀
들꽃 같은 그대에게

다. 칠갑산은 청양에서 가장 유명한 산이다. 주병선이라는 가수의 노래 제목도 〈칠갑산〉이다. 이 노래를 모른다고 하면 나는 더 이상 청양에 대해 설명할 게 없다.

"청양은 칠갑산이 제일 유명해. 나중에 기회 되면 한번 가봐."

나는 나조차 가본 적이 없는 칠갑산을 승업이에게 가보라고 권유했다. 내가 말해놓고도 궁색해서 하는 말 같았다.

"그러면 용강중학교 있는데, 구룡면, 거기는 뭐가 유명하나?"

나는 승업이가 사는 구룡면에 대해 별로 궁금하지 않았지만 예의상 한번 물어봤다.

"구룡면에서 유명한 거? 바로 나? 하하하"

승업이는 평소답지 않게 싱거운 농담을 했다. 몇 마디 주고받는 사이 우리는 밥 한 그릇을 뚝딱 해치웠다. 승업이와 나는 같은 반이면서 같은 자췻집에 살고 있었지만 그동안 친해질 기회가 별로 없었다. 학교에서는 내가 노는 무리가 따로 있었고 승업이는 저 스스로가 친구들과 어울리는 걸 별로 좋아하지 않았기 때문이다. 그런데 이제는 승업이와 꽤 가까워진 느낌이 들었다.

학교 수업 중에서 내가 가장 좋아하는 과목은 역사다. 역사선생님은 우리 형의 담임이기도 했던 장세옥이라는 선생님이다. 장세옥 선생님은 개성이 강하다. 그래서 학생들이 이 선생님의 독특한 표정과 말투, 몸짓을 흉내 내곤 했다. 장세옥 선생님은 어떤 역사적 사건을 설명할 때 인물 중심으로 이야기를 이끌어 갔다. 그리고 마치 자신이 그 역사 속 인물이 된 양 연기를 하면서 수업을 진행했다. 그 연기가 얼마나 생동감 넘치고 재미있는지 누구나 빠져들 수밖에 없다.

특히 전쟁사에서 전투 장면을 묘사할 때가 압권이다. 스스로 장군이 되어 전략을 고민하다가 상대편 장군이나 병사가 되기도 하고, 난데없이 장풍을 쏘는가 하면 돌과 화살이 날아드는 긴박한 상황이 연출되기도 했다. 결국 주인공이 현명한 판단을 내림으로써 전투를 승리로 이끌고 역사에 기록되었다는 것으로 이야기가 마무리 된다.

이런 수업이 있은 후에는 이 수업 자체가 학생들 사이에서 화재가 되곤 했다. 우리는 다른 반 애들에게 장세옥 선생님의 신들린 연기에 대한 감탄을 쏟아냈다. 그러면 그 애들은 마치 영화 관람을 기다리기라도 하듯 다음 역사 수업을 기다렸다. 장세옥 선생님의 외모가 조금만 더 괜찮았더라면 영화배우를 했어도 크게 성공했을 텐데, 역시 신은 모든 걸 다 주지 않는 것 같다.

장세옥 선생님은 역사를 가르치기도 했지만 한 가지 중요한 역사적 사건의 시작점에 있었던 사람이기도 하다. 내가 알고 있는 사실은 이렇다.

이곳 부여는 백제의 마지막 도읍이었던 곳이다. 백제 때 이곳은 번성했고 많은 사람이 살았다. 그래서 부여에는 백제의 유적과 유물이 많다. 아직도 논과 밭에서 그릇 조각들이 심심치 않게 발견된다고 한다. 만약 누군가가 유물 같은 걸 발견하면 먼저 동네 이장에게 알리고, 이장은 다시 장세옥 선생님을 찾아왔다. 장세옥 선생님이 일종의 유물 감정사 역할을 했던 셈이다.

역사적 사건이 시작된 건 1993년 12월이었다. 부여읍 능산리 일대에는 백제의 왕과 왕족들의 무덤이 있다. 당시 이곳을 찾는 관광객의 수가 점점 늘어나고 있었다. 그러나 관광객을 위한 시설이 부족했다. 그래서 시설을 확장하는 공사를 진행했다. 주차장을 만들 부지에서 땅을 고르던 중 진흙 웅덩이에서 특이한 모양의 금속 같은 게 드러났다. 이 소식은 곧바로 장세옥 선생님에게 전해졌다.

현장에 도착한 장세옥 선생님이 조심스레 진흙을 긁어내기 시작했다. 그러자 그것이 서서히 모습을 드러냈다. 그 순간 장세옥 선생님은 온몸에 전율을 느꼈다고 한다. 장세옥 선생님은 즉시 공사를 중단시키고 문화재청에 전화를 걸었다. 문화재청에서 나온 전문가들도 그것이 대단한 유물이라는 점에 동의했다. 곧이어 발굴이 시작됐다. 나중에 발굴과 연구가 끝나고 그 유물은 '백제금동대향로'라고 명명되었다. 또한 백제금동대향로가 발굴된 장소가 백제 왕실의 사찰이었다는 사실도 밝혀졌다.

백제금동대향로는 실로 놀라운 유물이었다. 당시 신라를 대표하는 유물로는 대부분 사람들이 금관을 떠올렸지만 백제를 대표하는 유물은 딱히 떠오르는 것이 없었다. 그러나 백제금동대향로가 세상에 모습을 드러낸 후 백제를 대표하는 상징적인 유물이 되었다. 그만큼 역사적 가치가 뛰어났던 것이다. 특히 이 유물의 보존 상태는 놀라울 정도로 완벽했다. 천 년 넘는 세월 동안 진흙 속에 묻혀 산소가 완전히 차단된 덕분에 손상이나 부식이 전혀 없었던 것이다.

발굴 당시 여러 신문에 관련 기사가 대서특필되었다. 장세옥 선생님은 이를 모두 스크랩해 가지고 있었다. 신문기사에 게재된 사진 중에는 장세옥 선생님이 찍힌 사진도 있었다. 땅속에 묻혀 있는 백제금동대향로를 손가락으로 가리키며 문화재청 직원들에게 뭐라고 설명하는 듯한 장면이었다.

우리 학교 학생들 대부분은 이런 역사적 사실을 알고 있다. 장세옥 선생님이 직접 이야기해주었기 때문이다. 어쨌든 우리가 아는 장세옥 선생님이 국보를 발굴하는 데 기여했다는 사실은 정말 자랑스럽다. 나는 장세옥 선생님을 좋아하면서 존경했다. 그래서 역사라는 과목도 좋아했다.

반면 내가 기본적으로 좋아했지만 나중에 싫어하게 된 과목은 체육이다. 우리 반은 매주 수요일 오후에 체육 수업이 있었다. 예체능 과목은 수능시험과 무관하기 때문에 체육선생님도 수업 부담이 없는 것 같았다. 그래서 자유롭게 축구, 농구, 족구를 하게 했다. 혈기왕성한 남자애들은 이 시간에 자신의 에너지를 아낌없이 분출했다. 나도 체육시간마다 몸이 뜨겁도록 신나게 농구를 했다.

옆 반은 우리와 같은 날인 수요일 오전에 체육 수업이 있었다. 그런데 옆 반의 임성빈이라는 친구가 내 체육복을 몇 번 빌려갔다. 그 친구는 키가 180cm가 넘었다. 그래서인지 키가 비슷한 나한테만 체육복을 빌렸다. 체육복을 누가 입는다고 해서 닳는 건 아니니까 빌려줄 수는 있다. 하지만 날씨가 더워지면서부터 문제가 불거졌다.

임성빈이 먼저 입고 돌려준 체육복은 늘 땀에 젖어 있었다. 그건 임성빈이 몸이 뜨겁도록 뛰어 놀았다는 증거였다. 나는 체육복을 의자에 걸쳐놓았다. 그런데 땀이 마르면서 체육복에서 쉰내가 나기 시작했다. 코가 찡긋할 정도로 냄새가 심했다. 나중에 내가 체육복을 입었을 때는 축축함과 쉰내가 동시에 나를 괴롭게 했다. 그래서 나는 체육시간마다 기분이 좋지 않았다.

나는 임성빈이 얄미웠다. 솔직히 짜증났다. 남의 체육복을 빌려갔으면 깨끗하게 입고 돌려줄 것이지 이건 뭐 눈치가 없는 건지 생각이 없는 건지도저히 이해가 안 됐다. 뭐라고 한마디 하고 싶었지만 괜히 속이 좁은 사람으로 보일까 봐 차마 말을 하지 못했다. 내가 할 수 있는 유일한 저항의 표시는 "응? 그래? 응, 잠깐만. 체육복? 아, 너희 체육이지?" 하면서 일부러 뜸을 들이는 것뿐이었다. 그런데도 임성빈은 내 의도를 전혀 눈치채지 못한 것 같다. 오히려 이제는 거의 매번 체육복을 빌리러 온다. 나는 이런 상황을 그냥 감수하기로 했다. 그리고 그로 인해 체육시간을 별로 좋아하지 않게 됐다.

3 세상의 쓴맛

얼마 전, 학교에서 장래희망을 조사할 때 나는 '농부'라고 적어냈다. 그러자 담임선생님이 이해할 수 없다는 표정으로 "김찬이, 진짜 농부 맞아?"라고 물어보셨다. 나는 "저희 아버지가 농부여서 어쩌면 제가 가장 잘 아는 게 농사인 것 같습니다. 그래서 저는 아버지의 뒤를 이어 농부가 되려고 합니다."라고 대답했다. 힘들게 공부 뒷바라지를 해주시는 부모님이 아셨다면 억장이 무너지는 소리겠지만, 사실 나는 정말로 농부가 되고 싶었던 게 아니다. 그때까지도 뚜렷한 꿈이 없었기 때문에 그냥 농부라고 둘러댔던 것이다.

초등학교 때는 '내 꿈'을 주제로 열린 교내 글짓기 대회에서 나는 만화가가 되겠다고 글을 썼다. 그 글의 내용이 괜찮았던지 전교생 앞에서 발표까지 했다. 그런데 아이러니한 점은 그때까지 내가 만화책을 한 번도 본적이 없었다는 것이다. 나는 사실 만화가가 아니라 화가가 되고 싶었다. 만화가와 화가는 둘 다 그림을 그리는 직업이다. 나는 그림을 그리는 사람이 되고 싶었는데 왜 화가가 아닌 만화가가 되겠다고 했을까?

어린 시절의 나는 다양한 꿈을 꾸기에는 지식과 경험이 너무 부족했다. 화가와 만화가의 차이를 어렴풋이 알고 있었기에 오히려 만화가를 선택한 게 아닐까 싶다. 화가는 예술 작품을 창작하는 사람이고, 예술을 향유하는 사람들은 대체로 부유하고 고귀한 신분이다. 반면 만화책을 소비하는 계층은 청소년이나 소시민들이다. 촌부의 자식인 내가 어떻게 감히 고귀한 사람들을 상대하는 화가가 될 수 있겠는가. 게다가 물감이나 캔버스 같은 그림 도구들은 너무 비싸다. 차라리 만화가라면 나의 분수에 맞을지 모르겠다.

자존감이 높지 않았던 나는, 그리고 어린 나이에도 약간의 눈치가 있었던 나는 이런 심정으로 스스로의 꿈을 강등시켰던 것 같다. 나에게는 꿈을 꾸기 위한 지식과 경험뿐만 아니라 용기도 부족했던 모양이다.

여름방학이 시작됐다. 그런데 방학 중에도 학교에 가야 했다. 수업만 하지 않을 뿐 평소와 같은 시간에 등교해 아침부터 저녁까지 자율학습을 했다. 그나마 야간 자율학습이 없다는 것만으로도 꽤 여유로워진 기분이었다.

여름방학 동안 형은 일요일 마다 막노동을 하러 다녔다. 자췻집 형들 중 누군가가 제안하여 한 번 같이 갔다 오더니 할 만하다며 계속 나갔다. 하는 일은 주로 공사장에서 자재를 나르거나 쓰레기를 치우는 거라고 했다.

형은 힘이 세고 일머리가 좋았다. 어려서부터 농사일을 도왔는데 스스로 경운기를 몰고 다니면서 볏가마 정도는 거뜬히 날랐다. 형이 중학생이었을 때는 동네 아저씨들이 어른 한 사람 몫을 한다며 칭찬하곤 했다. 지금은 그때보다 덩치가 더 커지고 어깨도 더 벌어졌다. 그래서인지 아무리 힘들다는 막노동인들 형한테는 대수롭지 않은 것 같았다.

막노동 일당은 성인은 칠만 원, 고등학생은 오만 원인데, 인력사무소에서 소개비로 오천 원을 떼고 나면 실제로 손에 쥐는 돈은 사만 오천 원이었다. 형이 막노동하고 온 날 저녁이면 진수성찬이 차려졌다. 햄과 참치가 듬뿍 들어간 라면에 평소에 먹기 힘들었던 오양맛살까지 상에 올랐다. 형이 넉넉하게 사다 놓은 라면과 참치 캔을 보기만 해도 배부르고 흐뭇했다. 형은 번 돈의 일부를 식비로 쓰고 나머지는 저축했다.

여름방학이 끝나갈 무렵, 형이 나에게 막노동을 한번 해보라고 권유했다. 나는 내가 아직 어린데 험한 공사장에서 나를 써줄까 싶었다. 형은 나를 쓰고 안 쓰고는 인력사무소에서 판단할 거라고 했다. 나 역시 어려서부터 농사일을 거들다 보니 제법 힘쓰는 일에 단련된 몸이었다. 나는 우선 형과 함께 가보기로 했다.

거사는 개학을 한 주 앞둔 일요일로 정했다. 나는 엄마에게 전화해 그날은 반찬을 가지러 갈 수 없으니 미리 2주일 치를 가져가겠다고 말하고, 학교 일 때문에 못 가는 거라며 핑계를 댔다. 준비는 순조로웠다.

거사 날 새벽, 형과 나는 밥을 든든히 먹고 막일을 하기에 적합한 허름한 옷을 챙겨 입었다. 인력사무소는 읍내에 있었다. 형이 거기서는 도착한 순서대로 일을 주니까 서둘러야 한다고 했다. 우리 형제는 어스름이 채 가시지도 않은 길을 빠르게 걸었다. 하늘빛은 분간할 수 없었지만 얼굴을 스치는 바람의 감촉으로 날씨가 맑다는 것을 짐작할 수 있었다.

우리가 여섯 시 전에 도착했는데도 작은 인력사무소 안에는 이미 대기하는 사람들이 꽤 많았다. 피부가 나보다 더 까무잡잡한 아저씨들이 비슷한 작업복 차림에 작업화를 신고 앉아 있었다. 형은 인력사무소 소장님께 신분증을 제출하고 번호표를 받았다. 나는 주민등록증이 없어 대신 학생증을 냈다. 소장님의 책상 위에 놓인 낡은 신분증들 가운데 유독 깨끗한 형의 주민등록증과 나의 학생증이 눈에 띄었다.

얼마 후 소장님이 한 사람씩 일꾼들의 이름을 부르기 시작했다. 가는 현장이 어딘지는 모르지만 어떤 사람은 좋아했고 어떤 사람은 불만족스러운 표정을 지었다. 소장님이 어디 어디로 가라고 하니까 다들 알아서 사무실을 나갔다. 그들은 서로 잘 아는 사이인 듯 오늘도 수고해라, 내일 또 보자 하는 식으로 인사를 나누고 흩어졌다.

"김산!"

"네 소장님!"

"나가서 오른쪽에 우체통 있지? 너는 거기에 서 있어. 금방 봉고차 올 거여."

"그런데 소장님, 제 동생도 데리고 왔거든요. 동생도 같은 데로 보내주시면 안 될까요?"

그 말을 듣자마자 나는 얼른 형 옆으로 가서 섰다. 소장님의 눈에 들기 위해 목을 길게 빼고 가슴을 내밀며 입을 앙다물고 최대한 비장한 표정을 지었다.

"오케이. 그럼 한 명 더 보내는 걸로 하지 뭐. 같이 출발해."

우리 형제를 포함한 여섯 명의 일꾼들이 우체통 앞에서 기다린 지 몇 분

만에 검은 봉고차가 다가왔다. 나는 그때까지도 우리가 가는 곳이 어딘지 몰랐다. 아마 형도 모르는 것 같았다. 봉고차에 탑승해서 다른 일꾼 중 한 명이 운전기사에게 목적지를 물었다. 운전기사는 대천이라고 했다. 대천이라. 하지만 거기에서 무슨 일을 하는 건지는 여전히 알 수 없었다.

한 시간 남짓 달려 드디어 일할 현장에 도착했다. 대천 시가지는 아닌 것 같은데 오가는 차들이 꽤나 많은 곳이었다. 봉고차 기사는 길가에 서 있던 한 남자에게 우리를 인계하고 돌아갔다. 그 남자는 무슨 회사 이름이 적힌 군청색 잠바를 입고 있었다.

그는 우리가 뭘 물어볼 새도 없이 각자가 할 일을 일러주었다. 아니 아무도 뭘 물어보려고 하지 않았다. 뭐가 궁금한 사람은 나뿐인 것 같았다. 나는 군청색 잠바를 입은 사람의 설명을 하나도 알아듣지 못 했는데 다른 사람들은 용케 다 알아들은 모양이었다. 그중 수염이 덥수룩한 한 아저씨가 나한테 따라오라고 했다. 형은 나머지 일꾼들과 무리지어 다른 곳으로 이동했다.

나는 수염아저씨가 건넨 형광 조끼를 입고 목장갑을 꼈다. 그리고 수염아저씨와 함께 길가에 있는 트럭에서 연장과 짐들을 손수레에 옮겨 실었다.

"너 함마드릴 써봤냐?"

수염아저씨는 입에 담배를 문 채 대뜸 그렇게 물었다. 나는 함마드릴이 뭔지 몰라 잠시 망설였다. 나는 모르는 티를 내지 않고 그냥 안 써봤다고 대답했다.

"이게 함마드릴이여. 너 처음 보냐?"

"예."

나는 얼떨결에 대답했다.

"너랑 나랑 오전에 할 일을 알려 주께. 저기 노란색 중앙선 보이지? 거기에 몇 메다 간격으로 점이 찍혀 있을 거여. 그 점 찍힌 데다가 함마드릴로 구녕을 뚫어. 그리고 그 구녕에다 접착제랑 경화제를 붓고 이걸 꽂아주면 되는 거여."

수염아저씨의 굵은 저음에는 담배 냄새와 진한 구취가 섞여 있었다. 수염아저씨가 설명과 함께 내민 물건은 손바닥만 한 크기의 납작한 사다리꼴 육면체였다. 나는 그걸 보는 순간 어디에 쓰는 건지 단번에 알 수 있었다. 도로 중앙선에 일정한 간격으로 박혀 있으면서, 야간에 차량 불빛을 반사하여 운전자가 중앙선을 쉽게 식별할 수 있도록 돕는 그것. 수염아저씨는 그것의 이름이 도로표지병이라고 했다. 아저씨와 나는 오늘 이걸 설치하는 거구나. 그제야 나는 내가 할 일을 알게 됐다.

수염아저씨는 오가는 차들을 능숙하게 통제하며 작업 구간에 빨간색 플라스틱 고깔을 늘어놓았다. 공사 중임을 알리는 표시였다. 그러나 고깔을 보고 속도를 줄이는 차는 거의 없었다. 우리가 서 있는 지점에 이르러서야 옆으로 슬쩍 비켜 갈 뿐이었다.

수염아저씨가 앞서가며 함마드릴로 아스팔트에 구멍을 뚫었다. 엄지발가락만 한 너비의 구멍이 회색 돌가루를 한 움큼 토해내고 시커먼 속을 드러냈다. 나는 수염아저씨를 뒤따르며 구멍에 접착제와 경화제를 조금씩 붓고 도로표지병을 꽂았다. 하나를 완성할 때마다 손수레를 옮기는 일도 내 몫이었다. 우리는 점차 손발이 잘 맞아 들어갔다.

도로의 양방향 통행을 허용한 상태로 중앙선에 서서 작업하는 건 위태로움을 넘어 공포 그 자체였다. 덤프트럭이 빠르게 스쳐 지나갈 때는 커다란 차체가 일으키는 바람이 어찌나 센지 몸이 기우뚱하기도 했다. 아슬아

슬한 상황은 몇 번이나 이어졌다. 나는 오늘 재수가 없으면 차에 치어 죽을 수도 있겠구나 생각했다. 그런데 수염아저씨는 아무렇지 않은 듯 태연하게 일만 했다.

수염아저씨는 함마드릴을 너무 오래 잡아 팔 힘이 빠진다며 교대하자고 했다. 나는 수염아저씨가 알려준 대로 함마드릴을 잡았다. 손잡이의 높이 때문에 구부정한 자세가 불가피했다. 처음에는 함마드릴의 묵직한 힘과 강한 진동에 당황했는데 이내 요령을 터득했다. 하지만 원체 무거운 장비여서 넘어지지 않게 버티는 데만도 팔 힘이 많이 들어갔다.

오전 작업이 끝났다. 뜨겁게 달궈진 아스팔트 위로 아지랑이가 피어올랐다. 내 몸은 땀과 먼지 범벅이 되어 있었다. 물론 수염아저씨도 마찬가지였다. 손이 저절로 떨렸다. 두 팔에는 여전히 함마드릴의 진동이 남아 있었다. 입에서 단내가 났다. 오전에 형은 다른 일꾼들과 함께 과속방지턱을 만들었다고 했다. 우리가 도로에서 물러나자 차들이 더 쌩쌩 달렸다. 대천해수욕장으로 향하는 차들은 강렬한 햇볕이 내리쬐는 날씨에 신이 난 것 같았다.

수염아저씨의 말과 달리 우리는 오후에도 도로표지병 작업을 계속 했다. 예정보다 작업 속도가 빨라 내일까지 하려던 작업을 오늘 다 끝내기로 했다는 거였다. 형은 야간작업을 하면 일당이 두 배라며 나를 안심시켰다. 수염아저씨는 일하는 내내 무표정한 얼굴로 담배를 물고 있었다. 도로표지병 작업은 해가 저물어 차들이 헤드라이트를 켜기 시작할 때쯤 끝났다. 그때까지 안 끝났어도 더는 할 수 없었다. 어두운 도로는 훨씬 더 위험하니까.

나에게 다른 일이 주어졌다. 만든 지 얼마 안 된 과속방지턱을 차들이 밟고 지나가지 못하게 막는 거였다. 나는 과속방지턱 앞에서 경광봉을 흔들며 차들이 못 오게 막았다. 내가 손짓을 하면 차량 대부분이 옆 차선으로 돌아서 지나갔다. 중앙선에 서 있는 것보다는 덜 위험했지만 수신호를 무시하고 달려드는 차도 더러 있었다. 뜨거운 열이 가해졌던 과속방지턱이 식으면서 단단하게 굳자 비로소 모든 작업이 마무리되었다.

시간은 벌써 아홉 시가 넘어 있었다. 아침에 우리를 태우고 왔던 봉고차가 농익은 어둠 속에서 모습을 드러냈다. 봉고차는 시큼한 땀 냄새를 한가득 싣고 출발했다. 나는 저절로 잠들었다. 부여에 도착하니 열 시였다. 봉고차가 밤길을 나는 듯이 달렸다는 뜻이다.

우리 형제가 받은 일당은 각각 칠만 원씩이었다. 예정된 작업 시간보다 네 시간이나 초과했는데 말이다. 어떤 계산법인지 모르지만 두 배는 아니었다. 형과 나는 자췻집 근처 슈퍼에 들러 라면과 참치, 과자, 음료수, 아이스크림을 이만 원어치나 샀다. 내 턱이 기계처럼 움직이며 아이스크림을 흡입했다. 돌아와서 다행이다. 무사히 돌아와서. 오늘 하루가 이렇게 수습돼서 다행이다. 나는 그 생각뿐이었다.

4

빛이 있으면 그림자도 있다

책상 위에서 이름 모를 벌레 한 마리가 몸을 뒤집었다가 바로 했다가를 반복하고 있다. 어디를 다쳤나? 수명이 다한 건가? 자기에게 무슨 일이 일어나고 있는지 알기는 할까? 아무튼 정상은 아니다. 처절한 몸부림에서 벌레의 답답한 심정이 느껴진다. 이 녀석은 어쩌다가 여기까지 오게 됐을까? 물론 자기도 이렇게 될 줄은 몰랐겠지.

얼마 전, 박완서의 소설 『그 많던 싱아는 누가 다 먹었을까』를 읽었다. 작가인 박완서 자신이 소설의 주인공으로 등장하는데, 자신의 어린 시절부터 대학생이 될 때까지의 이야기를 하고 있다. 시대적 배경은 일제강점기 말에서부터 해방을 거쳐 6·25 전쟁에 이르기까지다.

박완서의 가족들은 세상이 격변할 때마다 새로운 체제에 순응하며 살아갔다. 딱히 민족주의 이념이나 친일의식을 가진 것도 아니었다. 그저 살아지는 대로 살았을 뿐인데 어쩌다 보니 친일파로 몰리기도 하고 빨갱이가 되기도 했다. 박완서는 그러한 삶이 결코 그들 스스로가 의도한 게 아니었음을 말하고 싶었나 보다. 책의 말미에서 박완서는 그것을 증언해야 할 책무를 느꼈다고 했다.

나는 박완서의 심정을 이해한다. 삶은 내 생각이나 의도대로만 흘러가지 않는다. 특히 힘없는 사람들의 삶은 더욱 그렇다. 눈앞에 닥친 문제를 해결하기에도 바쁘니 멀리 내다볼 여유가 없다. 어떤 이념을 가진다는 것도 쉬운 일이 아니다. 먹고사는 일이 해결되어야 이념이나 가치관에 대해 고민해볼 여유가 생기는 거다. 그렇기 때문에 가난한 사람들에게는 이념이나 법, 윤리의 잣대를 너무 엄격하게 들이대면 안 된다.

하지만 안타깝게도 현실은 그 반대다. 이 사회가 그렇게 되도록 방치해 놓고서는, 그렇게 할 수밖에 없도록 몰아가 놓고서는, 나중에는 왜 그렇게 살았느냐고 개인을 탓한다. 세상이 원래 그렇다. 그렇게 무책임하고 뻔뻔하다. 그러니까 각자가 알아서 잘 살아내야 한다. 박완서의 가족처럼 어떤 상황에서든 살길을 찾아 나서야 한다.

2학기가 되자 다시 바쁜 학교생활이 시작됐다. 학교에서의 일과는 이렇다. 우선 아침 일곱 시 오십 분까지 등교해 한 시간 동안 아침 보충수업을 하고 나서 정식 수업을 시작한다. 쉬는 시간에 대부분의 학생들은 책상에 엎드려 잠을 잔다. 일부는 화장실에 다녀오고 극히 일부는 공부를 하기도 한다. 하지만 대부분은 틈만 나면 잠을 보충하려고 한다. 마치 빡빡한 학교생활에 대한 피해의식을 가진 사람들처럼 말이다.

3교시가 끝나면 열한 시 오십 분부터 점심시간이다. 활력을 잃은 건조한 눈빛들이 비로소 생기를 되찾는 시간이다. 오후 한 시부터 다시 수업이 시작되어 4, 5교시를 마친 뒤 보충수업을 한 시간 하고, 청소와 간단한 종례 후 다섯 시부터 또 한 시간 보충수업을 한다. 여섯 시에 저녁을 먹고, 일곱 시부터는 야간자율학습이 시작된다. 1학년과 2학년은 밤 열 시까지, 3학년은 열한 시까지다. 이것이 매일 반복되는 우리 학교의 일과다. 그러고 보면 쉬는 시간마다 책상에 엎드려 자는 애들도 이해할 만하다.

야간자율학습을 하는 것에 대해 불만을 가진 애들이 적지 않다. 자율학습 감독 선생님은 학생들이 졸거나 떠들거나 딴짓을 하면 회초리로 때린다. 뺨을 때리는 선생님도 있다. 만약 자율학습 땡땡이를 쳤다가 걸리면 다음날 몽둥이로 때린다. 이런 게 무슨 자율학습이냐, 강제학습이지. 불만을 가질 만하다.

하지만 녀석들은 모른다. 야간자율학습이 우리에게는 그나마 최선이라는 걸. 나는 야간자율학습에 찬성이다. 비록 실상은 자율학습이 아닌 강제학습일지라도 말이다.

야간자율학습이 없어지면 어떻게 될까? 공부하길 원하는 애들은, 또는 공부하길 원하는 부모를 둔 애들은 그래도 공부할 것이다. 그렇지 않은 애들은 그냥 적당히 하겠지. 공부를 선택한 애들 가운데서도 돈 있는 집 애들은 학원에 다니거나 과외를 받을 것이다. 예나 지금이나 경쟁사회인 건 변함없다. 결국 사교육 경쟁이 심화될 것이 자명하다. 그러니 나중에는 웬만한 집 애들은 다 학원에 다니지 않겠나. 부모가 무리를 해서라도 보낼 테니까.

학교에서 공부한 내용을 복습하고, 예습하고, 그것도 모자라 학교 진도를 한참 앞질러 선행학습하는 풍조가 생겨나리라. 심지어 중학생이 고등학교 교과과정을 선행학습하는 일이 벌어질지도 모른다. 사교육을 경험한 애들은 학교 공부보다 사교육을 더 중요하게 여길 것이다. 학원이나 과외는 성적 향상에 특화되어 있으니까. 한마디로 사교육이 공부 효율이 더 좋으니까 말이다.

사교육을 통해 미리 공부한 애들은 학교 수업을 소홀히 할 게 뻔하다. 학원에서 이미 다 배운 내용을 학교 선생님에게 다시 들을 필요는 없다. 인간은 합리적이다. 학교에서 잠을 보충하고, 대신 학원에 가서 더 열심히 공부하는 게 낫다. 학교 선생님들도 이런 분위기를 묵인할 수밖에 없다. 사교육의 영향력이 공교육을 앞지르는 순간 학교 선생님들은 혼란에 빠질 것이다. 의욕이나 사명감은 물론이고 교권도 추락할 것이다. 선생님도 사람이다. 선생님들이 수업을 건성으로 한들 누가 뭐라고 할 수 있겠는가.

다행인지 불행인지, 학교에는 사교육을 안 받는 애들이 있다. 학교 선생님들은 사교육을 안 받는 애들에 맞춰 수업을 진행할 수밖에 없다. 그렇게 되면 학교 선생님의 역할은, 공교육의 역할은 뒤처진 애들을 구제하는 것에 그치고 만다.

만약 이런 일이 실제로 일어난다면 나와 내 친구들은 어떻게 될까? 나는 사교육을 거친 학생과 그렇지 않은 학생의 격차가 더 크게 벌어지는 것을 염려한다. 도시 아이들과 돈 있는 집 애들이 점점 더 앞서나가고, 그 반대쪽에 있는 나와 우리 친구들은 계속 뒤쳐질 게 뻔하다. 가난한 집 애들은 완전히 방치되겠지. 낙오하겠지. 사회에서도 그렇게 되겠지. 그래서 나는 자율학습에, 아니 강제학습에 찬성한다.

형과 내가 자취방에서 세상 소식을 들을 수 있는 유일한 수단은 소형 라디오다. 라디오는 우리 자취방에서 가장 세련되고 사치스러운 물건이다. 형은 라디오를 사온 날 자신의 로망이었던 것을 드디어 갖게 됐다며 좋아했다. 하얀색 정육면체 외관에 카세트 기능까지 갖추고 있는 이 라디오의 가장 큰 매력은 전면에 달린 액정화면에 시간이 표시되는 점이다.

　형이 95.7MHz를 즐겨 들었기 때문에 라디오는 늘 이 주파수에 고정되어 있었다. 나도 이 주파수를 좋아했다. 라디오에서는 저녁때부터 심야시간까지 음악방송이 연달아 나왔다. 인기가요는 물론 게스트로 출연한 연예인들의 이야기를 들을 수 있어서 좋았다. 매시간 메인으로 편성되는 방송과 방송 사이는 광고와 짧은 뉴스 같은 것들로 채워졌다.

　라디오를 통해 듣는 세상 소식에는 간간이 흉흉한 사건사고 이야기도 섞여 있었다. 8월에는 경기도 광명시 일대에 기록적인 폭우가 쏟아져 물난리가 났다. 그로 인해 사백 명 가까운 이재민이 발생했다. 자세한 사정은 알 수 없으나 기아, 해태제과 같은 유명한 회사들이 곧 부도가 날 거라는 소식도 들렸다. 대통령의 아들은 무슨 큰 죄를 지었는지 감옥에 간다는 얘기도 있었다.

　나는 세상 돌아가는 소식에 귀 기울이기보다 무심하게 흘려듣곤 했다. 소란스러운 세상과 달리 자췻집에서는 형들이 중심을 잡아주고 있었기 때문에 늘 평온한 일상이 이어졌다. 자췻집 형들은 금요일 밤마다 라면 파티를 열었다. 형들이 야간자율학습을 마치고 자췻집에 돌아오는 시간은 밤열한 시 이십 분쯤이었다. 형들은 곧바로 제일 큰 방에 모였다. 형들은 평소에도 아무 때나 핑계 없이 모여서 놀곤 했다. 하지만 금요일 밤은 특별했다. 다음 날이 토요일인 것만으로도 의미가 있었다. 그래서인지 형들은 평소보다 더 신나게 놀았다. 그러나 요란하지는 않았다. 형들은 함께 라면을 먹고, 만화책이나 무협지를 돌려 보며 놀았다. 형들의 파티는 새벽 두세 시까지 이어졌다. 나는 형들의 우애 넘치는 모습이 보기 좋았다.

나도 혼자 라면을 끓여 먹으며 애써 금요일 밤의 정취와 낭만을 끄집어냈다. 라디오가 분위기를 맞춰주었다. 나는 자정에 시작하는 유희열의 음악도시를 즐겨 들었다. 가끔 센티해지고 싶을 때는 통기타로 음계를 치며 폼을 잡았다. 여름방학 때 형이 낡은 통기타를 하나 가져왔다. 기타도 칠 줄 모르면서 누군가가 버린다고 하는 걸 무작정 받아 온 모양이었다. 역시나 형은 통기타를 치지 않았다. 칠 줄 모르니까 당연했다. 배울 생각도 없는 것 같았다. 형은 취미를 즐길 만한 시간이 없다. 공부 때문이 아니라 여름방학이 끝난 이후에도 여전히 일요일마다 막노동을 하러 다니고 있기 때문이다. 통기타는 한동안 좁은 자취방 구석에 처박혀 있었다.

통기타가 다시 소리를 낼 수 있도록 손을 내민 사람은 나다. 『이정선 기타교실』이라는 책이 나의 독학을 도와주고 있다. 나는 이제 겨우 도레미파솔라시도를 한 음씩 칠 수 있는 수준이 되었다. 나는 통기타를 치며 상상했다. 먼 훗날 뭇 여성들이 나의 통기타 연주에 감동하는 모습을. 그리고 그녀들이 자연스레 나의 매력에 빠져 나를 좋아하게 되리라는 것까지도.

더위가 한풀 꺾인 어느 날, 형들은 자기들끼리 어떤 의식을 치렀다. 어디서 구했는지 술을 가져와서 나눠 마셨다. 당연히 주인할머니 몰래 마시는 거였다. 우리 형은 그것이 백일주라고 했다. 원래 수능시험을 치르기 백일 전에는 백일주를 마시는 전통이 있다고 했다.

우리 형은 공부를 열심히 하는 편은 아니다. 많은 학생들이 들어왔던 그 말을 형도 듣고 있을 것이다. "대학 간판이 중요하다. 시골 사람이든 가난한 사람이든 좋은 대학만 가면 신분상승의 기회를 잡을 수 있다." 참 희망적인 말이다. 그러나 나는 이 말이 별로 와닿지 않았다. 그냥 선생님들이 공부 열심히 하라는 취지로 흔히 하는 말쯤으로 여겼다. 형도 나와 비슷하게 생각하는 것 같았다.

"공부 못해도 사는 데 지장 없다. 학창시절에 많이 놀아본 애들이 나중에 사업해서 돈은 더 잘 번다. 사회생활은 공부보다 인간관계가 더 중요하다. 성적보다 됨됨이다." 등의 반대 의견도 많다. 이런 말을 들으면 왠지 안심이 됐다.

라디오에서였나 TV에서였나, 하여튼 어디서 그런 말을 들었다. 우리 사회가 겉보기에는 공정한 것 같지만 사실은 절대 공정하지 않다고. 각자의 출신과 계층과 환경에 따라 성공의 크기가 이미 정해져 있다고. 그래서 애초에 안 될 사람은 아무리 열심히 해도 안 되는 거라고.

사람들은 자기가 열심히 노력하기만 하면 원하는 만큼의 성공에 이를 수 있다고 믿는다. 반대로 실패했다면 그것은 자신의 노력이 부족했기 때문이라고 생각한다. 이른바 노력 신드롬이다. 그런데 이러한 노력 신드롬은 진실이 아니며 누군가가 교묘하게 주입한 허구이자 환상이라고 한다. 심지어 권력자는 대중이 진실을 깨닫지 못하게 하려고 계속해서 환상을 조장한다는 것이다. 그래야만 사람들의 실패를 개인의 책임으로 돌리고

그늘진 모퉁이에 핀
들꽃 같은 그대에게

불평등을 정당화할 수 있을 테니까 말이다. 결국 노력 신드롬은 사회의 안정을 유지하기 위해 필요한 고귀한 거짓말인 셈이다.

어쩌면 어른들이 우리에게 '공부해라, 공부해라.' 하고 노래를 부르는 것도 이런 고귀한 거짓말에 속아서인지도 모른다. 자신들도 잘은 모르지만 그저 어디서 들었고, 또 그렇게 믿어 왔으니까 그걸 다시 우리에게 주입하고 있는 거다. 그래서일까? 아무도 공부를 왜 열심히 해야 하는지, 공부를 잘하면 어떻게 되고 무엇이 달라진다는 건지 구체적으로, 논리적으로, 실감나게 설명해주지 않았다. 내 주변에서 그걸 설명할 수 있는 사람은 없는 것 같다. 아무도 그러한 삶을 살아보지 않았으니까. 우리 가족이나 가까운 친척 중에 대학을 나온 사람은 없다. 고등학교를 나온 사람도 거의 없다. 그러니까 주변에서 듣는 조언이 늘 막연하고 실감이 나지 않는 것이다.

안타깝게도 나와 형, 그리고 형의 친구들은 다 비슷한 처지인 것 같다. 더 안타까운 점은 비슷한 사람들끼리 함께 지내다 보니 생각이 점점 더 비슷해진다는 거다. 형들의 성적도 마찬가지일 거다. 형들은 이런 문제를 인식하고 있으려나?

올해 추석은 화요일이었다. 덕분에 추석 연휴가 일요일부터 수요일까지 이어져 나흘이나 됐다. 추석이 임박할 즈음이면 TV든 라디오든 웬만한 프로는 다 추석특집이라는 타이틀을 내건다. 슬슬 시동을 거는 거다. 추석 전날 뉴스는 새삼스러울 것 없이 매번 똑같다. 고속도로가 몸살을 앓고 있다는 내용이 온종일 이어진다. 카메라는 기차역과 버스터미널을 비춘다.

사람들은 양손에 선물 꾸러미를 들고 분주히 오가며 귀성 행렬을 이룬다.

나는 귀향이라는 걸 경험해보지 않았다. 우리 집이 종갓집이다 보니 명절 때 친척들이 찾아오는 것만 봤지 우리가 어디로 가본 적은 없다. 귀향은 어떤 느낌일까? 고향으로 향하는 사람들의 얼굴을 보면 즐거운 기분인 것만은 분명해 보인다.

우리 할머니는 명절이 다가올수록 신이 나는 사람이다. 도시로 떠났던 보물 같은 자식들이 내려오니 얼마나 좋겠는가. 할아버지가 돌아가시기 전에는 종조할아버지부터 당숙과 작은아버지, 그리고 고모네 식구들까지 다 내려왔었다. 그들이 한꺼번에 밀려들면 스무 명 가까이 되었다. 그 많은 사람들이 우리 집에 어떻게 다 들어왔는지 신기할 따름이다. 우리 할머니는 친척들 가운데서 가장 어른이다. 친척들이 돌아가며 할머니에게 안부를 묻고 자기들이 사는 이야기를 들려준다. 그러니 할머니가 신이 날 만하다.

할머니가 신이 나는 것과 달리 엄마는 명절을 치르는 내내 분주하다. 차례 음식을 장만하는 것도 고생스러운데 밀려드는 친척들을 먹이고 살피는 일까지 엄마가 손수 챙겨야 한다. 엄마는 고모나 숙모들은 집에 와봐야 객 행세만 하고 앉아 있기 때문에 같은 여자라도 전혀 도움이 안 된다며 푸념하곤 했다. 결국 몸이 고생하는 건 항상 엄마 한 사람뿐이다. 추석은 우리 민족의 최대 명절이기도 하지만 큰며느리를 잡는 날이기도 하다.

그나저나 왜 명절만 되면 이렇게 많은 사람들이 제 고향으로 몰려가는 걸까? 이유는 간단하다. 그것은 그들이 모두 자기 고향, 즉 시골을 떠나서 살고 있기 때문이다. 나는 중학교 때 사회 시간에 이촌향도에 대해 배웠다. 시험문제에도 자주 나왔으니 중요한 개념이었던 것 같다. 시골에는 안정적인 일자리가 많지 않다. 특히 농업은 소득이 들쭉날쭉할 뿐 아니라 몸이 고되다. 그래서 다들 도시로 떠났던 거다.

시골의 젊은 부모들은 자녀의 교육을 위해서라도 시골을 벗어나려 한다. 이미 오랜 기간 이촌향도 현상이 지속해 온 탓에 시골에는 젊고 똑똑한 사람들의 수가 절대적으로 적다. 크게 되려면 큰물에서 놀라는 말도 있지 않은가. 경쟁을 하더라도 잘난 사람들이 많은 도시에서 해야 한다.

개인적인 추측이지만 도시 학교에 다니면 능력 있는 선생님을 만날 가능성이 더 높다고 생각한다. 이는 반대로 말하면 시골 학교에서는 능력 있는 선생님을 만날 가능성이 낮다는 뜻이다. 선생님들도 직장인이고 가족이 있다. 당연히 시골생활보다는 도시생활을 선호할 것이다. 그래서 대부분 선생님이 도시학교에 부임하길 희망한다고 해보자. 현대사회는 능력주의를 신봉한다. 교원 인사행정에서도 능력주의가 적용된다면 능력 있는 선생님일수록 자신이 선호하는 학교에 배정될 가능성이 높다. 그러므로 나는 도시 학교에 능력 있는 선생님들이 더 많이 분포할 거라고 추측하는 것이다.

초등학교 때 우리 동네에 윤여선이라는 여자애가 있었다. 그 애는 부모님과 남동생, 할머니, 할아버지와 함께 살았다. 그 애의 집도 우리 집처럼 농사를 지었다. 그러다 부모님이 먼저 서울로 떠나 공장에 취직했다. 얼마 후 윤여선 남매도 서울로 전학을 갔다. 낙지리에는 할머니와 할아버지만 남았다.

윤여선은 명절 때마다 서울 가족과 함께 귀향했다. 명절 때 동네 친구들이 모이면 그 애를 불러냈는데 윤여선은 서울물을 몇 년 먹더니 확실히 더 똑똑해진 것 같았다. 그 애가 지하철, 극장, 도서관, 경복궁, 한강, 육삼빌

딩, 학원에 대해 말하는 게 그렇게 유식해 보일 수가 없었다.

만약 내가 어렸을 때 우리 부모님이 도시로 이주했다면 어땠을까? 나도 윤여선처럼 똑똑해졌을까? 그러나 우리 부모님은 낙지리를 떠날 수 없다. 우리 아버지가 장손이기 때문이다. 아버지가 도시로 떠나면 조상들의 묘소는 누가 관리한단 말인가? 아버지는 가난할지언정 장손의 도리를 저버리고 떠날 사람이 아니다.

2학기 중간고사가 끝나자 학교는 축제 준비로 분주해졌다. 축제의 메인은 반별로 돌아가며 선보이는 장기자랑이었다. 대부분 춤이나 노래, 악기 연주를 준비했고 태권도나 차력을 보여주겠다는 애들도 있었다. 나는 뭘 하겠다고 나서지 않았다. 그런데 시화전에 내 그림이 전시되면서 나도 축제에 참가한 셈이 되었다.

미술선생님은 시화전을 위해 한 달 전부터 학생들에게 그림을 그리게 했다. 아마 1학년 전체가 의무적으로 하나씩 그렸을 것이다. 우리의 그림 가운데 괜찮은 것들이 본관 앞 화단에 전시되었다. 그중에 내 그림도 있었다. 나는 황량한 들판에 나무 한 그루가 서 있고 하늘에는 먹구름이 가득한 장면을 그렸다. 서태지와 아이들의 노래 〈교실 이데아〉 같은 느낌을 그림으로 표현하고 싶었다. 그리고 그림 위에 저항의 의미를 담은 시를 적었다.

친구들은 내 그림이 장난스럽고 괴이하다며 웃었다. 내가 보기에 내 그림은 썩 괜찮았다. 그러니까 미술선생님이 내 그림을 전시했겠지. 친구 녀석들은 그림을 볼 줄 몰랐다. 반면 나는 아주 잠깐이었지만 그림을 배운 사람이다.

나는 초등학교 6학년 때 미술선생님한테 한 달 정도 그림을 배웠다. 일종의 속성 과외였다. 당시 학교에서는 군 단위 그림 그리기 대회에 내보낼 학생을 선발하고 있었다. 학년 당 학생 수가 오십 명 정도인 작은 시골 학교에는 그림을 잘 그리는 학생이 많지 않았다. 읍내 정도만 됐어도 미술학원에 다녀 본 애들이 더러 있었을 것이다. 하지만 우리는 모두가 미술학원 근처에도 못 가본 애들이었다.

나 역시 그림을 잘 그리는 편은 아니었지만 차분한 성격 덕분인지 색을 꼼꼼하게 칠하긴 했다. 미술선생님은 그런 나를 눈여겨보았던 것 같다. 6학년 두 명, 5학년 한 명을 선발했는데 6학년에서 나와 임병선이라는 친구가 뽑혔다. 미술선생님은 나에게 정물화를, 임병선에게는 수묵담채화를 그리게 했다. 5학년 여자 후배에게는 수묵화를 그리게 했다. 우리는 대회를 한 달여 앞두고 각자 맡은 그림을 연습했다. 매일 방과 후에 미술실에 모여 그림을 그렸다. 미술선생님은 우리에게 구도를 잡는 법과 비율을 맞추는 방법을 가르쳐 주었다. 그리고 우리의 부족한 점들을 하나하나 교정해 나갔다.

미술선생님은 좋은 그림을 그리려면 관찰을 잘해야 한다고 가르쳤다. 빛의 방향과 세기, 그림자의 방향과 농도를 관찰하라고 했다. 빛에 따라 사물의 색감이나 질감이 달라졌다. 가까운 쪽 그림자는 뚜렷하고 먼 쪽 그림자는 희미했다. 곡면으로 떨어지는 그림자는 더 복잡했다. 나는 입체감이 빛과 그림자 때문에 생긴다는 걸 이해했다. 또한 미술선생님은 더 심오한 것까지 알려주었다. 하나의 사물은 여러 그림자를 가지고 있다. 보통 사람들은 직사광에 의해 생기는 그림자만 본다. 그런데 다른 사물에 부딪처 반사된 빛도 그림자를 만들었다. 물론 반사된 빛에 의해 생기는 그림자는 자세히 관찰하지 않으면 볼 수 없는 것이었다.

나는 미술선생님에게 배우고 내가 이해한 대로 그림을 그렸다. 미술선생님의 속성 과외 덕분에 나의 그림 실력이 점점 나아졌다. 참 신기했다. 내가 재능이 있는지 알아볼 기회를 갖고, 재능을 다듬어서 발전시킨 경험이 처음이었다.

그런데 나는 곧 한 가지를 더 깨달았다. 나는 붓이 하나밖에 없었다. 게다가 내가 사용하는 붓은 문방구에서 구입한 몇백 원짜리에 불과했다. 나는 붓이란 원래부터 털이 잘 빠지고 붓끝이 갈라지는 건 줄 알았다. 미술선생님은 내 붓의 문제를 알고 있었다. 정물화를 그리기 위해서는 둥근 붓, 납작한 붓, 가는 붓 등 여러 종류의 붓이 필요하다. 물론 붓도 좋아야 한다. 미술선생님은 자신의 붓을 빌려주었다. 미술선생님의 붓은 확실히 달랐다. 부드러우면서도 탄력이 있는 붓은 물감을 충분히 머금은 채 균일한 색을 그려냈다. 붓 하나만 바꿨을 뿐인데 그림이 훨씬 나아졌다.

물감도 아쉽기는 마찬가지였다. 두세 가지 색을 적절한 비율로 혼합하면 새로운 색을 만들어 낼 수 있다. 하지만 색을 혼합하는 건 초보자에게는 어려운 일이다. 그런 점에서 볼 때 애초에 16색 물감 대신 30색 물감을 가지고 있었다면 다양한 색을 표현하는 데 훨씬 유리했을 것이다. 나는 물감을 아껴 쓰느라 의도적으로 색을 연하게 칠했다. 하나뿐인 물감을 대회에 나가서까지 써야 하기 때문에 연습하는 동안 너무 헤프게 쓰면 안 됐다. 색을 연하게 칠하니 그림이 가벼워 보였다. 색의 종류와 양이 한정된 물감으로는 그림을 마음껏 그리기 어려웠다.

사람들은 그림을 잘 그리는 사람을 보면 재능을 타고났다고 말한다. 그러나 그들은 경험이 없어서 잘 모르는 것 같다. 그림은 머리와 손만으로 그리는 게 아니다. 내가 경험한 바로는 재능 못지않게 재능을 펼칠 수 있는 환경도 중요했다. 나의 재능을 알아봐 주고 다듬어주는 선생님을 만나는 행운, 그리고 쓸 만한 그림 도구를 사용해서 마음 놓고 그림을 그릴 수 있게 해주는 경제적 뒷받침이 중요했다.

미술 대회는 청양읍에 있는 청양초등학교에서 열렸다. 정물화 부문에 참가한 학생들은 두 개의 교실로 나눠서 들어갔다. 교실 가운데에 책상이 하나 있고 그 위에 꽃병과 과일 몇 개가 놓여 있었다. 나머지 책상들은 가운데 있는 책상을 중심으로 둥글게 배치되어 있었다. 나는 지정된 자리에 앉아 꽃병과 과일을 그리기 시작했다. 다른 아이들도 각자 자신의 그림에 집중했다.

나는 목을 길게 빼고 다른 애들의 그림을 살펴보았다. 역시 각 학교를 대표해서 나온 애들이라 그런지 다들 그림 실력이 좋았다. 붓이며 물감, 팔레트와 물통까지 다 좋아 보였다. 학교 앞 문방구에서도 가장 저렴한 축에 속하는 내 그림 도구들과는 달랐다. 다른 애들은 그림을 정말 잘 그렸다. 이 애들의 그림 사이에 내 그림이 섞여 있다는 게 창피할 정도였다. 역시 세상은 넓고 잘하는 애들도 많구나. 나는 왠지 내가 이 애들의 들러리가 된 것 같아 얼굴이 화끈거렸다. 한 달 동안 우리를 지도해 주신 미술선생님께는 죄송하지만 나는 빨리 내 그림을 대충 마무리하고 집으로 돌아가고 싶었다.

대회가 끝나고 청양초등학교를 벗어나자 마음이 조금 진정됐다. 아쉬움은 없었다. 월등한 실력 차이를 눈으로 보았으니 일말의 기대조차 가질 수 없는 게 당연했다. 다른 애들의 실력은 내가 시기하거나 질투할 수준을 넘어서 있었다. 그냥 좋은 경험이라 생각하고 읍내까지 와서 넓은 세상을 구경했다는 것에 만족하기로 했다.

미술 대회에 참가했던 애들 가운데 누군가는 상을 받았을 것이다. 상을 받은 애는 상이 자신의 노력으로 얻어낸 성과라고 생각하겠지. 그리고 주변 사람들은 그 애가 뛰어난 재능을 가졌다고 추켜세웠을 것이다. 덕분에 그 애는 조금 거만해졌을 수도 있다.

물론 개인의 노력과 성실함은 찬사를 받아 마땅하다. 하지만 그 애는 모른다. 자기가 이룬 성과의 대부분이 우연히 얻은 행운 덕분이라는 걸. 자신의 재능을 발견하고 계발해줄 수 있는 환경에서 태어난 행운 말이다. 부모의 적극적인 개입과 지원 아래 오랫동안 미술학원에 다니고 필요한 그림 도구를 마음껏 살 수 있었던 행운을 말하는 거다.

하늘은 귀한 재능을 차별 없이 무작위로 내려준다. 귀한 재능을 타고난 건 그 애의 첫 번째 행운이다. 그리고 그 귀한 재능을 싹틔울 수 있는 좋은 환경과 적절한 시대에 태어난 건 두 번째 행운이다. 그러므로 그 애는 조금 겸손해져야 한다. 상을 못 받은 애들이 재능이 없다거나 나태했을 거라고 함부로 단정해서는 안 된다.

그런데 대부분 행운의 주인공들은 자신의 성공에 다른 뒷받침이 있었다는 걸 굳이 드러내려 하지 않는다. 또한 보통 사람들이 행운과 성공의 관계를 계속 인식하지 못하길 바란다. 그래야만 자신의 성공이 순전히 재능과 노력의 결과인 것처럼 보일 테니까.

미술선생님은 관찰을 잘해야 한다고 가르쳤다. 사물에만 집중하지 말고 사물을 입체적으로 보이게 하는 빛과 그림자도 봐야 한다고 했다.

형들의 수능시험이 점점 다가오고 있다. 수험생 중에 이상한 미신을 믿는 이들이 있었다. 매일 서울우유를 먹으면 서울대에 가고 연세우유를 먹으면 연세대에 간다는 말이 퍼지면서 슈퍼에서는 우유가 동났다고 했다. 소나타 차주들도 수난을 겪었다. 차량 뒤쪽에 붙어 있는 'SONATA'라는 글자 중에서 S자를 모으면 서울대에 간다는 말 때문이었다. 읍내에는 S자가 빠진 소나타가 심심찮게 돌아다녔다.

자취집에서 처음 겪어보는 겨울은 생각보다 더 추웠다. 전기히터를 틀고 자는데도 추워서 옷을 두 벌씩 껴입고 잤다. 창문은 외풍이 워낙 세서 바깥쪽을 비닐로 완전히 덮어버렸다. 어차피 햇빛도 잘 안 들어오고 환기도 거의 하지 않는 창문이라 아쉬울 건 없었다. 하지만 방문 틈으로 들어오는 외풍은 막을 수 없었다. 잘 때마다 코가 시려 이불을 얼굴까지 푹 덮어야 했고, 그러다 보니 아침에 일어나면 코가 꽉 막히곤 했다.

수능시험 날은 아침부터 하늘이 흐리더니 부슬비가 내리다 말다 했다. 자취집 형들은 새벽에 나갔다. 시험을 우리 학교에서 보는 게 아니라 공주시에 있는 다른 학교에서 봐야했기 때문이다. 내가 형을 위해 해줄 수 있는 건 없었다. 단지 형이 제시간에 시험장에 도착해서 나쁘지 않은 컨디션으로 무사히 시험을 치르고 오기를 기도할 뿐이다. 시험장에 시간 맞춰서 잘 도착하고, 보통 컨디션만 유지해도 다행이다. 형도 지난 3년 동안 여러 번 모의고사를 치러봤으니 잘 알 것이다. 시험이 평소 실력대로 보는 거라고는 하지만 꼭 그렇지만도 않다는 걸. 답을 밀려 써서 다시 작성하느라 당황하기도 하고, 배가 아파서 집중을 못 하기도 하고, 하필 시험 직전에 안 좋은 소식을 들어서 자꾸 딴생각이 나기도 한다.

그런 면에서 보면 지난 3년, 아니 12년간 공부한 것들을 하루 만에 평가받는다는 게 어쩐지 불합리한 것 같다.

수능시험이 끝나자 형은 한량처럼 지냈다. 주말에도 집에 가지 않고, 수험생의 한을 풀기라도 하듯 마음껏 놀았다. 한동안 보지 못했던 무협지를 산처럼 쌓아두고 온종일 읽었다. 가끔 친구의 자취방에 놀러가 자고 오기도 했다. 모처럼 형이 행복해 보였다.

나는 형의 권유로 『삼국지』를 읽기 시작했다. 삼국지는 어렸을 때 TV 만화로 즐겨 봤었고 중학교 때는 컴퓨터 게임으로 자주 했었다. 그래서인지 주요 인물들의 이름이 익숙했다. 나는 자율학습 시간 내내 몰래 삼국지를 읽었다. 유비, 관우, 장비 삼 형제를 중심으로 한 서사가 박진감 넘치고 실감났다. 나는 순식간에 삼국지의 매력에 빠져들었다. 비슷한지는 모르겠지만 형이 무협지를 좋아했던 것도 이런 맛 때문이었을까 하는 생각을 했다.

나는 며칠 사이 삼국지 열 권을 다 읽었다. 처음 제대로 알게 된 삼국지는 실로 대단했다. 내가 너무 과하게 몰입했었는지 책 속의 세상과 현실이 혼동될 정도였다. 내가 살고 있는 97년의 대한민국도 어쩌면 난세가 아닐까? 그렇다면 우리 가운데 누군가는 이 난세를 바로잡아야 할 것인데 과연 누가 그럴만한 인물일까? 나 또한 이 난세를 헤쳐 나가려면 든든한 의형제가 있어야 할 텐데 누구와 의형제를 맺는 게 좋을까?

나는 우리 반 친구들의 얼굴을 하나하나 떠올려봤다. 공부도 제법 잘하고 성격이 활달한 몇몇이 괜찮아 보였다. 그러나 그 친구들은 나와 별로 친하지 않았다. 그밖에 영웅의 기상이 엿보이는 친구는 별로 없었다. 역시 이 좁은 바닥에서 인물을 찾기는 어렵겠구나. 나는 내가 뭐라도 된 듯 그렇게 친구들을 평가하며 나직이 탄식했다.

삼국지를 읽으면서 가장 막연하다고 느낀 건 '충성'이라는 개념이었다. 충성이란 말은 왠지 고귀하고 거룩한 느낌을 준다. 예로부터 우리 사회가 충을 효에 버금가는 최고의 가치라고 가르쳐왔기 때문일 것이다. 우리는 충성스러운 사람들의 이야기를 좋아한다. 그리고 충성스러운 행위를 미덕으로 여기며 추켜세운다. 반대로 충성스럽지 못한 사람은 기피하고 비난한다.

그런데 실제로는 어떤가? 충성이 강조될수록 이득을 얻는 사람이 누구인가? 바로 충성의 대상이 되는 왕과 군주들이다. 충성은 권위와 위계질서를 위해 가장 중요한 덕목이다. 충성이라는 개념이 있기에 왕과 군주가 자신의 집단을 유지할 수 있으며 당당하게 아랫사람에게 희생을 요구할 수 있다. 희생된 사람에게는 희생의 대가로 충성이라는 거룩한 이름을 부여하면 된다. 따르지 않는 자에게는 불충과 배신이라는 낙인을 찍으면 그만이다. 어떻게 보더라도 아랫사람에게는 결코 이롭지 않은 결과다.

우리 아버지는 종종 말씀하셨다. "사람을 함부로 믿지 마라. 누가 뭘 공짜로 준다고 하면 의심해라. 공짜 호의는 없다. 형편이 어렵다고 해서 아무에게나 의지하지 마라." 약자는 강자에 비해 취약한 면이 많다. 그래서

강자에게 속거나 이용당하기 쉽다. 아버지의 말은 그렇게 되지 말라는 뜻
이리라.

　방학과 함께 형은 몸만 집으로 돌아갔다. 대부분의 살림살이는 내가 계
속 써야 하는 것들이었다. 자췻집의 중심이었던 형들이 모두 떠난 후 이곳
은 다소 조용해졌다. 자췻집에는 단번에 빈방 여러 개가 생겼다. 나는 우
리 자췻집이 방값이 싸다는 것 외에 내세울 만한 장점이 없다고 생각한다.
과거 우리 형이 그랬던 것처럼 누군가가 친구 무리를 이끌고 우르르 몰려
들지 않는다면 빈방은 쉽게 사라지지 않을 것 같다.
　방학인데도 학교생활은 별로 달라지지 않았다. 여전히 아침부터 저녁까
지 자율학습을 했다. 다만 방학 동안에는 야간자율학습을 하지 않기 때문
에 그나마 여유가 생긴 느낌이다. 학교생활이 별로 달라지지 않은 만큼 나
의 자취생활도 달라질 게 없었다.
　얼마 전 권오가 우리 자췻집으로 이사를 왔다. 권오는 나와 같은 중학교
를 나온 친구다. 1학년 때는 근처 하숙집에 살았는데 2학년이 되면서 자취
를 하기로 했다. 그런데 이왕이면 친구가 있는 곳이 좋겠다며 우리 자췻집
을 선택했다. 내가 알기로 권오네 집은 형편이 좋아 하숙비 부담은 없을
텐데 왜 굳이 자취를 하려는 건지 이해가 안 됐다.
　예전에 권오네 하숙집에 들른 적이 있다. 넓은 마당을 가운데 두고 기역
자 모양으로 꺾인 세련되고 고급스러운 조립식 건물에서 하숙생들이 살고
있었다. 하숙집에서는 세 명씩 한 방을 썼는데도 혼자 사는 내 자취방보다

훨씬 쾌적해 보였다. 쥐나 지네 같은 건 전혀 없을 것 같았다.

한 달 하숙비는 삼십오만 원이라고 했다. 내 자취방의 방값에 비하면 일곱 배나 비쌌다. 물론 하숙이니까 식사와 여러 가지 편의에 대한 대가가 포함된 금액이긴 하다. 하숙생들은 얼음 같은 물에 쌀을 씻어 밥을 짓지 않아도 되며 끼니마다 밥상을 차렸다가 설거지하기를 반복하지 않아도 됐다. 또 교복이나 체육복을 손수 빨지 않아도 됐다. 빨랫감을 빨래바구니에 넣어놓으면 주인아주머니가 세탁 후 다시 방에 가져다준다고 했다.

그렇다고 해서 하숙생들이 부럽지는 않았다. 나는 다소 불편해도 차라리 혼자 사는 게 낫다고 생각했다. 가족이 아닌 다른 사람과 한 방을 쓴다면 신경 쓸 일이 많을 것 같았기 때문이다.

권오도 1년간 하숙생활을 해보며 나와 비슷한 생각을 했던 것 같다. 권오는 이과 친구 두 명과 같이 방을 썼는데 세 명이 한 방에서 지내다 보니 불편한 점이 많았다고 한다. 권오는 야간자율학습을 마치고 와서 부족한 공부를 좀 더 하고 싶었지만 룸메이트들이 음악을 틀어놓고 수다를 떠는 바람에 공부에 집중할 수 없었다고 했다. 룸메이트들 또한 권오가 신경 쓰여 음악을 크게 틀거나 마음껏 떠들지 못했을 것이다.

하숙집에서는 사생활 보장이 안 되는 것도 문제였다. 감수성이 예민한 고등학생이다 보니 가끔은 별것 아닌 일로 고민하면서 혼자 있고 싶을 때가 있다. 권오는 특히 예민한 친구였다. 하지만 하숙집에서는 혼자만의 공간과 시간을 갖기 어렵다. 결국 이런 점들 때문에 권오는 편리한 하숙생활을 포기하고 자취를 선택했다.

겨울 가운데 날씨가 제법 따뜻했던 어느 일요일 오후, 권오의 이사를 도왔다. 권오의 하숙집에서 우리 자췟집까지는 걸어서 오 분 거리였다. 우리는 리어카도 없이 맨손으로 짐을 나르느라 몇 번을 왕복해야 했다. 책이며 옷이며 잡다한 짐들이 꽤 많았다.

나는 권오에게 우리 자췻집의 시설에 대해 설명해 주었다. 공동세면장에서 온수를 쓰려면 보일러를 어디서 켜야 하는지 알려주고, 씻는 도중 주인할머니가 보일러를 꺼버려 찬물이 나올 수 있다는 주의사항도 빠뜨리지 않았다. 재래식 화장실에 대해 설명할 때는 괜히 내가 미안한 기분이 들었다. 공용화장실에는 휴지가 없으니 개인 휴지를 챙겨가야 한다는 점, 여러 사람이 몰리는 시간대와 자취생들 사이의 암묵적인 화장실 에티켓에 대해서도 알려주었다.

권오는 방들이 마주보고 있는 복도의 첫 번째 방에 살았다. 형들이 썰물처럼 빠져나간 후 적막했던 복도에 다시 활기가 돌기 시작했다. 나는 권오가 와서 좋았다. 권오가 내는 인기척이 좋았다.

우리 형은 여러 군데 원서를 냈으나 최종적으로 대전에 있는 W대에 가기로 했다. 자췻집의 다른 형들도 각자의 성적에 맞는 대학에 합격했다고 했다. 뉴스에서는 등록금이 없어 대학 입학을 포기하는 학생들이 늘고 있다며 떠들었다. IMF 사태로 인해 수많은 중산층 가정이 무너졌다고 했다. 다행인지 불행인지 우리 집은 중산층이 아니기 때문에 무너질 것도 없었다. IMF는 중산층만 타격하고 궁벽한 시골 농가는 일단 살려두기로 한 것 같았다.

그러나 우리 집은 IMF 사태와 상관없이 여전히 형편이 좋지 않았다. 게

다가 형의 대학 진학으로 금전적인 어려움이 더 두드러졌다. 형이 컴퓨터 공학과를 선택했기 때문에 컴퓨터를 사야 했는데 형이 원하는 컴퓨터는 가격이 삼백만 원이 넘었다. 대학 등록금도 이백만 원이 넘는다고 했다. 그뿐만 아니라 형의 자취방도 구해줘야 했다. 아버지는 형이 대전 외곽에 있는 작은아버지 댁에서 통학하길 은근히 바라고 계신다. 하지만 형은 친구와 함께 자취를 하겠다며 고집을 부리고 있다.

형 하나 대학에 보내는 것도 참 복잡하고 힘들구나. 나도 대학에 가긴 해야겠는데 아버지에게 짐이 되는 것 같아 벌써부터 마음이 무겁다.

5

다시, 봄

2학년에 올라오면서 나는 2학년 3반이 되었다. 3반은 문과 특수반이다. 나는 1학년 때 반에서 10등 정도였다. 그런데 마지막 모의고사에서 운이 좋게도 1등을 했다. 나보다 잘하던 애들이 약속이라도 한 듯 모두가 시험을 망친 덕분이었다. 그렇게 하여 간신히 특수반에 들어간 것이다.

문제는 새로운 반에 친구가 하나도 없다는 거였다. 원래 특수반이었던 애들이 자기들끼리만 놀면서 왠지 나를 소외시키는 것 같았다. 나는 보나 마나 특수반 꼴찌였다. 자기들이 공부를 잘하면 얼마나 잘한다고 나를 소 닭 보듯 하는지, 나는 자존심이 상했다. 그래도 내가 먼저 다가가야 했다.

다행히 키가 작고 힘이 약해 보이는 친구와 조금 친해졌다. 그 친구는, 아니 그 친구의 무리는 덩치가 다 고만고만했고 말투도 순진했다. 그 애들은 성적이 상위권이었는데 노는 걸 보면 공부 잘하는 놈들이나 못하는 놈들이나 다 비슷했다. 그래도 이 애들이랑 어울리면 나도 공부는 조금 잘하게 될 것 같았다. 학기 초에 담임선생님 주관으로 반 단합대회를 했다. 그냥 애들끼리 축구와 농구를 하면서 친해지라는 취지였다. 나는 키가 크고 농구를 잘하는 편이라 애들한테 좋은 인상을 남겼다.

  그즈음에 나는 새 반에 잘 적응해 가고 있었다. 그런데 새 학기가 시작된 지 불과 두 달 만에 학교에 큰 변화가 일어났다. 충남교육청에서 몇몇 학교를 고교평준화 시범학교로 지정하면서 특수반을 없애기로 한 것이다. 나중에야 이것이 새 정부에서 추진하는 교육개혁의 일환이라는 걸 알게 되었다.

  어쨌든 우리 학교는 전교생을 전부 섞어서 반을 재배정했고, 나는 다시 2학년 3반이 되었다. 하지만 이번에 3반은 더 이상 특수반이 아니었다. 나는 전혀 아쉽지 않았다. 오히려 마음이 가벼웠다. 특수반의 분위기도 그렇고, 특수반에서 내내 꼴찌로 있어야 하는 상황도 별로 기분이 좋지 않았기 때문이다.

  반 편성이 끝나고 얼마 후 봄 소풍을 갔다. 반별로 소풍 장소가 달랐는데 1반부터 3반까지는 부소산에 가기로 했다. 부여는 말 그대로 백제의 역사가 살아 숨 쉬는 지역이다. 538년, 백제 성왕이 지금의 공주 지역인 웅진에서 사비로 도읍을 옮긴 이후 백제가 멸망할 때까지 123년 동안 백제의 수도였던 곳이다. 부여 곳곳에는 아직도 백제의 흔적이 남아 있다. 부소산성, 정림사지, 궁남지, 왕릉원, 부여나성, 구드레나루터, 성흥산성 등

주변의 모든 장소가 훌륭한 역사 교육장이자 소풍 장소다. 왕릉원이나 부여나성은 걸어서 갈 수 있었고, 나머지도 버스를 타면 금방 도착할 수 있는 거리였다.

부소산 매표소 앞에는 사람들이 많았다. 여러 학교에서 우리처럼 봄 소풍을 온 모양이었다. 게다가 운동 삼아 산책을 나온 듯한 사람들도 꽤 많았다. 매표소에 '부여군민 무료입장'이라고 적혀 있는 걸 보니 왜 이렇게 사람이 많은지 알 것 같았다. 우리도 마찬가지로 부여고등학교 학생들이니까 무료로 입장하지 않았을까 싶다. 우리 반 친구들은 인솔 선생님을 따라 삼삼오오 무리지어 산을 올랐다. 탐방로는 경사가 완만하면서 넓고 깨끗했다. 산이라기보다 큰 언덕을 오르는 느낌이었다.

소풍에 동행한 역사선생님은 우리가 가는 곳마다 역사적 의미를 설명해 주었다. 그 설명을 듣기 위해 주변에 있던 사람들도 하나둘씩 모여들었다. 역사적 의미를 떠나 낙화암에서 내려다보는 절경만으로도 부소산에 오를 가치는 충분했다. 부여 읍내를 비롯해 백마강의 시작과 끝을 한눈에 담을 수 있었다.

백마강은 부여 지역을 지나는 금강의 또 다른 이름이다. 백마강이라는 이름에는 두 가지 유래가 있다. 나당연합군이 백제를 공격할 때 당나라 장군 소정방이 적을 쫓아 강을 건너려 했는데 강에 살던 용이 그를 방해했다고 한다. 그러자 소정방이 백마의 머리를 미끼로 삼아서 용을 잡아 올렸고 그때부터 이 강을 백마강이라 부르게 되었다고 한다. 소정방이 낚시했던 바위는 조룡대라 불렸다. 또 다른 설로는, 백제가 사비로 천도하기 전부터 이곳 사람들이 이 강을 백강이라 부르고 있었는데 후에 백마강이 되었다는 것이다.

또 하나, 일부 사람들만 아는 백마강에 얽힌 전설이 있다. 너무 최근의 이야기이기도 하고 이 전설을 들려준 사람이 우리 아버지라는 점에서 전부 사실일 가능성은 낮다. 어쨌든 그 전설의 내용은 이렇다.

대략 30년 전이었다고 한다. 백마강 하류 지역인 장암면에 바보 총각이 한 명 살고 있었다. 일찍이 부모를 여읜 이 총각은 부모에게 물려받은 두어 마지기 밭이 있어 그것으로 생계를 꾸리며 홀로 살아갔다. 그런데 그 마을에 사는 마음씨 나쁜 노인 두 명이 짜고 바보 총각의 밭을 빼앗기로 했다. 먼저 한 노인이 바보 총각의 집에 찾아가 말했다.

"자네, 밭일은 잘하고 있나?"

"예 어르신, 그저 열심히 하고 있습니다."

바보 총각이 순박하게 웃으며 대답했다.

"그렇구먼. 그나저나 자네 나이가 올해 몇인가?"

"올해 스물다섯입니다."

"아이구, 장가를 가야겠구먼 그려. 그런데 작은 밭을 농사지어 먹고 산다고 하면 어떤 색시가 시집을 올꼬? 걱정이구먼."

"정말 그럴까요 어르신?"

바보 총각이 노인의 말에 얼굴빛이 어두워지며 물었다.

"요즘 색시들이 여간 깐깐해야 말이지. 하지만 걱정 말게. 내가 자네한테 큰 밭을 주겠네. 그 밭을 일구면 자네는 부자가 되고 장가도 갈 수 있을 걸세."

"아니, 큰 밭을 주신다니 그게 무슨 말씀이신지요?"

바보 총각은 노인의 말에 깜짝 놀랐다. 그러자 노인이 온화한 표정을 지으며 말을 이어갔다.

"저기 백마강 있지 않은가? 백마강 옆에 내 친구의 밭이 있다네. 그런데 그 친구가 이제는 너무 늙어서 그 먼 곳까지 오가며 농사를 지을 수 없게 되었어. 게다가 농사를 물려줄 자식도 없으니 얼마나 불쌍한지 모르겠네."

"저런, 그 어르신도 참 안되셨군요?"

"그래서 말인데, 내 친구의 열 마지기 밭과 자네의 작은 밭을 바꾸면 어떻겠나? 자네는 젊으니까 백마강까지 금세 오갈 수 있지 않겠나?"

"예? 그 큰 밭을 제 작은 밭과 바꾸신다고요?"

"그렇다네. 어차피 내 친구는 늙어서 멀리는 못 가니 가까이에 있는 자네 밭을 갖고, 자네는 멀리 있는 내 친구의 밭을 갖는 거야. 그렇게만 된다면 나는 자네 걱정도 덜고 내 친구 걱정도 덜 수 있으니 얼마나 좋겠나?"

순진한 바보 총각은 노인의 제안이 서로에게 좋은 일이라고 생각하고 흔쾌히 동의했다. 그러자 노인은 바보 총각을 백마강으로 데려가 강변에 있는 친구의 밭을 보여주었다. 과연 평평하고 넓은 밭이 펼쳐져 있었다. 때는 겨울이라 밭에는 풀 한 포기 없었지만 빈 땅은 언뜻 보기에도 비옥해 보였다. 바보 총각은 이듬해 봄부터 밭을 갈고 곡식을 심기 시작했다. 토양이 워낙 좋아서 그런지 작물은 유난히 잘 자랐다.

그런데 그해 여름, 장맛비로 강물이 점점 불어나더니 강가에 있는 바보 총각의 밭이 온통 물에 잠기고 말았다. 강의 본류가 돌아나가는 곳에 형성된 자연제방은 밀려드는 물살을 견디지 못했다. 바보 총각은 망연자실했다. 이듬해에도 강물이 불어 밭이 잠겼다. 사실 그 밭은 매년 강물이 넘쳐 농사를 망치는 밭이었던 것이다. 하지만 바보 총각은 여전히 농사를 지었다가 망치기를 반복했다. 동네 사람들은 그를 손가락질하며 비웃었다.

그러던 어느 날, 장암면에 면장이 새로 부임했다. 면장은 바보 총각의 이야기를 듣고 그를 찾아갔다.

"자네의 밭은 백마강 하류에 있기 때문에 매년 수해를 입고 있네. 하지만 땅은 비옥하지. 그 땅에 잔디를 심어보면 어떻겠나? 잔디는 생존력이 강해서 삼사일 정도 물에 잠기더라도 죽지 않는다네. 내가 잔디를 사줄 장묘업자도 알아봐 주지."

면장은 바보 총각에게 뜻밖의 제안을 했다. 그렇게 해서 바보 총각은 면장이 소개한 장묘업자와 손잡고 강변에 잔디를 심기 시작했다. 불과 몇 달 만에 강변은 푸른 잔디로 가득 찼다. 어느 날, 충남 도지사가 부여로 시찰을 나왔다. 백마강 주변을 돌아보던 도지사는 푸른 잔디가 펼쳐진 드넓은 평야를 보고 감탄했다.

"아니, 부여에 저렇게 좋은 땅이 있었단 말인가? 저 땅을 개발해야겠네."

이후 도지사는 백마강에 제방을 높게 쌓고 도로와 수로를 정비하여 강변을 농사짓기 좋은 땅으로 만들었다. 그 덕에 땅값이 크게 올랐고, 바보 총각은 부자가 되었다고 한다.

아버지는 나에게 이 이야기를 들려주면서 부자는 하늘이 내리는 거라며, 바보 총각이 부자가 될 수 있었던 이유는 사주팔자를 잘 타고났거나 조상 묏자리가 좋았기 때문일 거라는 다소 황당한 결론을 내렸다. 그러면서 우리 집도 언젠가는 잘 풀릴 수 있으니 힘들어도 참고 하루하루 열심히 살아가라고 했다.

이번 주말에도 본가에 다녀왔다. 냉장고에 일주일 치 반찬을 정리해서 넣었다. 냉장고가 채워지는 건 다시 한주가 시작된다는 의미다. 내가 쓰는 냉장고는 냉장고 칸과 냉동고 칸이 분리되지 않아서인지 성에가 자주 꼈다. 성에가 문짝에까지 들러붙으면 피곤한 일이 생긴다. 그래서 가끔씩 삐져나온 성에를 제거해 줘야 한다.

요즘에는 냉장고가 없는 집이 없겠지만 내가 열 살 안팎이던 무렵까지 우리 집에는 냉장고가 없었다. 그럼에도 김치, 동치미, 겉절이, 오이냉채 같은 반찬들을 꽤 오래 보관할 수 있었다. 우리 집에, 아니 집 밖에 천연 냉장고가 있었기 때문이다. 천연냉장고의 정체는 바로 집 옆으로 흐르는 개울이었다.

뒷산 골짜기에서부터 가느다란 물줄기가 우리 집까지 흘러 내려왔다. 그 물줄기는 우리 집 근처에 이르러서야 아주 작은 개울이 되었다. 유량은 적은 편이지만 가물 때조차 물줄기가 아주 끊어지지는 않았다. 그렇게 일 년 내내 졸졸졸 흐르다가 비가 제법 많이 왔다 싶으면 콸콸콸 소리를 내며 흘렀다.

개울은 우리 집 담벼락 아래를 훑고 지나갔다. 내가 태어나기 전에 누군가가 크고 넓적한 돌 두 개로 개울물을 막아 작은 웅덩이를 만들었다. 우리 식구들은 개울에서 세수하고 양치하고 발도 씻었다. 엄마는 음식 재료를 씻거나 빨래를 했다. 여름에는 남자들이 돌아가며 등목을 했다. 어쩌면 우리 집에서 유일하게 풍족했던 게 물이었던 것 같다.

엄마는 개울을 천연 냉장고로 활용했다. 그건 아마 아버지의 아이디어였을 것이다. 먼저 담벼락을 따라 흐르는 물줄기 위쪽을 나뭇가지들로 빼곡하게 덮는다. 그늘지붕을 만들어주는 것이다. 그 후에 밖에서 안쪽을 들여다보면 마치 긴 동굴처럼 보인다. 그렇게 만들어진 동굴 안쪽은 말할 수 없이 시원한 상태가 된다.

　엄마는 동굴 안에 작은 단지를 몇 개 보관했다. 다만 그렇게 보관할 수 있는 음식은 맵거나 짠 것들로 한정되었다. 들짐승이 훔쳐 먹지 않을만한 것들 말이다. 나는 밖에서 놀다가 출출할 때면 동굴 안으로 기어들어 가 단지에서 김치나 동치미, 겉절이를 꺼내 먹었다.

6

순수와 무지와 야만

내 방에서 뭔가 괴이한 일이 일어나고 있다. 야간자율학습을 마치고 자취방에 돌아와 보니 방바닥에 라면 부스러기가 떨어져 있었다. 나는 책상 위에 놓아둔 라면을 살펴보았다. 라면봉지에 불규칙한 모양의 구멍이 몇 개 뚫려 있었다. 다음날은 다른 라면봉지에도 구멍이 뚫려 있었다. 나는 방 안에 쥐가 있다고 확신했다. 복도에서는 쥐가 다니는 것을 종종 보았으나 방 안까지 들어왔다면 문제가 심각했다.

나는 책상 밑과 책장 뒤를 살피고 이불을 뒤집어보았다. 쥐는 없었다. 천장 모서리 쪽에 작은 구멍이 하나 있는데 쥐가 날개가 달리지 않은 이상 그 구멍에서 나왔다가 다시 구멍으로 돌아갔을 것 같지는 않다. 그래도 혹시나 하는 마음에 종이 몇 장을 둥글게 뭉쳐서 구멍을 막았다.

아무 일도 일어나지 않은 채 하루가 지났다. 나는 평소처럼 점심을 먹으러 자취방에 돌아왔다. 방문을 여는 순간 방바닥에서 무언가에 열중하고 있던 쥐와 눈이 마주쳤다. 쥐도 나를 보고 놀랐는지 후다닥 몸을 날려 방 구석에 있는 책장 뒤로 숨었다. 나는 급히 책장을 비스듬히 돌려 쥐를 방 모서리에 가뒀다. 책장의 높이는 내 허리 정도였다. 내가 쥐를 내려다보니 반대로 쥐는 나를 올려다봤다.

이 녀석이 천장 구멍을 통해 들어왔다면 다시 돌아갈 방법은 없을 것이다. 그렇다면 처음 들어온 날부터 지금까지 이 방 어딘가에 계속 숨어 있었다는 뜻이다. 그러면서 내가 밥을 먹고, 옷을 갈아입고, 라디오를 들으며 낄낄대다가 잠드는 모습까지 은밀하게 지켜봤으리라. 이것도 인연이라면 인연이다. 나는 이 녀석을 산 채로 잡아 키워보고 싶었다.

책상 한쪽에 있던 빈 종이가방을 꺼내 입구를 벌리고 책장 아래쪽에 갖다 댔다. 책장을 살짝 틀어주자 쥐가 그 틈으로 튀어나와 종이가방 안에 들어갔다. 나는 재빨리 종이가방의 입구를 틀어쥐고 쥐가 정신을 못 차리도록 팔을 크게 휘저으며 빙글빙글 돌렸다. 잠시 후, 숨을 고르고 종이가방의 입구를 슬며시 열어보니 쥐는 말 그대로 쥐 죽은 듯 가만히 있었다. 나는 쥐를 자췻집 뒤편에 버려져 있던 냉장고 안에 가뒀다. 지금은 우선 점심을 먹고 다시 학교에 가야 했기 때문이다.

나는 학교에 있는 내내 쥐를 생각했다. 쥐를 어떻게 키우지? 어디서 큰 통을 구해볼까? 아니면 나무상자 같은 건 어떨까? 나는 야생 쥐도 길들이기만 하면 애완용으로 키울 수 있을 거라 단순하게 생각했다.

저녁을 먹으러 자췻집에 돌아왔다. 먼저 쥐의 상태를 확인하려고 냉장고 문을 천천히 열었다. 그 순간 무언가가 후다닥 튀어나와 내 허벅지에 부딪힌 후 땅바닥으로 떨어졌다. 쥐였다. 쥐는 이 순간만을 기다린 듯 번

개처럼 달아났다. 나는 멍해졌다. 쥐를 키워보려던 계획은 한나절 만에 해프닝으로 끝나버렸다. 저녁을 먹으면서도 쥐를 놓친 아쉬움이 쉽게 가시지 않았다.

내가 쥐를 보고도 무서워하거나 불결하다고 생각하지 않는 이유는 어린 시절의 경험 때문일 것이다. 시기는 정확히 기억나지 않지만 나와 네 살 많은 아랫집 형이 모두 초등학생 때였다. 당시에도 지금처럼 집에서 쥐를 흔히 볼 수 있었고, 마루 밑으로 쥐가 돌아다니는 것이 파리나 모기가 날아다니는 것만큼 자연스러웠다.

한 번은 산에서 고양이 한 마리가 내려왔다. 그 고양이를 잘 길들였거나 최소한 경계심을 풀어주기만 했더라면 집 근처를 오가며 쥐라도 잡아줬을 터였다. 하지만 앞집에 사는 당숙이 고양이 삶은 물이 남자 몸에 좋다며 그 고양이를 잡아먹어 버렸다. 결국 쥐를 잡기 위해 사람이 나서야 했다. 마루 밑, 곳간, 외양간 모퉁이, 심지어 부엌의 부뚜막 위까지 쥐약과 쥐덫을 놓았다. 쥐약을 먹은 쥐는 쥐약이 있던 자리에서 바로 죽지 않고 제 보금자리로 돌아가서 죽었다. 하지만 쥐덫에 잡힌 쥐 중에는 살아 있는 놈들도 꽤 많았다.

살아 있지만 저항할 수 없는 쥐는 철없는 아이들에게 훌륭한 놀잇감이었다. 아랫집 형은 쥐가 잡히면 나를 불렀다. 마치 전쟁터에서 군인들이 생포한 포로를 노리개 삼듯 우리는 쥐를 마음껏 농락하며 가해했다. 그런데 아랫집 형은 쥐를 가해하는 일을 자기가 직접 하지 않고 꼭 나에게 시켰다. 나는 그 형이 시키는 대로 불에 달군 칼을 쥐의 몸에 대며 가해했다. 쥐의 비명과 몸부림에 우리는 까르르 웃음을 터뜨렸다.

쥐가 실신하자 아랫집 형이 쥐의 배를 갈라보라고 했다. 그 형은 나보다

네 살이나 많아서 그런지 엉뚱한 생각을 잘 했다. 쥐의 배를 가르니 내장이 튀어나왔다. 간혹 새끼를 밴 쥐도 있었다. 우리는 그 형네 집 대문간에서 종종 그런 짓을 하며 놀았다.

원래부터 나에게 이런 잔악한 본성이 있었던 걸까? 어린 시절의 나는 옳고 그름을 분간하지 못할 만큼 무지했다. 나는 자라면서 내가 모질지 못하고 오히려 여리다고 느꼈다. 사실은 나도 죽은 쥐라면 몰라도 살아 있는 쥐의 배를 가를 때는 속으로 몹시 꺼림칙했다. 그런데 아랫집 형이 잘한다, 잘한다 하며 칭찬해주니 그 소리가 듣기 좋아서 계속 시키는 대로 했던 것 같다.

특히 아랫집 형은 뱀을 극도로 혐오하여 밖에서 놀다가 뱀이 나타나면 꼭 나에게 죽이라고 시켰다. 나는 뱀을 막대기로 내리치거나 돌로 찍어서 죽였다. 나는 힘없는 생명에게 무자비한 폭력을 가한다는 생각은 눈곱만큼도 안 했다. 아랫집 형의 행동으로 미루어볼 때 뱀은 원래 죽어 마땅한 나쁜 존재려니 여겼다. 그래서 나는 나쁨을 제거한다는 사명감을 가지고 뱀을 죽였다. 그러다 중학생이 되어서야 뱀은 원래 죽어 마땅한 존재가 아니라는 사실을 깨달았다.

인간 세상에 비유하자면 아랫집 형은 포악무도한 독재자, 나는 그 독재자의 하수인, 뱀이나 쥐는 독재자의 눈에 거슬리는 억울한 민중들이 아니었을까? 억울한 민중이 죽어 마땅한 존재가 아니듯 뱀 역시 죽어 마땅한 존재가 아니다.

그렇게 잔혹한 짓을 놀이라고 착각하며 살았던 나는 의외로 소심하고 여린 성격의 고등학생이 되었다. 나에게 그 짓을 하라고 지시했던 아랫집 형도 사실은 착하다는 말을 많이 듣는 모범생이었다.

7

청춘이라고 다 싱그럽지는 않아

"찬이야, 찬이야."

누군가 속삭이는 소리에 잠에서 깼다. 나는 자리에 누운 채로 소리에 귀를 기울였다.

"찬이야, 찬이야."

창밖에서 누군가 내 이름을 부르고 있었다. 나는 어리둥절해하며 몸을 일으켰다. 라디오 전면에 달린 디지털시계가 어둠 속에서 빨간 불빛을 내뿜고 있었다. 게슴츠레한 눈으로 보니 '03'이라는 숫자가 희미하게 번져 보였다. 나는 창문에 대고 무심결에 물었다.

"누구야?"

"나 성진이야. 찬이 맞지?"

"어? 성진이? 지금 새벽인데 이 시간에 무슨 일이야?"

"내가 자전거를 한 대 쌔벼 왔거든? 너희 자췻집에 놓고 갈 테니까 잠깐만 맡아줘. 내일 찾으러 올게."

성진이가 어딘가에서 자전거를 훔쳐 온 모양이다. 내가 약간 당황하여 대답을 못 하고 있는데 성진이가 먼저 말을 이어갔다.

"너희 자췻집에 자전거 세워 놓은 데 있잖아? 거기에 놨어. 누가 물어보면 네가 잠깐 빌린 거라고 해. 내일 낮에 찾으러 올 테니까. 알았지?"

"응, 알았어."

나는 얼떨결에 대답했다. 그러자 성진이가 고맙다는 말을 남기고 돌아갔다.

성진이는 나와 같은 중학교를 나온 친구다. 그런데 우리는 중학교 때 그렇게 친한 사이는 아니었다. 지금도 같은 고등학교에 다니고 있지만 내가 사귄 친구 무리와 성진이가 사귄 친구 무리가 달라서 자주 어울리지는 않았다. 성진이는 자취나 하숙을 하지 않고 통학을 했다. 장평중학교 출신 동창들과 선배들 대여섯 명이 통학차량을 대절해서 타고 다녔다. 성진이도 그 차를 이용했다. 그런데 오늘은 통학차량을 타지 않고 읍내에서 밤새 논 모양이다.

성진이는 고등학교에 와서 공부보다 노는 걸 더 좋아했다. 아무래도 장평면이라는 시골에 갇혀 있을 때보다 부여 읍내로 활동 반경이 넓어진 지금이 놀거리가 훨씬 많다는 점은 이해한다. 성진이는 주로 야간자율학습 시간에 땡땡이를 쳤다. 그리고 읍내에서 놀다가 통학차량을 타고 귀가할 시간에 맞춰 학교로 돌아왔다. 야간자율학습 땡땡이를 쳤다가 선생님한테 걸리면 다음날 몽둥이로 열대 쯤 얻어맞아야 한다. 하지만 성진이는 그런 것쯤은 별로 개의치 않는 것 같다. 상습적으로 땡땡이를 치는 걸 보면.

성진이는 중학교 때 싸움 짱이었다. 본인이 그렇게 생각했고 다른 애들도 대부분 그걸 인정했다. 우리가 중학교에 입학할 때는 성진이가 같은 학년 중에서 키가 제일 컸다. 욕도 차지게 아주 잘했고 중학생치고 인상도 험상궂었다. 나는 그런 성진이가 편하지 않았다.

성진이가 싸움을 얼마나 잘하는지 직접 본 적은 없다. 그런데 다른 애들한테 시비를 걸 때는 눈이 획 돌아가서 약간 광인 같은 얼굴이 되었다. 성진이는 거친 욕을 퍼부으며 기선을 제압했다. 그런 상황에서 진짜 싸움이 난다면 무슨 일이 벌어질지 상상할 수 없을 만큼 분위기를 살벌하게 만들었다. 그러면 상대는 감히 맞서려 하지 않았고 그 상황은 성진이가 이긴 것으로 정리되었다.

성진이는 평소에도 덩치가 작은 애들의 뒤통수를 때리고 다녔다. 상대가 반사적으로 "왜 때려!"라고 하면 찰진 욕을 내뱉었다. 성진이가 "이런 병신새끼, 어디서 뒤질라고, 눈깔아 이 씹새끼야!"라고 소리치면 상대는 더 대항하지 못했다. 성진이는 이런 행동으로 자신의 우위를 계속 확인하는 것 같았다.

그런데 성진이는 자기와 덩치가 비슷한 상대, 한마디로 서로 작정하고 싸우면 이기지 못할 것 같은 애들한테는 욕을 하지 않고 평화적으로 대했다. 그런 상대는 두 명이었다. 한 친구는 최주혁이었고 다른 친구는 김대영이었다. 최주혁은 초등학교 때 육상부였는 데다가 축구와 농구를 잘했다. 또, 당시 친구들 중 유일하게 읍내에 있는 합기도 학원에 다니기도 했다. 김대영은 남자다운 얼굴에 말수가 적고 듬직한 이미지의 친구였다. 힘이 어찌나 센지 학교에서 씨름을 하면 무조건 1등을 했다. 성진이는 이 둘에게는 절대 욕을 하지 않았다.

그늘진 모퉁이에 핀
들꽃 같은 그대에게

우리 반에 공부를 아주 잘하는 세 명이 있었는데 성진이는 이 애들에게도 시비를 걸지 않았다. 공부를 잘하는 애들은 늘 선생님의 관심을 받았기 때문에 괜히 건드렸다가 선생님께 알려질 수 있어서 건드리지 않은 것 같다.

마지막으로 성진이가 함부로 대하지 않는 친구는 이희준이었다. 이희준의 아버지는 농협 조합장이었다. 학교에 행사가 있을 때 외빈으로 이희준의 아버지가 참석하기도 했다. 이희준은 성진이가 유일하게 존중하는 친구였다. 나는 주로 최주혁과 어울렸기 때문에 성진이와 부딪힐 일은 없었다. 그래도 언제 시비가 걸릴지 몰라 되도록이면 성진이와 놀지 않았다.

성진이는 폭력적인 행동을 어디에서 누구에게 배웠을까? 폭력을 미화한 비디오나 만화책을 보고 너무 멋있다고 생각한 나머지 그런 행위를 모방했던 걸까? 성진이한테 나이 차이가 많은 형이 있는데 그 형과 형의 친구들을 보면서 자신도 모르게 동화된 걸까?

우리가 중학교에 다니던 3년 동안 성진이는 키가 별로 자라지 않았다. 그 사이 다른 친구들이 키가 훌쩍 자라면서 성진이보다 큰 애들이 많아졌다. 하지만 그렇다고 성진이의 지위가 흔들린 것은 아니었다. 사람에게 한번 고정관념이 심어지면 스스로 그걸 깨기가 어려운 것처럼 당시 우리는 여전히 성진이가 짱이라는 걸 의심하지 않았다.

고등학교에 온 성진이는 다소 조용하게 지내고 있다. 우리 고등학교에서는 좀 논다는 애들끼리 이미 1학년 때부터 자기들만의 패거리를 만들고 보이지 않는 서열을 정했다. 그 패거리의 중심은 읍내에 있는 부여중학교와 백제중학교 출신들이었다. 심지어 이 패거리는 중학교에서부터 고등학교까지 선후배 간에 연결되어 있다는 말도 있었다.

이 애들은 대부분의 평범한 애들에 비해 상대적으로 행실이 불량한 편에 속했지만 학교 내에서 크게 문제를 일으키지는 않았다. 단지 자기들끼리 몰려다니면서 좀 심하게 떠들고, 욕을 하고, 화장실에 모여서 담배를 피우는 정도였다. 하지만 간혹 덩치가 작은 애들은 이 패거리에게 괴롭힘을 당하기도 했다.

읍내 애들 패거리는 성진이가 장평중학교 짱이었다는 사실을 인정해주지 않았다. 소문에 의하면 1학년 때 이 패거리가 성진이를 불러다 손을 좀 봐줬다는 얘기가 있었다. 성진이가 1학년 초에 좀 세보이고 싶었는지 자기 스스로 장평중학교 짱이었다고 떠벌리고 다녔는데 읍내 애들 패거리가 이를 용납하지 않았다는 것이다.

성진이는 중학교 때 자기가 먼저 분위기를 살벌하게 만들어서 싸우지 않고도 이기는 기술을 썼다. 그런데 그 기술이 순진한 시골 애들한테는 통했는지 모르지만 읍내 애들한테는 먹히지 않았던 모양이다. 이곳 부여는 원래 읍내 애들의 홈그라운드다. 성진이가 짱이 아니라 짱 할아비라도 타지에서 온 입장에서 읍내 애들의 텃세를 이기기는 힘들어 보였다. 힘으로 보나 세력으로 보나 성진이가 읍내 애들을 이길 수는 없었다.

성진이는 선택해야 했다. 한때 짱이었던 자신의 정체성과 자존심을 버리고 읍내 애들 패거리에 들어가 같이 어울려 다닐 것인가, 아니면 평범한 학생이 되어 읍내 애들 패거리의 눈에 거슬리지 않게 조용히 생활할 것인가.

성진이는 제3의 선택을 했다. 그것은 읍내 애들 패거리와 부딪히지 않으면서도 자신이 주도할 수 있는 작은 패거리를 만든 것이었다. 성진이는 학교 안에서는 자세를 낮추고 있다가 학교 밖에서는 자신의 무리를 이끌고 다녔다. 성진이의 무리는 고작 서너 명에 불과했다. 내가 보기에 그 무리는 그저 성진이와 처지가 비슷한 애들로 구성된 이합집산 같았다.

그늘진 모퉁이에 핀
들꽃 같은 그대에게

내 또래 남자애들은 성적 호기심, 아니 성적 욕구가 왕성하다. 요즘에는 고등학생들도 성경험이 있는 애들이 많다고 한다. 우리 반에서도 읍내 애들 패거리가 가끔 어떤 여자애를 먹었네, 어쨌네 하며 떠드는 걸 보면 몇몇 애는 벌써 성경험이 있는 것 같다.

　나는 그런 경험은 고사하고 여자를 사귀어 본 적도 없다. 게다가 여태껏 성교육이라는 것조차 한번 받아보지 못했다. 나의 편협한 성 지식은 친구들의 음담패설을 엿들으며 축적한 것이었다. 나는 본능적으로 끌어 오르는 성욕에 어떻게 대처해야 하는지 몰랐다. 평소 점잔을 떨던 나였기에 누구한테 은근하게 물어볼 수도 없었다. 그래서 나는 나름대로의 방안을 모색해 냈다. 그것은 두 가지였다.

　첫 번째는 무협지를 읽는 것이다. 나는 우연히 형이 남기고 간 무협지를 읽게 됐다. 무림의 세계가 어쩌고저쩌고하는 스토리는 나의 흥미를 끌지 못했다. 하지만 무협지는 야한 소설이 아니었음에도 꽤나 야한 장면들을 그려냈다. 영웅호색이라는 말처럼 주인공은 필연적으로 여자와 얽히게 되는데 궁극에는 강렬한 육체적 결합으로 이어졌다.

　책에는 남녀가 결합하는 장면이 극단적으로 자세히 묘사되어 있었다. 작가의 표현력이 어찌나 좋은지 실제로 두 남녀의 행위를 훔쳐보는 것 같은 착각이 들 정도였다. 나는 책 속으로 들어가 그들과 같이 흥분했다. 나는 남녀의 사소한 행위 하나하나까지 머릿속에 선명하게 그려질 만큼 그 장면을 읽고 또 읽었다. 그리고 매일 밤 흥분에 젖어들었다.

　나의 두 번째 욕구 해소 방법은 야한 그림을 그리는 거였다. 역시 형이 놓고 간 책이 몇 권 있었는데 그것은 무협 소설 여러 편을 연재하는 잡지였다. 물론 성인용이었다. 잡지에는 중간중간 그림이 삽입되어 있었다. 책을 무심코 펼치면 항상 야한 그림이 있는 페이지가 나왔다. 얼마나 그 그림을 자주 봤는지 특정 페이지에만 유독 손때가 많이 묻어 있었다.

나는 그림을 보는 것에 만족하지 않고 직접 그리기 시작했다. 처음에는 잡지에 있는 그림을 따라서 그렸다. 그림을 그린 뒤에는 혹시나 누가 볼까 싶어 잘게 찢어서 버렸다. 나중에는 아예 연습장 한 권을 비밀 화첩으로 만들었다. 그림을 계속 그리다 보니 그림 실력이 조금씩 늘었다. 이윽고 나는 내가 그리고 싶은 것을 상상하면서 그렸다. 여자의 나체와 남녀가 육체적으로 결합하는 장면들을 그려 나갔다. 나는 내 그림에 집중하면서 온 정성을 다했다. 그림 중에 몇 장은 정말 마음에 들었다. 나는 밤마다 내 화첩을 보면서 흥분의 절정을 경험하곤 했다.

내 머릿속은 외설적인 생각들로 가득 찼다. 나 스스로도 내가 비뚤어진 성의식을 갖게 되지 않을까 걱정스러울 정도였다. 나는 밖에서는 착실한 학생이었지만 자취방에서는 변태적인 상상력에 중독된 욕망덩어리였다. 어떤 게 진짜 나인지 혼란스러웠다. 화첩을 보지 않으려고 노력했지만 어느새 나는 다시 욕망의 꼭두각시로 변해 있었다.

평소처럼 점심을 먹으러 자취방에 돌아왔다. 점심을 빨리 챙겨먹고 잠깐 쉬다가 다시 학교에 가는 게 나의 점심시간 루틴이다. 나는 밥을 먹고 의자에 축 늘어져 쉬고 있었다. 내 손이 습관처럼 책상 서랍에서 나의 비밀 화첩을 꺼냈다. 한 장 한 장 천천히 넘기다 보니 사타구니 쪽으로 혈액이 몰리며 발기가 되었다. 그때 갑자기 누군가가 방문을 열었다. 나는 깜짝 놀라 얼른 화첩을 덮고 책상 위에 있는 다른 책 밑에 끼워 넣었다.

"김찬, 나 왔어. 야, 우리 여기서 점심 좀 먹고 가도 되냐?"

성진이가 자기 똘마니 친구와 함께 들이닥쳤다. 두 사람의 손에는 뜨거운 물이 담긴 컵라면이 들려 있었다. 나는 당황한 표정을 감추며 의자에 앉은 채로 말했다.

"어? 갑자기 웬일이야? 말도 없이."

성진이가 내 자취방에 온 건 이번이 처음이다.

"찬이야 밥 먹었냐? 우리 여기서 컵라면만 먹고 갈게."

"응, 들어와. 여기서 먹어. 나는 다 먹었어. 그냥 바닥에서 편하게 먹어."

나는 매우 나른하여 차마 몸을 일으키지 못하겠다는 시늉을 하며 의자에 계속 앉아 있었다. 두 애들은 순식간에 컵라면을 먹어 치웠다.

"찬이야, 나 네 자취방에 처음 와본다. 이렇게 사는구나. 살 만하냐?"

"응, 그냥 뭐 그럭저럭."

"그래도 있을 거 다 있네. 냉장고, 밥솥, 라디오, 책도 많고…."

"자취할 때 이런 건 그냥 기본이야."

나는 용건이 끝났으면 그만 돌아가라는 투로 건조하게 대답했다. 이번에는 성진이의 똘마니 친구가 나에게 물었다.

"혼자 있으면 심심하지 않냐? 만날 뭐하면서 지내냐?"

"밥하고, 청소하고, 빨래하고 할 게 얼마나 많은데. 자취생활도 힘들어."

"야, 그래도 난 자취하는 애들이 부럽더라. 나도 자취 한번 해볼까?"

성진이는 자취방을 빌려준 나에게 굳이 고마운 티를 내느라고 계속 말을 시켰다. 그러면서 내 책상 위에 있는 책과 물건들을 유심히 살폈다. 이건 뭐냐 저건 뭐냐는 식으로 말을 섞으며 친한 척을 했다. 나는 성진이가 내 화첩을 보게 될까 봐 마음이 조마조마했다. 그래서 일부러 화제를 전환하려고 몸을 일으켜 카세트가 있는 쪽으로 갔다.

"니들 강산에라고 알아? 이게 강산에 테이프거든. 노래 엄청 좋아. 들어볼래?"

"찬이는 역시 특이한 노래만 듣는구나. 강산에가 누구야? 난 처음 들어봐."

성진이가 그렇게 대답하면서 내 책상에 앉았다. 그러고는 책상 위에 놓인 책들을 하나씩 들춰보았다. 나는 심장이 두근거리고 다리가 후들후들 떨렸다. 기어코 성진이의 손이 내 화첩을 펼쳐 들었다.

"이건 뭐냐? 야 좆빠져! 장난 아녀! 오 씨발 끝내주는데!"

성진이가 저급한 탄성을 내질렀다. 나는 얼른 둘러댈 말이 떠오르지 않았다.

"야 김찬, 너도 이런 거 좋아하냐? 야 진짜 의외다. 난 우리 찬이가 이런 거 좋아하는 앤지 몰랐다."

성진이는 성진이 특유의 꼴 보기 싫은 야릇한 표정을 지으며 말했다. 성진이는 누군가의 약점을 잡으면 그것을 반드시 자기에게 유리하게 써먹는데, 상대가 약자일 경우는 대놓고 약점을 공격하지만 대등한 상대일 경우는 은근하게 약점 주변을 건드리면서 심리적으로 굴복하게 했다. 나는 지금 이 상황도 그렇지만 앞으로 성진이가 어떤 태도를 취할지 생각하니 불쾌하고 짜증이 났다.

"야, 이 새끼 진짜 변태 같아. 여기서 만날 이런 거 그리고 있는 겨? 이런 거 보면서 딸딸이도 치고 그러냐?"

성진이의 똘마니 친구는 한술 더 떠서 대놓고 나의 인격을 모독했다. 나는 강한 수치심을 느꼈다. 그것은 나의 은밀하고 특이한 취미가 노출된 것에 대한 민망함이나 부끄러움 때문이 아니었다. 어차피 나는 이 애들과 친하지 않으니까 고등학교를 졸업하면 다시는 친구로서 볼 일이 없을 거라는 생각을 늘 가지고 있었다. 그러니 이 애들 앞에서 부끄러워할 필요는 없었다. 나는 단지 나 자신 때문에 수치심을 느꼈다. 내 행위는 변태 같은 놈들이나 하는 짓이었다. 나의 수치심은 자괴감 비슷한 거였다. 나는 비록 내가 잘난 건 아니지만 최소한 성진이를 비롯한 일부 수준 낮은 애들보다 정신적으로 더 성숙하다고 자부하며 살아왔다. 하지만 진실은 나 역시 그저 그런 인간일 뿐이며 오히려 더한 변태이고 위선자라는 것이었다.

그날 이후 나는 성진이와 성진이의 똘마니 친구 눈치를 보게 됐다. 이 애들이 속으로 나를 얼마나 비웃고 있을까? 다른 애들한테 말했을까? 친구들이 나를 대하는 걸 보면 아직 비밀이 알려진 것 같지는 않다. 성진이와 성진이의 똘마니 친구에게 발설하지 말아달라고 부탁할까? 그런데 그렇게 한다면 왠지 내가 더 수치스러울 것 같다.

성진이는 평소처럼 나를 대했다. 그날의 일에 대해서는 아는 기색조차 하지 않았다. 성진이의 똘마니 친구도 마찬가지였다. 하지만 나는 별로 고마움을 느끼지 않았다. 두 애들이 일부러 의리 있는 친구인 척하면서 나를 능멸한다는 기분이 들었기 때문이다. 예상대로 성진이는 가끔씩 나에게 거만한 얼굴을 했다. 마치 "나는 너에 대해 다 알고 있다. 그러니까 알아서 잘 해."라고 말하는 것처럼. 나와 성진이는 예전보다 더 어정쩡한 관계가 됐다.

Part 2

한 송이
들꽃으로
피어나다

8

소망북클럽

여름의 한가운데를 지나고 있다. 좀 덥다는 것 말고는 특별할 것 없는 하루하루가 쌓여간다. 자취방이 어찌나 덥고 습한지 걸을 때마다 발바닥에서 쩍쩍하는 소리가 난다. 밥솥에 밥이 없더라도 더위는 먹지 말아야겠다. 정신력으로 버텨내자. 방에서 더위와 씨름하고 있는데 승업이가 찾아왔다.

"찬이야, 뭐하냐?"

"공기 들이마셨다가 내뱉는 중이야. 그런데 어쩐 일로?"

"너 토요일마다 집에 가잖아? 그러면 일요일에 몇 시에 오지?"

"특별한 일 없으면 네 시쯤? 왜?"

"내가 나가는 모임이 있는데 너도 같이 갔으면 해서."

"그래? 무슨 모임인데?"

"소망북클럽이라고, 독서하는 모임이야."

"독서 모임이라고? 어디서 하는 건데?

"우리 신문보급소에서. 우리 소장님이 이 모임 총무를 맡고 계시거든. 나도 소장님 얘기 듣고 시작한 건데 회원 중에 학생이 나 혼자밖에 없어서 약간 어색하더라고. 그래서 너한테 부탁 겸, 추천 겸 같이 가자고 얘기하는 거야."

승업이의 말을 듣다 보니 나는 작년에 규삼이 형이 가입을 권유했던 독서 모임이 생각났다. 시간도 없고, 돈도 없고, 무엇보다 여고 애들과 어울릴 자신이 없어서 거절했던 그 모임 말이다. 그런데 이번에는 승업이가 다른 독서 모임을 같이 하자고 한다.

"어른들이 무슨 독서 모임을 해? 그것도 신문보급소에서?"

"사회에서는 그런 걸 동호회라고 한대. 학교 동아리처럼 취미가 같은 사람들끼리 모여서 하는 거래."

"그런 것도 있구나. 몇 명이 하는데?"

"나까지 여섯 명. 나는 학생이라고 가입비랑 회비도 면제해줬는데 아마너도 그렇게 해주실 거야. 일요일 일곱 시에 모이니까 방에서 쉬고 있다가나랑 같이 스쿠터 타고 가면 돼."

"글쎄, 모르는 사람들이랑 굳이. 불편하지 않을까?"

"아니야 사람들 다 좋아. 우리 소장님도 진짜 좋은 사람이고."

나는 잠시 생각했다. 사실 조건이 나쁘지는 않았다. 일단 일요일 저녁에는 딱히 할 일이 없었고 모임에 돈을 내는 것도 아닐뿐더러, 승업이의 스쿠터를 타고 가지 않더라도 승업이가 말한 신문보급소는 걸어서 갈 만큼 가까웠다. 회원들이 어른이라는 게 부담스럽기는 하지만 철없는 어린 애들보다 배울 점이 많은 어른들과 알고 지내는 것도 괜찮을 것 같았다.

"그래, 한번 가보지 뭐."

"찬이야 고맙다. 그러면 이번 주부터 가는 거지?"

"응. 그런데 넌 언제부터 다닌 거야?"

"나야 뭐 보급소는 매일 새벽마다 가는 거고, 모임 때문에 간 건 한 달 정도 됐지."

"뭐야, 얼마 안 됐네? 아무튼 일요일 저녁에 네 방으로 갈 테니까 같이 가자."

어느덧 승업이와 약속한 시간이 됐다. 나는 내 옷 중에서 가장 깔끔한 하늘색 티셔츠를 입고 승업이 방으로 갔다. 승업이도 나갈 준비를 마치고 나를 기다리고 있었다. 승업이가 자기 헬멧을 챙겼다. 스쿠터에 둘이 타려면 뒷좌석에 있는 짐 싣는 박스를 떼어내야 했다. 나는 승업이에게 번거로운 일을 시키고 싶지 않았다.

"그냥 걸어가자. 오늘은 별로 덥지도 않은데 뭘."

"그럴까? 하긴, 지름길로 가면 금방이긴 해."

"그래, 기름이라도 아껴라. 가까운 데를 뭐 하러 스쿠터 타고 다니냐."

"오케이! 걸어가자."

우리는 공동묘지 앞으로 나 있는 지름길을 따라 읍내 쪽으로 걸어갔다. 지름길은 한 사람이 겨우 다닐 수 있는 좁은 오솔길이었다. 승업이가 앞서고 내가 뒤서서 걸었다. 우리는 모임에 늦지 않기 위해 말없이 걸음을 재촉했다. 지름길이 끝나고 큰길에 이르자 승업이의 걸음이 조금 느려졌다.

"찬이야, 너는 천국이 있다고 생각하냐?"

"천국? 그런 게 있으면 안 되지. 나 같은 사람은 못 가니까."

"네가 어때서?"

"내가 대놓고 나쁜 짓을 한 건 없지만 그렇다고 마음이 순수하다고는 할 수 없지."

"보통 사람들도 다 갈 수 있대. 믿음만 있으면."

"천국이 있으면 지옥도 있는 거 아니야? 천국이 없으면 지옥도 없는 거고. 나는 천국도 안 가고 지옥도 안 가는 게 좋아."

"그래, 네 말도 맞네. 그런데 너는 이 세상이 공정하다고 생각해?"

"얘가 오늘따라 웬 철학자 같은 소리만 하고 있냐. 독서 모임 한 달 나가더니 철학자 다 됐네? 세상이 공정하니까 열심히 한 사람은 성공하고 도둑질한 사람은 감옥 가고 하는 거 아니야."

"아무리 열심히 해도 안 되는 게 있던데? 넌 그런 거 없었어?"

"열심히 해도 안 되면 포기하는 거지 뭐. 별수 있나."

"만약 그게 포기할 수 없는 거라면?"

"운명이라고 생각해야지. 운명을 어떻게 거역해."

"운명? 너는 운명이 있다고 생각해?

내가 별 뜻 없이 내뱉은 말에 승업이가 끈질기게 계속 질문을 덧붙였다. 그래서 나도 조금 진지하게 대답했다.

"글쎄, 운명이든 우연이든, 행운이든 불운이든, 각자가 처한 현실은 다 다르잖아. 그게 운명이랑 같은 거 아닌가? 운명에 대해 얘기 하니까 그런 말이 생각나네. 추인낙혼이라는 사자성어 들어봤냐? 똑같은 나뭇가지에서 떨어진 꽃잎이라도 그때그때 부는 바람에 따라 어떤 건 깨끗한 방석 위에 떨어지고, 또 어떤 건 지저분한 화장실에 떨어진다는 뜻이야. 결국 각자가 처해 있는 상황이 다 자기 팔자소관이라는 거지."

"그건 그저 우연이잖아. 나의 의지가 전혀 개입되지 않은 결과. 운명을 너무 믿지 마. 길은 다 있어. 우리가 모르고 있을 뿐이지."

"그래, 네 말이 맞다. 포기하지 말자. 그러면 우리한테도 언젠가 좋은 날이 오겠지."

승업이와 정답이 없는 이야기를 주고받으며 걷다 보니 어느새 신문보급소가 코앞으로 다가와 있었다. '동남신문보급소'라고 적힌 간판은 세월의 흔적을 고스란히 품고 있었다. 승업이가 매일 새벽마다 오는 곳이 바로 여기로구나. 비가 오나 눈이 오나 하루도 빠지지 않고 와야 하는 곳. 그러고 보면 승업이는 참 어른스럽고 성실한 친구다. 한편으로는 안쓰럽기도 하지만.

우리는 조선일보, 동아일보, 한국일보라고 쓰여 있는 유리문을 열고 안으로 들어갔다. 보급소 내부는 꽤 넓었다. 중간쯤에 공간을 분리하기 위한 낮은 칸막이가 있고 그 너머에 잡다한 물건들이 쌓여 있었다. 우리가 있는 쪽에 책상과 냉장고, 텔레비전 등이 있어 이쪽이 사무실임을 짐작케 했다. 사무실 한가운데에는 긴 테이블이 놓여 있었다.

"소장님, 안녕하세요?"

"응, 승업이 왔니?"

승업이가 소장님이라고 부르는 사람, 즉 신문보급소 소장님은 키가 크고 홀쭉한 중년 여자였다. 나는 소장님이 여자라는 사실도 놀라웠지만 저런 여리여리한 몸으로 신문보급소를 운영한다는 게 더 놀라웠다. 게다가 자줏빛으로 염색한 숏커트 머리스타일이 여느 중년 여자와는 다른 인상을 풍겼다.

"아이구! 친구 데리고 왔구나! 승업이한테 얘기 들었어요. 오늘 친구 데려온다고. 이쪽으로 앉아요."

소장님은 직접 의자를 빼주며 나를 무척 반가운 손님 대하듯 했다.

"네, 소장님 안녕하세요? 김찬이라고 합니다. 앞으로 잘 부탁드립니다."

"하하하! 부탁은 무슨, 내가 뭐 대단한 사람도 아니고. 선옥이 엄마하고 장 선생도 김찬 학생이랑 인사해."

소장님이 아까부터 환하게 웃으며 우리를 지켜보고 있던 두 사람에게 인사할 기회를 주었다. 선옥이 엄마는 중년 여자를 말하는 것 같고, 장 선생은 삼십 대나 사십 대쯤으로 보이는 남자를 말하는 것 같았다.

"환영합니다. 앞으로 잘 지내봐요."

"반가워요. 미남 학생이 둘씩이나 오니까 분위기가 확 사네 살아!"

"네, 안녕하세요? 김찬이라고 합니다. 잘 부탁드립니다."

두 사람은 나에게 인사를 건네고 구면인 승업이와도 눈으로 인사를 주고받았다.

"자, 일단 다들 앉아서 조금만 기다려요. 금방 세팅 끝나니까."

소장님은 과자가 수북이 담긴 큰 접시와 종이컵을 테이블 위에 올려놓았다.

"최씨는 못 온다?"

선옥이 엄마가 소장님을 보며 물었다.

"응, 최씨는 오늘도 특근 뛰느라 못 온다네."

"그려? 하여간 요즘 열심히 사는구먼. 벌써 세 번째 빠지는 거 아녀? 잘 좀 챙겨야 겄는디?"

"회장이 챙겨야지 총무가 챙기나? 김찬 학생, 저 아줌마가 여기 회장이야. 회장이 저런다. 하하하!"

나는 소장님의 말에 소리 없는 웃음으로 반응했다. 그러면서 승업이에게 눈짓을 했다. 뭔가 이상하다는 사인이었다. 내가 예상했던 진지한 분위기는 아니었다.

"안녕하세요?"

그때 한 젊은 여자가 활기찬 목소리로 인사하며 들어섰다. 고등학생인가 싶을 정도로 앳된 얼굴의 여자였다. 아담한 체구에 매끄러운 몸매, 잡티 없이 투명한 하얀 얼굴에서 건강한 기운이 느껴졌다. 목선을 반쯤 가리는 단발머리가 세련되면서 산뜻해 보였다. 옷차림은 수수했지만 빨갛게 칠한 입술로 자신이 성숙한 여인이라는 걸 드러내는 것 같았다.

"응 미진이 왔니?"

회장님이 그녀를 미진이라고 불렀다. 미진, 한자로는 아름다울 미(美)자에 참 진(眞)자를 쓰겠구나. 나는 그 이름이 그녀에게 잘 어울린다고 생각했다. 그녀는 알아서 자리에 앉았다.

"새로운 분이 오셨네? 승업이 친구? 얘기 들었어요."

그녀가 생기발랄한 얼굴로 내게 말했다. 그 순간 내 심장이 빠르게 요동치기 시작했다. 갑자기 온몸이 나른해지면서 귓속에서는 '삐-' 하는 소리가 맴돌았다.

"예, 안녕하세요? 김찬이라고 합니다."

"저는 김미진이에요. 만나서 반가워요!"

내가 자리에서 일어나 허리까지 숙이며 정중히 인사하자 그녀도 허리를 숙이며 인사를 건넸다.

"무슨 통성명을 그렇게 사무적으로 하냐? 서로 나이도 비슷한데 말 놓고 편하게 얘기해."

"아이잉, 알았어요. 안 그래도 그러려고 했어요."

그녀가 소장님의 지적에 애교스러운 말투로 대꾸했다.

"승업이랑 같은 반이라고? 내가 너희보다 두 살 많거든. 편하게 누나라고 불러. 아, 반말해도 돼."

"아이고, 아니에요. 반말은 좀 그렇고 그냥 누나라고만 부를게요."

"그래, 우선은 너 편할 대로 해. 난 아무래도 괜찮으니까. 그래도 나는 반말한다?"

"예? 아 예. 그러세요."

"나는 대학생은 아니야. 물론 백수도 아니고. 올해 부여여고 졸업했는데 아는 분 일 좀 도와드리면서 놀고 싶을 때 놀고, 이렇게 사람들도 만나고, 하여튼 지금은 자유로운 영혼이야. 호호호!"

그녀는, 아니 누나는 순한 인상과 달리 외향적인 성격인 것 같았다.

"너도 승업이처럼 자취한다고 했지?"

"예."

"그럼 자주 나와. 여기서 남고까지 가깝지 않니? 남고 애들이 만날 이 앞으로 지나다니던데?"

"가깝긴 한데요, 평일에는 야간자율학습 때문에 힘들고요. 지금처럼 일요일 오후에는 괜찮을 것 같아요."

"그래? 그러면 나는 일요일에는 꼭 와야겠다. 우리 멋있는 찬이 만나려면. 호호호!"

그녀가, 아니 누나가 다정한 목소리로 내 이름을 넣어 말하자 나는 애간장이 녹는 기분이었다.

'그래요. 저도 누나 만나러 일요일마다 꼭 올게요.'

나는 속으로 그렇게 약속했다. 우리가 대화하는 사이 소장님이 다과 준비를 마쳤다.

"자, 올 사람은 다 왔네요. 이제 우리 소망북클럽, 이번 주 모임 시작합니다. 오늘은 새 식구 환영식도 겸해서 하는 거예요. 우리가 그렇게 격식 따지는 모임은 아니지만 그래도 기본적인 건 해야 하니까, 김찬 학생은 가입신청서 먼저 작성해 주세요. 미진이가 쓰는 것 좀 도와주고."

자리에 앉아 있는 회장님을 대신해서 총무인 소장님이 사회자인 양 서서 이야기했다. 그러면서 가입신청서라고 적힌 종이 한 장과 볼펜 한 자루를 나에게 내밀었다. 미진이 누나가 도와주겠다는 듯 의자를 끌고 와서 내 옆에 앉았다.

가입신청서에 적을 내용은 이름, 나이, 성별, 직업, 사는 곳, 전화번호, 종교, 생일, 결혼여부 등의 간단한 신상정보였다. 나는 빈칸을 하나씩 채워 나갔다. 전화번호는 청양 본가 전화번호가 아닌 자췻집 전화번호를 적었다. 내가 그리 심한 악필은 아닌데도 누나의 시선이 신경 쓰여서 그런지 글씨가 더 못난이처럼 써졌다.

신상정보를 적고 나니 가입신청서의 절반이 채워졌다. 나머지 절반은 조금 생각해서 적어야 하는 내용이었다. 자기소개란에 취미, 좌우명, 가족관계, 가입소감 등의 항목이 포함되어 있었기 때문이다. 나는 취미를 통기타 연주라고 적었다.

"어머! 우리 찬이 통기타도 칠 줄 하니? 정말 멋있다. 나는 기타 치는 남자가 멋있더라. 다음에 통기타 가지고 와서 연주 한번 들려 줄 수 있어?"

나는 누나의 멋있다는 말에 고백이라도 받은 것처럼 얼굴을 붉혔다. 다행히 다른 사람들은 서로 대화하느라 누나의 말을 못 들은 것 같았다.

"아직 독학으로 연습하는 중이라 누구한테 보여줄 만한 실력은 아니에요."

"그러면 연습 끝나고 꼭 보여줘! 알았지? 진짜 보고 싶다."

이어서 나는 좌우명을 진인사대천명(盡人事待天命)이라고 적었다. 사실 나에게 좌우명 같은 건 없었다. 나는 좌우명을 갖고 살 만큼 삶의 목표가 뚜렷하거나 의지가 강한 사람이 아니었다. 진인사대천명은 형한테 들은 말인데 뜻이 멋있어서 유식한 척할 때 써먹으려고 기억해둔 말이었다.

"어머! 진인사대천명? 이게 무슨 뜻이야?"

"사람이 자기 할 일을 먼저 다 해놓고, 다음으로 하늘의 명을 기다린다는 뜻이에요."

"이야! 멋있는 뜻이네. 고등학생이 이런 좌우명 갖기 쉽지 않은데. 찬이는 생각도 참 건전하구나?"

누나는 내 가족관계에도 관심을 표시했다. 나한테 누나가 없으니까 자기를 누나라고 생각하란다. 심지어 '잘 부탁드립니다. 열심히 하겠습니다.'라고 다소 성의 없이 적은 가입소감에도 기대가 된다며 긍정적인 반응을 보였다. 나는 누나의 말이 듣기 좋았다. 처음이었다. 이렇게 예쁜 여자가 내 옆에 앉아 있는 것도, 이렇게 살가운 눈빛과 다정한 음성으로 나에게 말하고 있는 것도 다 처음이었다. 이런 상황에서 가슴이 떨리지 않는다면 그게 더 이상하지 않을까?

"김찬 학생, 가입신청서 다 적었어요?"

"네 소장님! 그리고 저한테 말씀 편하게 하셔도 돼요. 편하게 이름 부르세요. 다른 분들도 저를 조카나 동생이라고 생각하고 말씀 편하게 해주세요."

"응, 그럴까? 그럼 찬이라고 부를게."

소장님은 내가 건넨 가입신청서를 보며 사람들에게 정식으로 나를 소개했다. 다른 사람들도 돌아가며 간단히 자기소개를 했다. 회장님은 주부이자 엄마로서 정신없이 살다가 뒤늦게 독서를 시작하고 인생의 의미를 깨달아가는 중이라고 했다. 딸 선옥이는 대학생이라고 한다. 삼십 대인지 사십 대인지 분간이 잘 안 갔던 남자는 서른일곱 살이며, 부여시장 내 병원에서 물리치료사로 일하고 있다고 자신을 소개했다. 그러면서 자신이 아직 결혼을 안 했으므로 아저씨가 아닌 형으로 불러달라고 했다. 소장님은 남편과 사별한 후 남편이 하던 신문보급소를 이어 운영하고 있었다.

우리 독서 모임의 시작과 변천사는 대략 이러했다. 회장님은 한 때 논산 시내에 살았다고 한다. 그곳에서 제법 큰 독서 모임에 나갔는데 책을 매개로 사람들과 어울리는 게 정말 좋았단다. 이후 고향인 부여로 돌아오게 되었고, 다시 독서 모임을 갖고 싶어 친구인 소장님과 단둘이 이 모임을 결성했다고 한다. 그 후에는 지인들이 하나둘 합세하여 불과 2년 만에 일곱 명으로 늘었다는 것이다.

역사가 짧은 소규모 독서 모임의 운영 방식은 간단했다. 읽고 싶은 책이 있으면 회장님께 이야기하고, 회장님이 그 책을 구해 온다. 주로 부여도서관에서 대여하거나 지인이 일하는 복지관에서 빌려온다고 했다. 읽고 싶은 책이 없으면 회장님이 추천하는 책을 읽으면 된다. 대부분 회장님에게 수고를 끼치기 싫어서인지 그냥 회장님이 추천하는 책을 읽는다고 했다. 각자가 읽은 책에 대해 따로 소감을 발표하지는 않는다. 다만 일요일 저녁마다 모여 자유롭게 이야기를 나누며 회원 간 결속을 다진다. 그것이 전부였다.

회장님이 나에게도 책을 한 권 추천했다.

"학교 공부도 중요하지만 인생을 잘 살아가려면 올바른 인생관을 갖는 게 더 중요해. 나는 찬이가 의미 있는 인생을 살았으면 좋겠어."

"아이구, 감사합니다."

"찬이는 세계에서 제일 부강한 나라가 어딘지 아니?"

"미국 아닌가요?"

"맞아. 그러면 미국에서 가장 지위가 높고 존경받는 사람들이 누구라고 생각하니?"

"돈 많은 사람들이요? 아니면 권력을 가진 상류층?"

"정답은 백인들이야. 왜 그럴까?"

"글쎄요. 잘 모르겠는데요."

"백인들은 정신력이 강하거든. 게다가 백인 사회는 하나의 공통된 정신과 사상, 문화를 바탕으로 똘똘 뭉쳐 있어. 그들이 뭘 중심으로 그렇게 똘똘 뭉치는지 아니? 바로 성경이야. 백인 사회가 가진 힘의 근원이 성경인 거지. 우리나라도 미국처럼 부강한 나라가 되려면 사람들이 성경을 공부해야 돼."

나는 설마 회장님이 나에게 전도를 하려는 건가 싶었다.

"찬이한테 교회 다니라고 말하는 건 아니야. 오해하지 마. 나도 한때 교회 다녔던 사람인데 지금은 안 다녀."

"아, 그러세요? 저는 아예 교회에 다녀본 적이 없어서요."

"교회에 다니든 안 다니든 성경은 꼭 읽어야 돼. 종교의 관점에서가 아니라 철학의 관점에서. 그렇게 하다보면 우리나라 사람들의 의식도 백인들만큼 성숙되지 않겠어? 또 그렇게만 된다면 우리나라도 미국처럼 살기 좋은 나라가 되겠지."

나는 회장님의 이야기가 생소했지만 딱히 대꾸할 말이 없어서 그냥 듣고 있었다.

"그래서 찬이한테 이 책을 추천할까 해. 이건 성경의 진정한 의미가 무엇인지 알려주는 책이야. 선입견 갖지 말고 미국인들, 특히 백인들의 정신을 이해한다고 생각하면서 읽어봐."

나는 조금 의아했다. 미국이 부강한 나라인 건 사실이다. 그 이유가 광활한 영토와 풍부한 자원 때문이라거나 효율적인 국가 시스템 때문이라고 한다면 충분히 이해할 수 있다. 그런데 성경이 백인들의 정신력을 강하게 만들었고, 그로 인해 미국이 부강해졌다는 설명은 납득하기 어려웠다. 하지만 회장님이 저토록 확신에 찬 목소리로 말하는 데는 그만한 근거가 있지 않을까 싶었다. 나는 일단 믿어 보기로 했다. 회장님이 건네준 책은 『진리 탐구』라는 제목을 달고 있었다. 다소 얇고 글자 크기와 폰트가 일정하지 않은 걸 보니 유인물을 모아서 제본한 것 같았다.

"감사합니다. 이 책이 제 수준에 맞을지 모르겠네요. 열심히 읽어볼게요."

"응, 어려운 내용은 하나도 없어. 교양서니까 가볍게 읽어도 돼."

나의 첫 번째 독서 모임은 회장님의 추천 도서를 받는 것으로 마무리 되었다. 우리는 다음 주를 기약하며 헤어졌다. 나는 자취방으로 돌아왔다. 꿈에서 현실로 돌아온 기분이었다. 내 손에 들린 한 권의 책이 꿈이 아니었음을 말해주고 있었다.

이번 모임에서 가장 좋았던 건 역시 미진이 누나와의 만남이었다. 모임에 미진이 누나처럼 젊고 예쁜 여자가 있을 거라고는 생각지 못했다. 아직도 가슴이 떨린다. 어쩌면 누나가 나를 배려하느라 일부러 더 친근한 척했을 수도 있다. 아니면 누나가 별 뜻 없이 던진 말에 괜히 내 심장이 움찔한 것일 수도 있다. 하지만 어떤 것이든 상관없다. 누나를 알게 됐다는 것 자체가 이미 나에게는 큰 기쁨이자 수확이니 말이다.

벌써 다시 일요일이다. 나는 본가에서 돌아오는 길에 부여시장에 들러 반팔 티셔츠를 하나 샀다. 그리고 새 티셔츠로 갈아입고 신문보급소로 향했다. 신문보급소에 이르러서야 승업이에게 먼저 간다는 말을 하지 않은 게 생각났다. 하지만 어련히 알아서 오겠거니 했다.

유리문을 열고 들어서자 미진이 누나가 나를 맞아주었다. 어찌된 일인지 다른 사람들은 보이지 않았다. 누나는 연한 하늘색 블라우스에 청바지를 입고 있었다. 나풀거리는 블라우스 아랫단을 청바지 허리춤에 꽂아 넣은 모습이 말끔한 느낌을 주었다. 한 줌에 잡힐 듯한 잘록한 허리가 돋보였다.

나는 누나와 가볍게 인사를 나누고 긴 테이블 귀퉁이에 앉았다. 누나는 원래 앉아 있던 자리에 다시 앉았다. 나는 어색함을 감추기 위해 회장님에게 받은 책을 펼쳐놓고 읽는 척했다. 나는 아직도 앞부분을 읽고 있었다. 앞부분에 나오는 내용은 하나님이 한 소년에게 보낸 편지였다. 나는 평소에 하나님은 상징적인 존재일 뿐 실존하지 않는다고 믿고 있었다. 그렇다면 이 편지는 어떤 이가 하나님의 이름을 빌려 꾸며 쓴 글이리라. 하나님의 이름을 빌린 이는 뭔가 중요한 말을 하고 싶었던 것 같다. 하지만 추상

적이고 은유적인 표현들을 남발하여 무슨 말인지 이해하기 어려웠다. 책은 나의 흥미를 끌지 못했다.

"찬이야, 그 책 어때? 읽을 만하니?"

나의 따분한 표정을 보고 맞은편에 앉아 있던 누나가 물었다.

"조금 어려운 것 같은데요."

"처음에는 그럴 거야. 나도 그랬으니까. 어려우면 누나랑 같이 읽어볼까?"

누나는 내 옆자리로 옮겨 앉았다. 그리고는 심야 라디오 디제이 같은 차분한 음성으로 책을 소리 내서 읽기 시작했다. 나는 생각지 못했던 누나의 배려에 조금 당황했지만 이내 누나의 목소리에 귀를 기울였다. 누나 덕분에 하나님의 편지를 다 읽을 수 있었다.

"이 편지가 어떤 것 같니?"

누나가 미소를 머금은 얼굴로 나를 바라보며 물었다. 나도 누나의 얼굴을 바라봤다. 가까이에서 보니 누나의 두 눈이 더욱 맑게 빛나는 것 같았다. 나는 내 심장이 요동치는 걸 들키지 않으려고 서둘러 대답했다.

"하나님이 이 소년한테 어떤 깨달음을 주려고 하는 것 같은데요. 그런데 그게 뭔지는 잘 모르겠어요."

"그래, 그게 뭘까? 그러면 다음 이야기도 같이 읽어볼까?"

이어지는 내용은 소년이 하나님에게 보내는 답장이었다. 누나는 다시 소리 내서 책을 읽어나갔다. 누나의 차분한 음성은 사람의 마음을 편안하게 하는 힘이 있었다. 평소 대화할 때와는 다른 느낌이었다. 누나는 어떤 사람일까? 나는 누나에 대해 더 알고 싶었다.

내가 딴생각하는 걸 눈치챘는지 누나가 자신이 읽고 있는 부분을 손가락으로 짚어주었다. 그러자 누나의 손목이 나의 거칠고 까무잡잡한 팔뚝 위에 가로로 포개졌다. 누나의 살결은 부드러웠다. 나는 누나가 짚어주는 글자 대신 누나의 작고 깨끗한 손을 응시했다. 나는 누나의 손을 한번 잡아보고 싶은 충동을 느꼈다.

"여기부터가 진짜 중요한 대목이야."

누나가 그렇게 말하면서 자신의 상체를 내 왼팔에 밀착했다. 나는 숨이 멎을 것 같았다. 누나의 가슴이 내 팔을 가볍게 밀고 있었기 때문이다. 누나가 숨을 쉴 때마다 부드러운 감촉이 내 팔에 전해졌다. 정신이 아득했다. 누나의 목덜미에서 분유 냄새가 났다. 어릴 적 갓 태어난 강아지에게 먹였던 달달하고 고소한 분유 냄새.

그 순간, 내 몸이 부르르 떨렸다. 꿈이었다. 사타구니 쪽에서 축축함이 느껴졌다. 나는 그대로 누운 채 왼팔을 어루만지며 누나의 얼굴을 떠올렸다. 부드러운 감촉과 분유 냄새가 아련했다. 나는 사타구니를 휴지로 대충 닦아내고 다시 자리에 누웠다. 시계바늘이 네 시 사십 분을 가리키고 있었다. 나는 정신을 차려 오늘이 금요일이라는 사실을 인식했다. 누나는 어디에 살고 있을까? 누나가 보고 싶었다. 나는 누나와 함께하는 꿈이 계속 이어지길 바라며 억지로 잠을 청했다.

빗방울이 자췻집 슬레이트 지붕을 두드리는 소리에 나의 의식이 돌아왔다. 나는 움직임 없이 잠깐 동안 빗소리에 귀를 기울였다. 새벽녘에 비해 훨씬 또렷해진 이성이 지난 밤 꿈을 소환했다. 가끔 사회적 통념과 주변의 시선 때문에 꽁꽁 숨겨야만 했던 욕망이 꿈을 통해 드러나곤 한다. 그것은 마치 자신을 인정해달라는 욕망의 호소와도 같다. 지난밤 꿈은 나의 본능과 무의식 속 진심이 무엇인지 보여주었다. 나는 며칠 동안 잘 알지도 못

하는 누나에 대해 생각하며 그릇된 환상을 키웠다. 모두 의미 없는 망상이었다. 누나에게 괜한 죄책감이 들었다.

마구 헝클어진 머릿속은 쉽게 정리되지 않았다. 나는 공동세면장에서 세수를 하고 방으로 돌아왔다. 교복을 입고 벽에 걸린 네모난 거울 앞에 섰다. 까무잡잡한 피부에 얼굴에는 붉은 여드름 몇 개가 박혀 있는 까까머리 소년이 나를 마주 보고 있었다. 하얀 얼굴에 순수하리만큼 맑은 눈빛을 가진 누나와 대조를 이루는 외모였다.

그제야 생각났다. 그래, 나는 교양을 쌓으려고 독서 모임에 나간 거였지? 모임에는 나와 같은 이유를 가진 여러 사람이 있었어. 그중에 김미진이라는 사람이 있었을 뿐이야. 회장님이나 총무님이나, 미진이 누나나 다를 게 없지. 나는 교양을 쌓으려고 독서 모임에 나간 거였어. 그게 다라고. 내 시선이 책꽂이 가운데에 꽂혀 있는 책 한 권을 향했다. 밀린 방학숙제 같이 느껴지는 회장님의 추천도서가 며칠째 거기 꽂혀 있었다. 나는 내일까지 저 책을 다 읽으리라 다짐했다.

요란하게 쏟아지던 빗줄기가 가늘어졌다. 나는 우산을 들고 자췻집을 나섰다. 군데군데 빗물이 고인 흙길을 천천히 걸었다. 비 때문인지 은은한 풀냄새가 코끝을 스쳤다. 비에 젖은 나뭇잎들은 진한 초록빛으로 변해 땅을 향해 고개를 숙이고 있었다. 고요하면서도 평화로운, 생각보다 우중충하지 않은 비 오는 날의 풍경이었다.

오랜만에 가벼운 마음으로 수업에 집중했다. 그 사이 비가 그치고 맑은 하늘이 드러났다. 나는 자취방에서 점심을 먹고 체육복을 입은 채 바로 운동장으로 향했다. 오후 첫 수업은 체육이었다. 화단 근처를 지나는데 몇몇 아이들이 낄낄거리며 웃고 있었다. 가까이 가보니 녀석들이 화단에 놓인 돌 하나를 둘러싸고 서 있었다.

녀석들은 누가 더 무거운 돌을 들 수 있는가 하는 단순한 놀이를 하는 중이었다. 조경석인지 경계석인지, 화단에는 큰 돌이 많았다. 낄낄거리며 웃는 이유는 아무도 들지 못하는 돌을 발견했기 때문이다. 덩치가 큰 두 명의 친구가 번갈아가며 돌 들기를 시도했으나 계속 실패했다. 그때마다 웃음이 터져 나왔다. 이게 뭐라고 저리 재미있을까. 단순한 놈들이다.

"야, 이게 그렇게 무겁냐? 내가 한번 해볼게."

나는 나도 모르게 이 단순하지만 흥미로운 놀이에 동참하고 말았다. 돌은 책가방 두 개 정도 크기에 표면은 검고 울퉁불퉁했다. 나는 돌을 잡고 좌우로 흔들면서 무게를 가늠해 봤다. 묵직함이 느껴졌다. 나는 온 힘을 다해 돌을 무릎 높이까지 들어 올렸다. 그리고 그 상태로 3초 동안 있다가 천천히 내려놓았다. 친구들이 환호했다.

"김찬, 대단하다. 너 힘 진짜 세구나? 야, 이 몸 봐. 장난 아닌데?"

내 몸을 만지며 나를 추켜세운 건 안요한이라는 친구였다. 이 친구는 1학년 때 특수반이었는데 특수반 제도가 없어진 지금도 상위권 성적을 유지하고 있다. 덩치가 제법 크고 축구도 잘 한다. 성격도 활달하다. 한마디로 유전자 복권에 당첨된 친구라고 해야 할까? 명석한 두뇌, 그럭저럭 괜찮은 외모, 뛰어난 운동능력에 좋은 목소리까지 가지고 있다. 게다가 아버지가 교회 목사님이어서 그런지 가정교육도 잘 받은 것 같다.

그런데 나는 이 친구가 불편하다. 이 친구는 자존심이 세다. 나는 이 친구가 다른 친구들에게 너그럽게 대하는 이유를 알고 있다. 자기가 상대보다 공부나, 운동이나, 덩치 면에서 늘 우위에 있기 때문이다. 반면에 자기보다 뛰어난 애들한테는 너그럽게 대하지 않는다. 물론 그렇다고 싫어하는 건 아니다. 다만 상대를 자신의 라이벌로 여기며 일거수일투족을 관찰한다. 이 친구를 볼 때 내 느낌이 그냥 그렇다. 나는 이 친구의 자존심을 건드리고 싶지 않았다.

"내가 힘이 센 게 아니야. 나도 너희하고 비슷해. 오히려 요한이가 나보다 힘이 더 셀걸? 나는 어릴 때부터 집에서 농사일을 거들다 보니까 무거운 걸 많이 들어봐서 요령이 생긴 것뿐이야."

"그래? 어떻게 드는 건데?"

안요한이 물었다.

"이걸 허리힘으로 들면 안 돼. 잘못하면 허리 다쳐. 다리 힘으로 들어야 돼. 허리를 숙이지 말고 꼿꼿이 세워. 그다음에 무릎을 굽혀서 자세를 낮추는 거야. 그리고 돌을 잡고 무릎을 펴면서 드는 거지. 다리 힘으로. 허리는 움직이지 말고."

"아하, 찬이 똑똑하다. 난 무조건 힘만 줬지. 요령이 다 있었네. 나도 다시 한 번 해볼까?"

안요한이 나의 설명대로 돌 들기를 시도했다. 그러자 돌이 들렸다. 내가 박수를 쳤다. 다른 애들도 환호했다. 역시 단순한 녀석들이다.

금요일이라 그런지 하루가 빨리 지나갔다. 어느새 야간자율학습까지 끝나고, 나는 학교 후문을 나섰다. 얼굴에 닿는 바람이 한결 상쾌했다. 아침에 내린 비 덕분인 것 같다. 오늘은 온전히 학교 일과에 충실한 하루를 보냈다. 미진이 누나를 생각하지 않았다는 말이다.

무심코 고개를 들어보니 밤하늘을 가득 채운 별들이 보였다. 별이 참 많구나. 별은 아름답고 신비롭다. 나는 북두칠성을 찾아보았다. 찾았다. 북두칠성은 찾기 쉽다. 언제나 북쪽에 있기 때문이다. 북쪽이 어딘지만 알면 북두칠성을 금방 찾을 수 있고, 반대로 북두칠성만 찾으면 어느 곳에서든 북쪽이 어딘지 알 수 있다.

만약 북두칠성이 산에 가려 보이지 않으면 더블유자 모양의 카시오페이아를 찾으면 된다. 북쪽 하늘에서 둘 중 하나는 반드시 보이기 마련이다. 북두칠성과 카시오페이아의 가운데쯤에 북두칠성과 비슷하게 생긴 작은 곰자리가 있다. 곰의 꼬리 끝부분 별이 바로 북극성이다.

초등학교 때 서울에 사시는 종조할머니가 백과사전 세트를 보내주셨다. 백과사전은 스무 권쯤 됐던 것 같다. 국어, 영어, 수학, 자연, 역사, 윤리 등 학교 공부에 도움이 될 만한 책들이었다. 우등생이었던 당숙 형제가 즐겨 보던 거라고 했다. 애석하게도 나는 백과사전을 거의 보지 않았다. 변변한 참고서조차 없었으면서 왜 그런 양질의 책을 몰라보고 외면했을까. 이제 와서 후회해도 소용없다.

백과사전 중에 내가 가끔 보던 책이 있었는데 그건 우주에 관한 책이었다. 책 제목이 우주다. 책의 앞부분에 컬러 사진이 여러 장 삽입되어 있었다. 태양과 태양계에 있는 행성들, 그리고 성운들의 사진이었다. 나는 그 아름답고 신비로운 사진에 매료되었다. 칼라 사진을 다 넘기고 나면 태양과 행성에 대한 자세한 설명이 나왔다. 나는 각 행성들의 크기와 질량, 표면온도, 구성 물질 등에 대해 읽으면서 금성의 뜨거운 열기와 화성의 척박한 환경, 천왕성의 냉혹한 추위를 상상했다. 그곳들은 인간이 도저히 살수 없는 땅이었다. 그건 반대로 말하면 인간은 영원히 지구라는 작은 행성에서만 살아야 한다는 뜻이기도 했다. 그 책을 통해 나는 태양계가 은하계의 극히 일부분에 불과하며 우주에는 은하가 수없이 많이 존재한다는 사실을 처음으로 알게 됐다. 우주란 도대체 얼마나 광대하다는 말인가. 보면 볼수록 경이로웠다. 그나저나 우리 인류는 참 대단하다. 어떻게 이런 사실들을 다 알아냈을까?

내가 우주에 대해 흥미를 잃게 된 건 별자리 때문이었다. 책의 중간쯤부터 별자리에 대한 내용이 나왔다. 별자리는 그 종류만도 수십 가지였다. 어떤 별자리는 언제 발견했고, 그와 관련된 전설은 무엇이며, 어느 계절에 어느 방향에서 관측된다는 등의 비슷한 설명이 이어졌다.

어느 날 밤, 나는 책을 들고 밖으로 나가 별자리를 하나씩 찾아보았다. 물병자리, 독수리자리, 염소자리, 백조자리, 사자자리, 전갈자리 등. 하지만 별자리를 찾는 건 쉽지 않았다. 별들이 너무 많고 무질서하게 흩어져 있었기 때문이다.

그러다가 문득 생각했다. 별자리는 어차피 누군가가 밤하늘을 올려다보다가, 밝은 별들끼리 이어서 어떤 사물의 모습이 연상되면 그 사물의 이름을 붙인 것이리라. 그런데 전갈자리의 집게 부분 별과 꼬리 부분 별은 사실 아무런 관련이 없다. 심지어 두 별은 서로 수천 광년이나 떨어져 있을 수도 있다. 게다가 지구가 아닌 다른 행성, 다른 각도에서 본다면 별자리의 모양이 일그러지지 않겠는가. 선이건 면이건 틈새건, 거기서 찾아낼 수 있는 어떤 종류의 형태도 의미 없는 우연에 불과하다. 결국 별자리는 우주에서 정해져 우주로부터 온 것이 아니라 사람의 시각과 관념 안에서 탄생한 것뿐이다.

사람들은 왜 별이라는 불규칙한 대상을 보면서 규칙을 찾아내려 애쓰고, 이름을 붙이고, 의미를 부여했을까? 그건 어쩌면 불안감 때문이 아니었을까? 자신이 이해할 수 없는 임의적인 상태는 받아들이기 불편하니까. 하지만 규칙이 있다고 믿으면 그 대상이 익숙해지고, 익숙하면 안정감이 느껴진다. 사람이란 원래부터 자기중심적이며 자기 멋대로 생각하려는 욕망을 가지고 있지 않은가.

그러고 보면 지금 나에게 미진이 누나는 별과 같은 존재다. 알 수 없는, 그저 아름답기만 한 존재. 그래서 나는 내 멋대로 상상했다. 마치 내가 만들고 싶은 모양대로 별들을 연결하듯이. 규칙이 있다고 믿으면 그 대상이 익숙해지고, 익숙하면 안정감이 느껴진다. 그리고 안정감을 느끼면 그 대상을 사랑하게 된다. 비록 그것이 나만의 착각일지라도.

다시 일요일이다. 나는 본가에서 돌아올 때 부여시장에 들러 반팔 티셔츠를 하나 샀다. 매대에 걸려 있던 옷이라 주름이 조금 있기는 하지만 너무 새 옷 티가 안 나서 오히려 좋았다. 입어보니 더 마음에 든다. 어제 본가에 가서 회장님이 준 책을 다 읽으려고 했는데 깜빡하고 안 가져갔다. 일곱 시까지는 아직 여유가 있다. 대충이라도 한번 훑어볼까? 그런데 왠지 귀찮고 내키지 않았다.

나는 간단하게 저녁을 챙겨 먹고 승업이 방으로 갔다. 승업이 방에서 사람 소리가 났다. TV 소리 같기도 하고. 그 소리의 정체는 카세트였다.

"승업아, 너 카세트 샀어?"

"응 하나 샀지. 라디오도 듣고 카세트도 듣고 하려고."

"그래 잘 했다. 이거 없으면 너무 심심하잖아. 테이프는 뭐 있어? 내가 몇 개 빌려줄까?"

"아니 괜찮아. 테이프는 천천히 사려고."

"그런데 뭐 듣고 있는 거야? 이거 라디오야 카세트야?"

승업이가 카세트 정지 버튼을 눌렀다.

"카세트. 명상 테이프라고."

"명상 테이프?"

"응, 명상 하면서 듣는 거. 그냥 좋은 얘기 나오니까 평소에 틀어 놓고 듣는 거야. 내가 명상까지 하는 건 아니고."

"그런 게 있어? 너 이거 어디서 났냐?"

"소장님이 주신거야."

"너희 보급소 소장님?"

"응. 그런데 이거 파는 거 아니야. 소장님이 공테이프에 자기 거 복사해서 주신거야."

"아하, 복사 테이프구나."

"겸손해라, 반성해라, 감사해라, 뭐 그런 좋은 얘기들인데 평소에 듣고만 있어도 책 읽는 것 같은 효과가 있대. 그래서 들어보는 거야."

"그거 괜찮네. 좋은 아이디어다. 나도 책을 누가 대신 읽어주면 좋겠다고 생각한 적 있었거든. 그러면 나는 편하게 앉아서 듣기만 해도 되잖아. 평소에 다른 일 하면서 들어도 되고. 그거야말로 일석이조 아니겠어? 나중에 그 테이프 한번 빌려줘 봐. 나도 들어보게."

소장님은 참 인간적인 분인 것 같다. 승업이를 그저 직원으로만 여기지 않고 저런 사소한 것까지 챙겨주는 걸 보면. 물론 여자 소장님이라 더 자상한 건지도 모르겠지만. 승업이가 인복이 있나 보다.

승업이와 나는 소소한 대화를 나누며 신문보급소로 걸어갔다. 저녁 도로는 한산했다. 나의 마음은 지난주처럼 다시 약간 긴장되고 설렜다.

"어서와. 찬이는 일주일 만에 보니까 또 반갑네!"

소장님이 우리를 맞아주었다. 회장님, 그리고 장 선생 형과도 인사했다. 최씨라는 사람은 오늘도 보이지 않았다. 미진이 누나는 아직 오지 않은 듯했다. 승업이와 나는 테이블에 앉았다. 소장님이 오렌지 주스를 한 컵씩 따라 주었다.

"너희들 있다가 이거 꼭 가져가. 이건 승업이 거. 이건 찬이 거. 자취하면서 음식 해먹으려면 얼마나 힘드니. 이거 오징어채랑 콩자반이야. 너희 주려고 조금씩 싸왔어."

소장님이 승업이와 나에게 반찬통을 두 개씩 내밀었다. 나는 전혀 생각지 못했던 일이라 어리둥절해했다.

"찬이야 부담 갖지 마. 승업이한테는 내가 가끔씩 반찬 해주거든. 힘들게 자취하는 거 뻔히 아니까 내가 뭐라도 해주고 싶어서. 밥 거르지 말고 이걸로 꼭 챙겨먹고 다녀. 알았지?"

소장님은 우리가 진심으로 안쓰럽다는 듯이 혀를 차며 말했다. 소장님은 어쩜 이렇게 마음이 따뜻하고 정도 많은 걸까. 승업이가 진짜 인복이 있긴 있나 보다. 덕분에 나까지 반찬을 얻어먹게 됐네. 그래도 고마운 건 고마운 거지. 나는 소장님에게 거듭 감사인사를 했다.

"찬이야, 책 읽어봤니?"

옆에서 우리를 지켜보던 회장님이 나에게 건넨 첫 마디는 내가 예상했던 대로였다. 그게 그렇게 궁금했나? 마치 숙제 검사하는 선생님 같으시네요.

"아직 다 읽지는 못했어요. 지금 읽고 있는 중이에요. 며칠 더 보고 다음 주에 돌려드려도 될까요?"

"그랬구나. 천천히 줘도 돼. 내용은 어떤 것 같아? 읽을 만해?"

"읽은 만은 한데요, 제가 평소에 이런 종류의 책을 잘 안 읽어서 그런지 제 수준에서는 조금 어려운 것 같아요."

"원래 그런 거야. 나도 예전에는 소설이나 수필을 많이 봤거든. 그런 책들이 읽기 쉽고 재미도 있으니까. 그런데 억지로라도 다른 종류의 책들을 조금씩 읽다 보니까 이제는 익숙하지 않은 책도 읽을 만하더라고. 그렇게 해야 독서력이 좋아진대."

"대단하시네요. 저도 지적이고 교양 있는 사람이 되는 게 꿈이에요. 그래서 이제부터 책을 많이 읽으려고요."

"그래, 잘 생각했어. 그런 의미에서 인생을 잘 사는 방법을 하나 알려줄까?"

"그게 뭔데요?"

나는 의자를 앞으로 당겼다. 승업이도 궁금한지 회장님을 향해 몸을 기울였다.

"나도 책에서 읽은 얘기인데, 인생을 잘 살기 위해서는 참된 스승을 만나야 한대."

"참된 스승이요?"

"참된 스승은 학교 선생님을 말하는 게 아니야. 대부분의 학교 선생님은 직업인으로서 학생들에게 지식을 전달하는 사람일 뿐이니까. 참된 스승은 나에게 세상에 대한 다른 시각을 갖게 해주는 사람이래. 내 인생이 송두리

째 바뀔 만큼 강한 영향을 미치는 사람 말이야."

나는 회장님의 말뜻을 이해했다. 순간 내가 알고 있는 여러 선생님들의 얼굴이 스쳐 지나갔다. 초등학교 2학년 때였다. 담임선생님은 친구가 버릇없이 행동했다며 그 친구의 멱살을 잡고 교실 창문 밖으로 내던지려는 시늉을 했다. 4학년 때였던가, 정년퇴직이 얼마 남지 않은 노년의 담임선생님은 늘 교실에서 담배를 피웠다. 중학교 1학년 때 음악선생님은 단소를 가져오지 않았다는 이유로 다른 아이의 단소를 빼앗아 내 정수리를 가격했다. 중학교 2학년 때부터 3학년 때까지 농업을 가르쳤던 남자 선생님의 체벌은 사춘기 남자애들의 불알을 잡아당기거나 성기 주변의 털을 뽑는 거였다.

물론 좋은 선생님들도 계셨다. 6학년 때 나에게 그림을 가르쳐 주신 미술선생님. 그리고 그 외에 딱히 누가 더 떠오르지는 않지만 대부분 선생님들이 직업인으로서의 의무를 넘어 열정적으로 학생들을 지도했을 거라 믿는다.

긍정적이든, 부정적이든, 중립적이든, 모든 선생님이 나의 가치관 형성에 영향을 미쳤다. 별다른 교외 활동이나 사교육이 전혀 없는 상황에서 학교 선생님들이 나에게 미친 영향력은 절대적이었다. 하지만 이들은 모두 과거의 사람들이다. 그리고 지금 나는 나 스스로 느끼기에 너무나 미숙하다. 그러므로 나는 굳이 이들 중에서 참된 스승을 고를 생각이 없다.

"참된 스승은 어떻게 만나야 할까요?"

나는 진심으로 궁금해서 물었다.

"나도 여태껏 살아왔지만 주위에서 좋은 사람을 만나는 게 쉽지 않더라. 나이를 먹는다고 해서 사람이 다 성숙하고 지혜로워지는 건 아닌 것 같아.

나도 마찬가지고. 그래서 괜찮은 사람 만나기가 힘든가 봐."

"어른들은 어른스럽잖아요. 말이 좀 이상하지만요."

"어른이 됐다고 해서 다 어른스럽지는 않아."

"그러면 나중에라도 참된 스승은 못 만나는 건가요?"

"만날 수 있지. 다만 운이 좋아야겠지. 그래서 책을 읽는 거야. 책을 읽으면 현실에서는 만나기 힘든 참된 스승을 만날 수 있거든."

"아, 결국은 책을 읽으라는 거였네요?"

"그래, 책을 읽어. 열 권이든 스무 권이든 시간 나는 대로 계속 읽다 보면 반드시 스승 같은 책을 만나게 될 거야. 그 책을 자기의 인생책으로 삼고 늘 가까이에 두면 스승이 항상 곁에 있는 거나 마찬가지 아니겠어?"

"회장님은 인생책을 찾으셨어요?"

승업이가 물었다.

"나는 몇 권 있지. 책 추천해달라고? 그런데 내 인생책이 너희한테는 별로 도움이 안 될 거야. 인생책은 자기 스스로 찾는 거야. 사람마다 나이, 성별, 직업, 환경이나 상황에 따라서 같은 책이라도 다르게 받아들여지거든. 자기 인생책은 자기가 찾는 걸로 하자."

"하긴 그렇겠네요. 고등학생, 대학생, 선생님, 그리고 직장인, 사업가, 부자, 가난한 사람들이 저마다 생각이 다르겠지요."

승업이가 대단한 진리라도 깨달은 듯 감격한 표정으로 대꾸했다. 나는 조금 안심이 됐다. 지난주까지만 해도 독서 모임이 아니라 부녀회에 온 기분이었다. 회장과 총무가 모두 중년 여성이었으니 그렇게 느끼는 것도 무리는 아니다. 그런데 오늘 보니 회장님의 독서 내공이 대단히 깊은 것 같다.

회장님의 독서 예찬은 이어졌다. 회장님은 독서가 세상과 타인을 배울 수 있게 해준다고 했다. 책을 통해 나의 배경지식이 확장되면서 나의 세상도 확장된다는 것이다. 또한, 타인에 대한 정서적 공감이 더욱 깊어져 사람들과의 갈등이 줄어들고 관계도 원만해진다고 했다. 그 예로 자신이 시어머니와 오랫동안 갈등이 있었던 이야기를 십여 분 동안 풀어냈다. 어쨌든 책을 읽으면서 시어머니를 이해할 수 있게 되었고, 오해가 풀렸다는 훈훈한 얘기였다.

회장님의 독서 예찬이 교장선생님의 훈화말씀처럼 변질되기 시작할 무렵 유리문이 열렸다. 미진이 누나였다. 누나, 굿 타이밍.

"와! 승업이랑 찬이 와 있었네? 다행이다. 너희 중에 컴퓨터 잘하는 사람, 아니 그냥 타자 잘 치는 사람 있니?"

"왜? 무슨 일인데?"

미진이 누나의 밑도 끝도 없는 질문에 소장님이 물었다.

"아니 그냥, 타자 치는 거 부탁할 사람이 필요해서요. 우리 큰아빠가 나한테 시킨 게 있거든요. 내가 컴퓨터 잘하는 줄 알고."

"그게 뭔데요?"

승업이가 물었다.

"무슨 회칙인가 하는 문서가 있는데, 한 스무 장쯤 되는 거 같아. 그걸 볼펜으로 여기저기 막 수정해 놨거든? 우리 큰아빠가 나한테 그걸 컴퓨터로 쳐서 깨끗하게 다시 뽑아 오래. 내가 젊고 똑똑하니까 잘할 거라고. 그런데 난 완전히 독수리 타법이거든."

승업이와 나는 얼른 대답하지 않았다. 그러자 누나가 다시 물었다.

"승업이 너 타자 잘 쳐?"

"아니요, 저는 컴퓨터를 거의 안 해봤는데요."

"그러면 찬이는 좀 치니?"

"저는 컴퓨터를 잘하는 건 아닌데, 그래도 타자는 조금 치는 편이에요. 한메타자로 평균 400타 정도 나오거든요."

"이야! 김찬! 좋았어. 너 그럼 나 좀 도와줄래?"

내 말에 누나가 뛸 듯이 기뻐했다.

"어떻게 하면 되는데요?"

"언제 나랑 같이 PC방 가서 문서작업 좀 하자. 타자 치는 것만 도와주면 돼. 내가 프로그램 실행하고 프린트하는 건 할 줄 알거든."

"프로그램 뭐요? '한글'요?"

"너도 '한글' 할 줄 아니?"

"그 정도는 할 줄 알죠."

"잘 됐네. 그럼 너 언제 시간 되니?"

나는 평일에는 야간자율학습 때문에 시간이 안 된다고 했다. 대신 토요일은 여섯 시에 끝나니 그날 저녁은 괜찮다고 했다. 원래 토요일에는 반찬을 가지러 본가에 가야 한다. 그런데 소장님에게 받은 반찬이 있고, 남은 반찬을 아껴 먹는다면 다음 주에는 집에 안 가도 될 것 같았다.

누나와 나는 토요일 저녁 일곱 시 반에 동아서점 앞에서 만나기로 했다. 누나가 자신의 삐삐 번호를 알려줬다. 나는 삐삐가 없었다. 만약 누나가 무슨 일이 생기면 보급소에 전화하기로 했다. 누나가 소장님한테 연락하면, 소장님은 승업이를 통해 나에게 전달할 수 있을 테니까. 그렇게 해서 나는 얼떨결에 누나와 약속을 잡게 됐다.

독서 모임은 누나가 소란 아닌 소란을 피운 탓에 서로 가벼운 담소만 나누다가 끝났다. 나는 누나와의 약속에 대해 부담과 기대를 동시에 가졌다.

이것이 누나에게 좋은 모습을 보여줄 수 있는 기회라고 생각했다. 왠지 잘될 것 같은 예감이 들었다.

나는 우리 시골 중학교에서 그나마 컴퓨터를 잘하는 편에 속했다. 집에 컴퓨터가 있었기 때문이다. 그때만 해도 집에 컴퓨터가 있는 애들은 손에 꼽을 정도였다. 내가 중학교 1학년이고 형이 3학년이었을 때, 형이 아버지를 끈질기게 졸라 비로소 컴퓨터를 갖게 되었다. 당시에도 우리 집은 형편이 넉넉하지 못했지만 아버지는 큰맘 먹고 백오십만 원짜리 최신식 386컴퓨터를 사주셨다. 아버지는 그래도 자식에 대한 기대가 컸던 모양이다. 그러나 컴퓨터를 배울 수 있는 곳이 없었다. 컴퓨터 학원 자체가 없었고, 있다 한들 학원까지 보내줄 형편은 아니었기 때문이다.

우리 형제는 컴퓨터로 주로 게임을 했다. 그렇지만 아버지가 집에 계시면 게임 대신 타자 연습을 했다. 우리가 자판을 두드리고 있으면 할머니는 손자들이 컴퓨터 공부 열심히 해서 나중에 컴퓨터 박사가 될 거라며 좋아했다. 우리는 아버지와 할머니를 기만하고 있다는 걸 알았지만 그것밖에는 할 수 있는 게 없었다. 하여튼 그 덕분에 우리 형제는 타자 하나는 기가 막히게 잘 쳤다. 그나마 형이 컴퓨터 잡지를 몇 개 구해 와서 기본적인 DOS 명령어를 공부할 수 있었고, 간단한 분해 조립과 포맷 정도는 할 수 있는 수준이 되었다.

오늘쯤은 집에 전화를 해야 한다. 주말에 집에 갈 수 없다고 서둘러 말해야 한다. 엄마가 당장 오늘부터 반찬을 준비할지도 모르니까. 야간자율학습 1교시가 끝나고 집에 전화했다. 엄마가 받았다. 나는 거두절미하고 본론부터 말했다. 학교에서 친구들과 같이 해야 하는 과제 때문에 바쁘다고 핑계를 댔다. 지금 있는 반찬을 조금씩 나눠서 먹을 거고, 김도 넉넉하게 있으니 반찬 걱정은 안 해도 된다고 했다.

그러자 엄마가 자신이 직접 반찬을 가져다준다고 했다. 나는 괜찮다고 했다. 그 얘기로 엄마와 옥신각신했다. 나는 쉬는 시간이 끝나서 전화 끊어야 된다며, 일단 그런 줄 알라고 단호하게 말해놓고 전화를 끊었다. 교실로 돌아와 엄마한테 좀 부드럽게 말할 걸 그랬나 하는 짧은 후회를 했다. 어쨌든 미진이 누나와의 약속을 지킬 수 있게 됐다.

문득 회장님이 빌려준 책이 생각났다. 나는 책상 서랍에서 책을 꺼냈다. 그리고 모의고사 문제집을 보는 척하면서 천천히 읽어 나갔다. 쉬는 시간 종이 울렸을 때 나는 마지막 부분을 읽고 있었다. 나는 자리에서 일어나지 않았다. 책을 끝까지 다 보고 화장실에 다녀올 생각이었다.

"김찬, 뭐 보냐?"

안요한이다. 안요한이 요즘 들어 나에게 관심을 많이 보인다. 지난번에 돌 드는 요령을 알려줘서 그런 것 같다.

"책 좀 보고 있어."

"무슨 책인데? 소설책이야?"

"이거 철학책이야, 철학. 어려운 책이지."

"철학책? 제목이 뭔데?"

"『진리 탐구』라고."

"뭐? 진리? 너무 거창한데? 잠깐만 봐도 될까?"

안요한이 내가 읽던 책을 집어 들었다. 그리고 한 장씩 넘기며 천천히 내용을 훑었다. 그러더니 말했다.

"너 이 책 어디서 났어?"

"누가 빌려준 건데. 왜?"

"이거 철학책 아니야. 종교 책이야. 그것도 이단."

"이단이 뭔데?"

"쉽게 말해서 사이비 종교. 정확히는 사이비랑 이단이 좀 다른 거긴 하지만."

"네가 그걸 어떻게 알아?"

"우리 아빠가 목사님인데 딱 보면 알지. 요즘에 우리나라에 이단이 많이 생기고 있대."

"설마, 이거 빌려준 사람은 교회 안 다니는데?"

"교회 안 다니니까 이단이지. 일반적인 교회, 그러니까 기독교가 아니라 다른 종교일 거라고."

"이단이 나쁜 거야?"

"사람들한테 특별히 피해를 주거나 하는 건 아닌데, 예수님의 존재에 대해 기독교랑은 다른 관점을 가지고 있으니까 이단이라고 하는 거지."

"기독교 입장에서 볼 때 이단이라는 거네? 일종의 종교 갈등인 건가?"

"너처럼 종교가 없는 사람은 그렇게 생각할 수도 있지. 하여튼 그런 게 있어. 너 이 책 너무 믿지 마라."

"걱정 마. 다 읽었는데 무슨 말인지 하나도 모르겠어. 하하하."

나는 약간 찝찝한 기분이 들었다. 회장님은 왜 이런 책을 나에게 권유했을까? 어떤 의도가 있는 건가? 선진국 국민의 사상과 정신을 배워야 한다더니, 이 책 내용이 그런 목적에 딱 들어맞는 건 아닌 것 같은데.

회장님이 정말 이단일까? 그것은 내가 알 수 없다. 그러나 회장님은 타인에게 해를 끼칠만한 사람이 아니다. 그것은 내가 판단할 수 있다. 설사 이단이면 어떤가? 요한이도 이단이 남들에게 피해를 주는 건 아니라고 말하지 않는가. 회장님은 분명 좋은 뜻으로 이 책을 나에게 주었으리라. 자신이 좋아하는 걸 다른 사람에게 추천할 수는 있지 않겠나.

그런데 안요한은 왜 그렇게 말했을까? 이단이 대체 뭐기에. 이쪽에서 볼 때 저쪽이 이단이면, 저쪽에서 볼 때는 이쪽이 이단이다. 남한과 북한이 서로 다른 체제이면서 서로의 다름을 인정하지 않고 죽어라 상대를 비방하고 있는 것과 비슷한 게 아닐까? 그러고 보면 종교계도 참 시끄러운 동네인 것 같다.

현재 대중화되어 있는 종교들도 초창기에 신흥종교나 소수종교였을 때가 있었다. 그때는 분명히 기존 기득권 종교 집단으로부터 이단 취급을 받았을 것이다. 게다가 원래 종교에서 내세우는 교리나 믿음이라는 것이 대부분 추상적이며 증명 불가능한 것이지 않은가. 그러므로 누가 누구한테 허황되다, 사이비다, 이단이다 말할 자격은 없다고 본다.

요한이의 충고는 고맙지만 나는 별로 신경 쓰지 않으려 한다. 세상 사람들의 생각이 다 같을 수는 없다. 아니, 같을 필요가 없다. 사실 예수님이 김 씨든 박 씨든, 백인이든 흑인이든, 그런 논쟁이 나에게 무슨 의미가 있단 말인가. 누구에게 어떤 말을 들었다고 해서, 또 누가 생각이 다르다고 해서 괜히 선입견을 갖지는 말자.

9

아름답고 참된 그대

저녁 일곱 시 무렵, 동아서점 앞에 도착했다. 이 근처에서 PC방 간판을 본 기억이 있다. 미진이 누나가 오기 전에 정확한 위치를 확인하려고 조금 일찍 왔다. 찾을 것도 없이 서점 골목 끝에 PC방 간판이 하나 삐져나와 있다. 혹시 몰라 부여시장부터 금성극장 골목까지 서둘러 돌아보았다. PC방이 한 군데 더 있었다.

약속 시간에 맞춰 누나가 모습을 보였다. 인파 사이에서 걸어오는데 누나가 아닌 줄 알았다. 얼굴이 어딘지 달라보였다. 누나는 조금 진한 화장을 하고 있었다. 성숙미가 느껴졌다. 막상 누나를 만나니 생각보다 더 떨리고 어색했다.

"찬이야 안녕? 저녁은 먹고 온 거야?"

"네. 누나는요?"

"나도 먹었어. 와줘서 고마워. 네가 있어서 다행이다. 너만 믿을게."

"서류 가져왔어요?"

"당연히 가져왔지. 그러면 우리 이제 어떻게 해야 하는 거니?"

"저쪽에 PC방 있어요. 우선 저기로 가보죠."

나는 PC방에 가는 게 처음이었다. 그건 누나도 마찬가지인 것 같았다. PC방에서는 컴퓨터로 웬만한 건 다 할 수 있다고 들었다. 컴퓨터만 쓸 수 있게 해주면 나머지는 내가 알아서 하면 된다. 나는 자신 있는 척했다. 우리는 PC방 문을 열고 들어갔다. PC방 안은 어둡고 시끄러웠다. 담배연기 때문인지 공기가 맵고 탁했다. 거의 모든 자리에 사람들이 앉아 있었다. 그들의 얼굴색이 각자가 마주한 모니터 불빛에 따라 빠르게 바뀌었다.

누나가 사장님에게 우리의 목적을 말하자 사장님이 컴퓨터 이용 방법을 설명해 주었다. 사장님은 문서작업과 출력이 가능한 컴퓨터가 한 대뿐이라고 했다. 다행히 그 자리는 비어 있었다. 사장님이 보조의자를 갖다 줘서 우리는 컴퓨터 앞에 나란히 앉았다. 누나가 나에게 문서를 건넸다. 이걸 똑같이 쳐서 출력하면 되는 거다.

"할 수 있겠니?"

누나가 걱정스런 얼굴로 물었다.

"뭐 어렵진 않아요. 그런데 쪽수가 많아서 시간은 좀 걸리겠네요."

나는 문서를 쭉 훑어봤다. 중학교 동문회 회칙이다. 중간중간 한자가 제법 많았다. 다행히 한글과 병기된 한자라 음을 읽고 찾는 게 가능할 것 같았다. 작업이 까다로운 표는 없었다. 본격적으로 작업에 들어갔다. 나는 문서와 모니터를 번갈아 보며 자판을 두드렸다. 누나는 모니터에 시선을 고정하고 오타가 있는지 살폈다.

회칙에는 어려운 말이 많았다. 낯선 용어들 때문에 타자 치기가 매끄럽지 않았다. 회원의 자격, 권리와 의무, 자격상실, 임원의 선임, 임원의 임기 및 직무, 총회, 정족수, 사업 및 재정, 이런 것들이 총칙, 세칙, 부칙으로 나뉘어 빼곡하게 적혀 있었다. 어른들의 세계는 참 복잡하구나.

가끔 손으로 고쳐 적은 내용 중에 알아보기 힘든 글자가 있었다. 그러면 우리는 문서에 얼굴을 가까이 대고 글자를 뚫어져라 쳐다봤다. 누가 먼저 글자를 알아보면 상대는 맞장구를 치며 좋아했다. 마치 글자 맞추기 놀이를 하는 것 같았다. 그럴 때마다 누나와 내 얼굴이 가까워졌다가 멀어지기를 반복했다.

스무 쪽 가량을 다 치는데 두 시간 정도 걸렸다. 시간이 어느덧 열 시를 넘겨 흐르고 있었다. 우리는 처음부터 다시 천천히 읽으며 오타를 찾아 수정했다. 출력 버튼을 누르기 전에 먼저 결제를 했다. 인쇄는 한 장당 이백 원이었다. 프린터가 드르륵 드르륵 소리를 내며 느리게 종이를 뱉어냈다. 출력물이 깔끔했다. 디스켓을 사서 파일을 백업해두는 것도 잊지 않았다. 진짜 다 끝났다. 어려운 숙제를 끝낸 기분이었다. 누나를 위한 일을 누나와 함께 해서 더 뿌듯했다. 우리는 PC방을 나왔다. 거리가 한산했다.

"찬이야 고마워. 난 이게 이렇게 오래 걸릴 줄 몰랐네. 나 혼자 했으면 절대 못했을 거야. 정말 고마워. 그나저나 너무 늦어서 어떡하니?"

"괜찮아요. 내일은 일요일인데요 뭐."

"혹시 내일 시간 되니? 별일 없으면 내가 밥 사줄게. 너무 고맙고 미안해서 그래."

"내일요? 뭐 별일은 없어요."

"너 뭐 좋아해?"

"전 아무거나 다 좋아요."

"그래? 그러면 돈가스 어때?"

"예, 좋아요."

"그래 돈가스 먹자. 그리고 이왕 나오는 김에 조금 일찍 나올래? 밥 먹기 전에 같이 궁남지 산책도 하자. 열한 시에 군청 앞에서 만나는 거 어때?"

"산책이라, 재밌겠네요. 그럼 열한 시에 군청 앞에서, 오케이."

자정이 가까워 온다. 모든 버스가 다 끊겼을 시간이다. 누나는 어떻게 집에 가지? 시간이 너무 늦어서 누나를 집까지 바래다주고 싶었다. 그런데 누나는 내가 갈 길이 더 머니까 나한테 먼저 가라고 했다. 자기는 걸어가면 금방이라고 했다. 우리는 서로 먼저 가라는 말을 몇 번이나 주고받다가 결국 동시에 돌아서기로 했다. 그리고 하나, 둘, 셋을 세고 헤어졌다.

자췻집으로 걸어가는 발걸음이 그렇게 가벼울 수 없었다. 생각지도 못했던 약속을 또 잡았다. 오늘도 누나와 오랜 시간을 함께했는데 내일 다시 누나를 볼 수 있다니. 마치 막혔던 행운의 물꼬가 한 번에 터진 듯한 느낌이다. 이것이 운명이라면 망설이지 말고 따라가 보자.

드디어 일요일 아침이다. 나는 소풍가는 아이처럼 기분이 들떴다. 열한 시까지는 아직 시간이 많이 남아 있다. 그래도 열 시 이십 분쯤에는 자취방을 나서야 한다. 나는 몇 개 없는 외출복 가운데서 하얀 티셔츠와 청바지를 골라 입었다. 시간이 다가올수록 가슴이 두근거렸다.

나는 금방 군청 앞에 도착했다. 정류장에 버스가 멈출 때마다 누나를 찾아보았다. 누나는 없었다. 아직 열한 시가 안 됐으니까. 잠시 후 다시 버스가 멈춰 섰다. 이번에는 누나가 내렸다.

누나가 걸어온다. 여느 때와 같은 빨간 입술이 오늘따라 유난히 돋보인다. 누나는 약간 헐렁한 흰색 블라우스에 무릎이 다 드러나는 짧은 치마를 입었다. 누나가 치마를 입은 모습은 처음 본다. 이 모습도 예쁘구나. 늘 들고 다니는 커다란 가방마저 오늘 의상에 일부러 매칭한 듯 묘하게 잘 어울린다.

나는 매주 집에 갈 때마다 신동아서점 앞 버스정류장에서 버스를 기다린다. 그곳은 서점 앞이라 그런지 유독 학생들이 많이 오간다. 덕분에 나의 눈동자가 바빠진다. 나는 예쁜 여학생이 지나가면 곁눈질로 쳐다보곤 했다. 그것이 나만의 소소한 재미였다. 지금까지 수많은 여학생을 관찰했지만 누나처럼 예쁜 여자는 본 적이 없다. 누나는 정말 미인이다. 그것도 이런 읍내가 아니라 대도시에 어울릴법한 세련된 미인이다. 그런 사람이 어떻게 지금 나를 향해 걸어올 수 있는 거지? 설마 또 꿈을 꾸는 건 아니겠지? 나는 숨을 한번 깊이 들이쉬었다가 길게 내쉬었다.

"찬이야 안녕? 먼저 와 있었네?"

"방금 왔어요. 날씨가 좋네요."

나는 무심코 누나의 가방을 들어주려고 손을 내밀었다. 나도 모르게 한 행동이었다. 다행히 누나가 아무렇지 않게 가방을 나에게 맡겼다. 남들이 보면 사귀는 사이라고 생각할 만큼 자연스러웠다.

"누나는 궁남지에 많이 가봤어요?"

"나는 많이 가봤지. 어렸을 때 학교에서 소풍으로 처음 갔었는데, 그때 알게 된 후로 기분전환이 필요할 때마다 종종 가고 있어. 오늘은 날씨가 좋아서 기분전환이 잘 될 것 같은데?"

"저는 저쪽 사거리로 자주 지나다니거든요? 그런데 이렇게 가까운 곳에 궁남지가 있는지 몰랐어요. 누나 덕분에 새로운 걸 알게 됐네요. 고마워요 누나."

우리는 이정표가 가리키는 방향으로 걷기 시작했다. 가로수들은 대체로 키가 작았다. 따사로운 햇볕이 이마에 정면으로 내리쬈다. 길을 따라 늘어선 건물들이 3층, 2층, 1층으로 점점 작아지더니 금세 주변이 논과 밭으로 변했다. 곧이어 버드나무로 둘러싸인 커다란 연못이 나왔다. 이곳이 궁남지인가 보다.

"여기예요? 와, 진짜 멋있다!"

나는 눈앞에 펼쳐진 낙원 같은 풍경에 진심으로 감탄했다. 내 말에 누나가 뿌듯한 표정을 지어 보였다. 누나는 줄곧 별 뜻 없는 말을 내뱉으며 걸었다. 꽃이 보이면 예쁘다고 했고, 나무가 보이면 키가 크다고 했고, 새가 보이면 저기 새가 있다고 했다. 누나와 단둘이 있는 게 어색하면 어쩌나 걱정했는데 누나의 활달한 성격 덕분에 전혀 그렇지 않았다. 누나가 말을 많이 하니까 내가 많이 하지 않아도 돼서 편했다.

청명하던 하늘에 뭉게구름이 생겨났다. 구름이 수면에 비쳤다. 연못에 반사된 하늘과 구름과 나무가 멋진 광경을 연출했다. 카메라가 있었다면 사진으로 남기고 싶은 광경이다. 사실은 이 광경보다 누나를 사진에 담아두고 싶었다. 카메라가 없다는 게 너무 아쉬웠다.

그때 첨벙 하는 소리가 났다. 돌아보니 개구리가 물로 뛰어들며 내는 소리였다. 개구리는 느리게 움직이는 자라 옆을 재빨리 헤엄쳐서 지나갔다. 누나는 자라를 처음 본다고 했다. 나도 저렇게 둔한 자라는 처음 본다.

누나가 벤치에 앉았다. 그러자 누나의 치마 끝자락이 허벅지 위로 올라왔다. 누나가 다리를 쭉 뻗었다. 희고 깨끗한 다리가 참 예뻤다. 누나가 나에게도 앉으라고 했다. 나는 누나 옆에 앉는 대신 누나의 가방을 벤치 위에 올려놓았다. 누나가 두 팔을 위로 뻗고 가슴을 내밀면서 달콤하고 졸린 듯한 표정을 지었다. 그 모습이 어쩐지 귀엽고도 섹시했다. 내 심장이 단번에 녹아내릴 것 같았다.

"찬이야, 너 서동과 선화공주 이야기 들어봤니?"

"서동요에 나오는 그거요? 그게 내용이 뭐였죠? 잘 생각이 안 나요."

누나가 한번 빙긋이 웃더니 이야기를 시작했다.

"옛날에, 그러니까 백제 시대 때 부여 남쪽 어느 마을에 남편을 잃고 혼자 살아가던 여자가 있었대. 그 여자의 집 앞에는 커다란 연못이 있었는데, 어느 날 밤 연못에서 용이 한 마리 나왔대. 그런데 그 용이 여자가 자고 있는 방에 들어와서 자기가 물고 있던 여의주를 놓고 갔다는 거야."

"아하, 그 여자가 여의주를 소중히 간직했고, 여의주에서 아이가 태어났겠네요? 알에서 사람이 태어났다는 설화처럼?"

"아니. 여의주에서 태어난 게 아니라 그냥 그 여자가 열 달 후에 아들을 낳았대. 저절로 임신이 됐나보지. 어쨌든 여자는 아들과 함께 살았어. 생계를 위해 여자가 산에서 마를 캐고 아들은 마를 팔러 다녔대. 그 아들이 서동이야. 서동이라는 이름이 마를 파는 아이라는 뜻이래."

"아 맞다. 서동이 지어낸 노래가 서동요지요?"

"그렇지. 서동이 마를 팔러 다니다가 어느 날 신라의 선화공주 얘기를 들었대. 선화공주가 엄청나게 예쁘다는 얘기였지. 그 말을 듣고 서동은 선화공주와 결혼하고 싶어졌어."

"그래서 신라로 가서 자기가 지은 노래를 퍼뜨렸지요? 선화공주가 밤마다 서동을 만나서 사랑을 나눈다는 노래."

우리는 대화를 주고받으며 꽤 오랫동안 서로의 얼굴을 바라보았다. 누나는 계속 나를 올려다보았고 반대로 나는 누나를 내려다보았다. 누나는 말하는 내내 옅은 미소를 머금고 있었다. 웬만큼 아는 이야기였지만 누나에게 들으니 왠지 더 흥미로웠다.

"잘 아네. 서동은 신라 아이들한테 마를 나눠주면서 자기가 지은 노래를 가르치고 퍼뜨리게 했어. 그 노래를 들은 신라왕은 선화공주를 내쫓았지. 쫓겨난 공주를 기다린 건 서동이었어. 서동이 고백해서 둘은 결혼했대."

"서동이 나중에 백제왕이 되지 않았나요? 그건 어떻게 된 거였지요?"

"말도 안 되는 얘기긴 하지만, 서동이 그동안 마를 캐러 다니면서 산에서 발견한 황금을 엄청나게 모아놨었대. 그 황금을 신라왕에게 바치고 정식으로 결혼 허락을 받은 거지. 당연히 신분이 올라갔겠지? 그 후로 서동은 선화공주의 도움을 받아 더 열심히 살았고, 결국 백제의 왕이 됐다는 거야."

나는 말없이 고개를 끄덕였다. 누나는 말을 마치고도 계속 나를 쳐다봤다.

"뭔가 재미있으면서도 시사하는 바가 있는 얘기네요. 용기 있는 자가 미인을 얻는다, 뭐 그런 거?"

"원래 여자는 대부분 지혜롭고 용기 있는 남자한테 매력을 느끼거든."

"신분을 초월한 사랑? 그런 것도 생각할 수 있겠네요. 한낱 백성이 공주와 결혼했으니까요."

"그래 맞아. 서동은 용기도 있었지만 그보다 먼저 열등감이 없었던 거야. 열등감이 있었다면 공주와 결혼하고 싶다는 생각조차 하지 않았겠지."

"그러네요. 그리고 공주도 보통 사람은 아닌 것 같아요. 편견이 없는 사람이랄까? 자기가 그래도 한때 공주였는데 신분도 상관 안 하고 사람 하나만 보고 결혼을 한 거잖아요."

나는 그렇게 말하면서 혹시 누나가 나에게 어떤 메시지를 주려고 이 이야기를 의도적으로 꺼낸 건가 하는 생각을 했다. 나는 백성 신분이고 누나는 공주 신분인데, 그렇더라도 내가 용기만 가지면 누나와 잘 될 수 있다는 그런 메시지 말이다. 하지만 누나가 그런 게 아니라는 듯 서둘러 말했다.

"용이 여의주를 물고 나왔다는 연못이 바로 여기래. 궁남지. 그냥 여기에 그런 전설이 있다는 얘기를 해주려고 했던 거야. 재미있었지?"

"하하하, 재미있네요."

누나가 벤치에서 일어났다. 우리는 다시 걷기 시작했다. 연못 한 가운데 동그란 섬이 있고 그곳에 정자가 세워져 있었다. 누나는 나보다 한 걸음쯤 앞서서 걷다가 다시 나와 나란히 걷다가 하면서 자연스럽게 나를 정자 쪽으로 이끌었다. 누나가 내 옆으로 너무 가까이 다가오면 나는 자칫 누나의 손이라도 스칠까 봐 일부러 손을 앞으로 모았다가 슬며시 내리기를 반복했다.

얼마나 걸었을까, 누나가 별안간 두 손으로 자신의 입을 가리더니 눈을 동그랗게 뜨고 내 얼굴을 돌아다 봤다. 그리고는 한 손으로 내 팔을 툭툭 치며 말했다.

"어머, 저 돌 좀 봐. 신기하게 생겼네! 꼭 하트 같지 않니?"

누나가 손가락으로 가리킨 곳에는 축구공만 한 돌이 있었다. 그 돌은 오른쪽이 더 큰 비대칭이었지만 언뜻 보면 하트 같기도 했다. 투박하게 생긴

그늘진 모퉁이에 핀
들꽃 같은 그대에게

돌덩어리에서도 눈, 코, 입을 찾아 의미를 부여하려는 게 인간의 습성이다. 그래, 저 정도면 그냥 하트라고 하자.

"진짜 하트네요."

"이야, 여기서 하트를 발견하다니. 오늘은 왠지 운이 좋을 것 같은데?"

누나가 돌과 내 얼굴을 번갈아 쳐다보며 환하게 웃었다. 누나의 천진난만한 표정에서 풋사과 같은 싱그러움이 느껴졌다. 나는 점잖은 척하며 말했다.

"저 돌도 예전에는 다른 곳에 있었겠죠. 땅속에 박혀 있었든지, 아니면 어느 숲이나 들판에 있었겠죠. 어떻게 여기까지 왔는지는 모르지만 엄청나게 긴 세월을 지나온 끝에 지금 여기에 있는 걸 거예요."

"하긴, 그렇겠네."

"그리고 그 긴 세월 동안 비바람을 견디고 여기저기 굴러다니다 깨지기도 하면서 현재의 모양이 됐을 거예요. 그런데 저 돌을 처음 본 사람은 원래부터 저런 모양인 줄 알겠죠?"

"뭐야, 너 낭만 파괴자야? 왜 갑자기 진지한 얘기를 하니?"

"그렇잖아요. 돌이나 사람이나 원래부터 그런 건 없어요. 세월에 따라 사람도 변하고, 그러면서 주변 사람들까지도 계속 변하잖아요."

"맞아, 저 딱딱한 돌마저도 변하는데 세상에 과연 변하지 않는 게 있을까?"

"그런데 새로 만나는 사람들은 지금의 내 모습만 바라보겠죠. 과거의 내 모습이 어땠는지는 신경 쓰지 않고. 우리가 저 돌의 현재 모습만 보는 것처럼."

누나가 내 말에 동의할 수 없다는 듯 둘째손가락을 들어 좌우로 흔들었다.

"과거도 중요하지. 나는 좋아하는 사람이 있으면 그 사람의 현재뿐만 아니라 과거까지 궁금해지던데?"

나는 고개를 끄덕였다.

"그건 저도 그래요. 그런데 그건 좋아하는 사람이니까 그런 거죠. 일반적인 인간관계에서는 상대방의 과거를 별로 신경 쓰지 않잖아요."

"하긴, 그 말도 맞는 것 같네."

"아이러니한 건 정작 자기 스스로가 자기 과거에 더 연연한다는 거예요. 과거의 경험, 과거의 사건, 과거의 인연, 과거의 감정까지."

"그거야 당연하지. 내 과거를 오롯이 아는 건 나뿐이니까. 그리고 마음은 날씨 같은 거야. 내가 어쩌지 못하는 거."

"그렇죠. 그런데 저는 과거를 떠나보내지 못하면 새로운 세상으로 나아갈 수 없다고 생각해요. 새로운 사람들도 만날 수 없고요."

"맞는 말이긴 한데, 왠지 조금 서글픈 느낌이 드네."

"저는 긍정적인 뜻으로 말한 건데요? 과거와의 이별은 새로운 삶을 만나기 위한 필수 과정인 거죠. 그렇다고 과거를 마냥 무시하라는 건 아니고, 과거에 얽매여서 새로운 삶을 외면하진 말자는 거예요."

"뭐야, 김찬. 너 낭만 파괴자 맞네. 내가 미안하다. 저런 돌 따위를 보고 하트나 생각하다니. 내가 너무 유치했다."

누나가 장난스레 눈을 흘기며 말했다.

"아이고, 아니에요. 그냥 그렇다는 얘기죠."

우리는 섬으로 연결된 다리 위에 올라섰다. 사람 발소리를 듣고 잉어 떼가 몰려들었다. 먹이를 주는 줄 알았나? 미안하지만 너희에게 줄 먹이는 없단다. 누나와 나는 잉어 떼를 내려다봤다. 먹이를 주지 않으니 잉어 떼가 천천히 흩어졌다.

수면에 두 사람의 그림자가 드리워져 있다. 다리 위에서는 누나가 난간에 기대 서 있고 내가 누나보다 한 걸음 뒤에 서 있다. 그런데 우리의 그림자는 하나로 연결되어 마치 서로 껴안고 있는 것처럼 보인다. 정말 이대로 뒤에서 누나를 껴안아버리고 싶은 심정이었다. 누나의 풍성한 머리칼에 코를 비비고 싶었다. 그림자가 부러웠다.

정자로 향했다. 누나가 정자의 이름이 포롱정이라고 알려줬다. 이름에 '용'자가 들어가는 걸 보니 이 정자도 용과 관련이 있나보다. 정자의 안쪽 가장자리는 나무의자로 되어 있었다. 누나가 나무의자에 걸터앉았다. 나는 누나를 마주보고 마룻바닥에 앉았다. 누나의 짧은 치마와 맨다리가 정면으로 보였다. 나는 시선을 돌렸다. 미풍이 살랑살랑 불어왔다. 누나는 가만히 앉아서 바람을 느끼는 듯했다.

"여기 어땠어? 괜찮았니?"

"아주 좋았어요. 가볍게 산책하기 딱 좋은데요. 왠지 저도 누나처럼 종종 오게 될 것 같아요."

"다행이다. 그러면 다음에도 한번 같이 오자."

"그래요 누나."

"배고프지? 이제 그만 밥 먹으러 갈까?"

누나는 돈가스 집까지 이십 분 정도 걸린다고 했다. 우리는 천천히 걸으며 음악을 주제로 대화했다. 여전히 누나가 말을 많이 했고 나는 주로 들었다. 누나는 빌리 조엘을 좋아한다고 했다. 나는 그가 누군지 몰랐다. 제일 좋아하는 노래는 〈피아노 맨〉과 〈어니스티〉란다. 그 노래 제목은 들어

본 것 같다. 누나는 가요에 대해서도 애기했지만 아이돌 음악은 언급하지 않았다. 나는 강산에 노래를 좋아한다고 했다. 누나도 그렇다고 했다.

돈가스 집은 버스터미널 근처 건물 1층에 있었다. 나는 여기에 이런 게 있었는지 처음 알았다. 누나가 앞장서서 문을 열고 들어갔다. 가게 안은 한산했다. 우리는 창문 근처에 있는 테이블에 앉았다.

자리에 앉은 누나가 눈을 찡그렸다. 맞은편 건물에 반사된 햇빛이 커다란 창문으로 쏟아져 들어왔다. 누나가 자리에서 일어나 창문 앞으로 갔다. 그리고는 두 팔을 벌려 양쪽 커튼을 조금씩 닫았다. 그 찰나의 순간, 햇빛이 누나의 얇은 블라우스를 투과하며 몸의 윤곽을 드러나게 했다. 잘록한 허리의 매끄러운 곡선이 예뻤다.

종업원이 메뉴판을 가져오자 누나가 메뉴판을 보지도 않고 돈가스 두 개를 시켰다. 나는 돈가스를 한 번도 먹어본 적이 없다. TV 드라마에서 배우들이 먹는 걸 본 적은 있다. TV에서는 웨이터가 잔에 물을 따라주고 빵과 스프를 먼저 내놓은 뒤 약간의 시간차를 두고 돈가스를 내왔다. 배우들은 돈가스를 나이프로 썰고 포크로 찍어서 먹었다. 레스토랑에는 우아한 클래식 음악이 흘렀다. 여기에서는 종업원이 물을 따라주지도 않고 빵도 주지 않았다. 클래식 음악 대신 잔잔한 발라드가 흘렀다. 그리고 돈가스와 스프가 함께 나왔다.

나는 눈치껏 누나를 따라 했다. 왼손엔 포크를, 오른손엔 나이프를 잡았다. 돈가스를 왼쪽부터 썰어야 할지 오른쪽부터 썰어야 할지 몰라 누나가 먼저 썰 때까지 기다렸다. 누나는 돈가스를 다섯 줄로 자르더니 접시를 90도 돌려서 다시 다섯 줄로 잘랐다. 딱 먹기 좋은 크기였다. 나도 그렇게 했다. 나는 먹는 속도까지 누나를 따라했다.

누나는 내가 도와준 일에 대해 한 번 더 고마움을 표했다. 그러면서 비슷한 일이 또 생기면 다시 부탁하겠다고 했다. 나는 당연히 그러라고 했다. 누나는 기회가 된다면 나한테 컴퓨터를 배우고 싶다고 했다. 나는 그러기 전에 우선 타자연습이나 더 하라고 장난스럽게 말했다. 곧이어 누나가 사뭇 진지한 표정을 지으며 말했다.

"찬이야, 너는 다른 애들이랑 조금 다른 것 같아."

"그게 무슨 말이에요?"

"뭐랄까, 항상 차분한 느낌이라고 할까? 아니면 나이답지 않게 좀 어른스러운 느낌? 가볍지 않고, 유치하지 않은 거 있잖아."

"그게 좋은 얘기인가요?"

"물론이지. 보는 사람마다 다르겠지만, 난 왠지 찬이 같은 사람이 신뢰가 가더라고."

"제가 그런 사람인지 몰랐네요. 고마워요 누나. 사실 누나도 되게 좋은 사람 같아요. 밝고 명랑하고, 진지할 땐 또 진지하고. 그리고 뭐."

나는 갑자기 말을 끊었다.

"그리고 뭐?"

"아, 진짜 예쁘다고요. 객관적으로."

누나가 입으로 피시시 하는 소리를 내며 웃었다. 나는 멋쩍게 웃었다.

"어머! 그런 얘기 많이 들었어, 얘. 너도 알았니?"

"모르면 그게 이상한 거 아닌가요? 처음 보는 순간에 알았죠."

누나가 희고 가지런한 치아를 드러내며 까르르 웃었다. 그러고는 잠시 웃음을 고른 뒤 다시 말을 이어갔다.

"나는 찬이를 오래 볼 수 있었으면 좋겠다. 오래 보면서 얘기도 하고 컴퓨터도 좀 배우게. 너 계속 나와야 돼, 알았지?"

"독서 모임 말하는 거예요? 웬만하면 안 빠지고 나갈 거예요. 그런 걱정은 마요."

"그래, 찬이는 잘할 것 같아. 보통 애들이랑 다르니까."

누나가 다시 환하게 웃었다. 나는 상상했다. 누나는 사람이 아닌 것 같다. 진짜 사람이 이렇게 예쁠 수는 없다. 누나는 혹시 구미호가 아닐까? 내 간을 빼먹기 위해 미녀로 변신해서 나를 홀리고 있는 게 아닐까? 그렇다면 나는 내 간을 내어주지 않을 도리가 없다.

우리는 돈가스 집을 나왔다. 내가 음료수를 사겠다고 했으나 누나가 사양했다. 나는 바로 헤어지기가 아쉬웠다. 그래서 버스터미널에 있는 오락실에 가자고 했다. 누나가 그건 좋다고 했다. 내가 서부극 게임을 할 때 누나가 옆에서 구경했다. 누나가 버블버블 게임을 할 때는 내가 옆에서 구경했다. 그리고 테트리스를 2인용으로 같이 했다. 누나는 게임에 별로 소질이 없었다. 사실은 나도 게임을 잘하지 못했다. 우리는 금방 오락실을 나왔다. 누나와 나는 서로에게 게임을 못한다며 놀렸다. 그렇게 웃으며 헤어졌다.

자취방에 돌아왔다. 뭐라고 말할 수 없을 만큼 기분이 좋았다. 그냥 가만히 있기가 어려웠다. 오랜만에 방 청소라도 해볼까? 나는 음악을 틀어놓고 청소를 시작했다. 방 안의 물건들을 죄다 옮겨가며 구석구석 깨끗하게 쓸고 닦았다. 기분이 상쾌했다. 다음에는 뭘 하지? 그래, 통기타 연습을 하자. 만약을 대비해서 틈틈이 연습해둬야 한다. 언제 누나 앞에서 기타를 치게 될지 모르니까. 나는 칼립소와 슬로우고고, 아르페지오 주법을 연습했다. 조만간 아예 〈피아노 맨〉과 〈어니스티〉 악보를 사야겠다.

나는 간단하게 저녁을 챙겨먹고 승업이 방으로 갔다. 승업이도 나갈 채비를 마친 상태였다. 우리는 시시콜콜한 대화를 나누며 보급소로 걸어갔다. 문득 승업이한테 고마운 생각이 들었다. 커다란 덩치에 둥글고 넓적한 얼굴, 과묵하면서 듬직한 이 친구가 어쩌면 나의 귀인일지도 모르겠다. 승업이에게 더 잘해야겠다.

소장님이 우리를 맞아주었다. 누나도 와있었다. 낮에 만나고 몇 시간만에 다시 보니까 또 반가웠다. 누나는 낮에 입었던 치마를 바지로 갈아입고 왔다. 치마를 입은 모습이 참 예뻤는데. 사람들이 다 모였다. 최 씨라는 사람만 빼고. 최 씨는 언제쯤 오려나. 얼굴은 모르지만 보게 될 날까지 건강히 잘 지내길 바란다.

회장님에게 책을 돌려줬다. 회장님은 책에 대한 내 소감을 묻지 않았다. 다행이다. 회장님의 추천도서는 다음 주에 받기로 했다. 나는 회장님의 말과 행동을 유심히 관찰했다. 특이한 점은 없다. 회장님은 평범한 사람이다. 이단이 아니다. 아니, 이단일 수도 있다. 설사 그렇다 해도 요한이가 말한 그런 의미의 이단은 아닐 것이다.

사람들과 떠들며 웃다가 간간이 누나와 눈이 마주쳤다. 그때마다 나는 눈썹을 살짝 들어올렸다. 누나는 눈을 찡긋했다. 우리는 둘만의 사인을 주고받고 있었다. 내 사인은 여기 있는 사람들 중에서 누나를 조금 더 특별하게 생각한다는 뜻이었다. 누나의 사인도 그런 뜻이길 바란다.

모임을 마치고 자취방에 돌아왔다. 오늘은 정말 완벽한 하루였다. 들뜬 마음이 쉽게 가라앉지 않았다. 나는 오늘을 기념할 만한 무언가를 남겨두고 싶었다. 소중한 추억을 머리로만 간직하기에는 왠지 아쉬웠다. 상징적이고도 의미 있는 것을 남기고 싶었다. 나중에 누나와 함께 들춰보게 될지도 모르니까. 그래서 편지를 썼다. 비록 실제로는 전할 수 없는 편지였지만. 나는 편지를 쓰는 내내 누나만 생각했다. 그러니까 왠지 누나에게 더 빠져드는 기분이 들었다. 나는 한 글자 한 글자 정성을 다해 적어 나갔다.

아름답고 참된 그대, 미진에게.

먼저 당신을 알게 된 후부터 지금까지 당신을 볼 수 있다는 것에 감사합니다.

문을 열고 들어설 때, 사람들과 이야기를 나눌 때, 물을 마시려고 일어설 때, 내 시선은 항상 당신 너머에 있는 무언가를 향합니다. 사실 내가 바라보는 무언가는 나에게 아무런 의미가 없습니다. 다만, 그것과 나 사이에 당신이 앉아 있기 때문에 내가 그것을 바라보는 것입니다. 당신을 똑바로 바라볼 수는 없지만 내 시야에 늘 당신을 담아두고 싶으니까요.

당신을 처음 만났을 때, 당신은 나에게 친절을 베풀었습니다. 다정한 말을 건넸습니다. 그리고 따뜻한 미소를 보였습니다. 당신은 내게 고마운 사람입니다. 때로는 당신의 장난끼 어린 표정과 약간은 도도한 말투가 나를 웃게 만듭니다. 별 뜻 없이 중얼거리는 내 말에 당신의 입가가 웃을 때면 나는 행복합니다. 그렇게 웃음과 행복을 주는 당신에게 나는 무엇으로 보답할 수 있을까요?

시간에 이끌려 집에 돌아오면 현실이 나를 맞이합니다. 생각의 저울이 꿈에서 현실로 기울어집니다. 나는 그제야 당신이 분에 넘치는 사람이란 걸 깨닫게 됩니다. 나는 태연한 척 밥을 먹고, 운동을 하고, 책을 봅니다. 그렇게 익숙한 일상에 집중해보려 합니다.

하지만 나는 날이 갈수록 멍청해지고 있습니다. 멍하니 있다가 정신을 차려보면 당신을 생각하고 있었습니다. 더 멍청해질까 봐 아침부터 밤까지 열심히 떠들고 뒤죽박죽 일을 저질러놓고 수습하기를 계속합니다. 그래도 당신이 머릿속에서 떠나지 않습니다. 나는 어떻게 해야 할까요?

　내 안에는 당신에 대한 두 가지 마음이 담겨 있습니다. 우선, 당신을 계속 보고 싶습니다. 그리고 한 걸음씩 당신에게 다가가고 싶습니다. 그렇지만 나의 서툰 몸짓에 당신이 뒷걸음질 칠까 봐 두렵기도 합니다. 나의 촌스러움을 당신이 알아 버릴까 봐 두렵습니다. 그냥 이대로 있어야 할까요? 그렇다면 나는 매일 꿈과 현실을 오가며 괴로워할 겁니다.

　오늘 처음으로 당신과 산책을 하고 밥을 먹었습니다. 많은 이야기를 나눴습니다. 참으로 행복했습니다. 이 행복이 나에게 용기를 주었습니다. 나는 당신에게 아주 천천히, 한 걸음씩 다가가 보려 합니다. 당신이 언젠가 내 손을 잡아주기를 바랍니다. 그리하여 오늘 하루가 우리의 첫 번째 추억이 될 수 있기를 소망합니다.

1998년 8월 9일. 찬으로부터

　자취방에 귀뚜라미가 나오기 시작했다. 이놈들이 나올 때가 되긴 했다. 이제 금방 가을이 오겠구나. 요즘 라디오를 듣다 보면 나라 안팎이 꽤나 어수선하다는 생각이 든다. 연일 러시아가 모라토리엄을 선언했다는 뉴스가 흘러나온다. 모라토리엄은 국가가 빚을 못 갚겠다고 선언하는 걸 말한다. 좋게 말해서 모라토리엄이지 실상은 배 째라는 거 아닌가.

　러시아 사태가 우리나라의 경제난을 가중시킬 거라고 한다. 우리나라의 IMF 상황도 걱정이지만 러시아의 모라토리엄도 참 걱정이다. 그래도 우리나라는 금 모으기다 공기업 민영화다 하면서 어떻게든 빚을 갚으려 안간힘이거늘 러시아의 저런 깡은 대체 어디에서 나오는 걸까? 교육부장관은 2001년부터 중고교의 보충수업과 자율학습을 단계적으로 폐지키로 한다고 밝혔다. 이 결정은 유감이다. 앞으로 사교육이 판치는 시대가 오겠구나. 가정형편에 따라 학교성적과 학벌의 양극화가 더욱 심화될 텐데 걱정이다.

나라 안팎이 어수선한 중에도 시간은 빠르게 흘러간다. 어느새 다시 일요일이다. 독서 모임이 이번이 네 번째인가, 다섯 번째인가? 겨우 그것밖에 안 됐나? 나는 이제 자연스럽게 신문보급소에 온다. 원래 목적과 기대가 무엇이었는지는 잊어버렸다. 이제는 그냥 여기가 좋고, 오고 싶어서 오는 거다. 보급소도 익숙하고 사람들도 다 친근하게 느껴진다.

이 모임에서 회장님은 아빠 같고 소장님은 엄마 같다. 소장님이 사람들을 더 세심하게 잘 챙겨준다. 미진이 누나도 소장님을 잘 따른다. 누나는 평일에도 간간이 보급소에 들러서 소장님과 수다를 떤다. 소장님을 이모라고 부르는 걸 보면 둘이 꽤나 친한 것 같다.

장 선생 형과는 개인적으로 친해질 계기가 별로 없었다. 가끔 책 이야기를 나누기는 했지만 스무 살 가까운 나이 차이 때문인지 서로 공감이 잘 안 되는 느낌이었다. 그래도 소장님한테 하는 걸 보면 이 형도 좋은 사람인 것 같다. 승업이는 원래부터 소장님을 잘 따랐고 나도 이제 소장님을 신뢰한다.

소장님은 이 모임에서 정신적인 구심점 역할을 하는 사람이다. 소장님은 남편도 없고 자식도 없다. 다행히 이 모임을 가지면서 오랜 적적함에서 벗어났으리라. 소장님이 감성적인 사람이라면 회장님은 이성적인 사람이다. 회장님은 책에 대해 이야기하는 걸 좋아한다. 독서 모임의 회장으로서 본분에 더 충실하다고나 할까.

처음에는 이 모임이 중년 아줌마들에 의해 주먹구구식으로 운영될 거라고 짐작했었다. 그런데 2년 넘게 유지되는 데는 다 그만한 이유가 있었다. 두 사람의 진심과 정성에 저절로 머리가 숙어진다. 덕분에 나도 여기 있는 게 아닌가. 무엇보다 감사한 일은 미진이 누나와 함께 있다는 사실이다.

누나는 가끔 어른인 척 나에게 좋은 말을 해주려고 했다. 나는 그런 누나의 태도가 달갑지 않았다. 그럴 때는 나도 내가 알고 있는 지식과 경험을 총동원해서 어른스러운 말로 대꾸했다. 그런데 그런 대화를 하다보면 금세 우리의 한계가 드러나고 만다. 우리는 진지한 대화를 포기하고 다시 가벼운 농담을 주고받으며 웃었다.

이번 주에도 즐겁고 유익한 시간이었다. 사람들이 하나둘 자리에서 일어났다. 회장님이 먼저 보급소를 나가고 곧이어 장 선생 형도 돌아갔다. 뒷정리는 언제나 소장님의 몫이다. 오늘은 소장님을 좀 도와드려야겠다. 나와 승업이는 테이블을 원래 자리로 옮기고 의자를 정리했다. 하는 김에 창고에 있는 박스도 정리했다. 쓰레기까지 싹 치웠다. 소장님과 누나도 자잘한 정리를 마쳤다.

"아이고, 고생들 했어. 다들 고마워. 역시 다 큰 남자애들이라 힘도 좋고 빠릿빠릿하네."

"매주 공짜로 먹고 놀다가 가는 데 이 정도는 해야죠. 앞으로도 계속 시키세요."

소장님의 칭찬에 내가 너스레를 떨며 말했다.

"그래 알았어. 늦었으니까 이만 돌아들 가."

"네, 안녕히 계세요. 다음 주에 뵐게요."

우리 세 사람이 밖으로 나왔다. 이제 누나와 헤어져야 한다. 누나는 읍내 방향으로 가고 나와 승엽이는 학교 방향으로 가면 된다. 나는 아쉬운 마음을 감추며 누나에게 잘 가라는 인사를 하려고 했다. 그때 누나가 들고 있던 종이가방을 나에게 내밀었다.

"찬이야, 이거 받아."

"이게 뭐예요?"

"네가 키도 크고 팔이 좀 길잖아? 그래서 105 사이즈로 샀거든? 입어보고 혹시 너무 크면 얘기해. 바꿔줄게."

종이가방 안에는 옷이 들어 있었다.

"이게 웬 거예요?"

"저번에 컴퓨터로 문서 만들었던 거. 큰아빠가 수고했다고 용돈을 주셨거든. 그런데 사실 일은 네가 다 한 거잖아. 그래서 주는 거야."

"아이고, 그 일은 이미 돈가스 얻어먹은 걸로 됐어요. 뭐 이런 것까지."

"왠지 연두색이 너한테 잘 어울릴 것 같아서 이걸로 샀는데. 마음에 들지 모르겠네?"

나는 종이가방에서 옷을 꺼냈다. 연두색 바탕에 체크무늬가 있는 긴소매 남방이었다. 나는 기뻤다. 누나가 내 몸에 맞는 옷을 샀다. 물론 나는 100도 입고 105도 입는다. 그런데 내 팔이 길다는 걸 알고 그걸 감안해서 105를 샀다. 그건 누나가 그동안 나를 유심히 봤다는 뜻이다.

"네, 엄청 마음에 들어요. 고마워요 누나. 잘 입을게요."

"다음에 또 부탁할 일이 생길까 봐 미리 수 써두는 거야. 그때 가서 모른 체 하면 안 돼, 알았지?"

"당연하죠. 진짜 고마워요 누나."

나는 자췻집으로 돌아오면서 누나가 남방을 고르는 모습을 상상했다.

누나는 먼저 화려한 색과 차분한 색 중에서 무엇으로 할지 고민했을 거다. 그다음은 민무늬와 체크무늬를 놓고 고심했을 거고, 마지막으로 남방 소매를 자기 팔에 대보면서 팔 길이를 가늠해봤을 거다. 100으로 할까 105로 할까 다시 고민했을 거다. 그러면서 누나는 계속 나를 생각했을 거다. 그렇게 해서 고른 남방이다. 참으로 소중한 옷이다.

반복되는 일상을 살아갈 때는 시간이 더디게 흐르는 것 같지만 지나고 돌아보면 한 달조차 매우 짧은 순간처럼 느껴지곤 한다. 기억이 압축되어버린다고 할까? 그러니 삶을 오롯이 기억하기 위해서는 기억이 압축되지 않도록 기억할 만한 사건들을 계속 만들어 가야 한다. 그런 점에서 독서 모임을 시작한 건 정말 잘한 선택이었다.

또한, 우리의 삶이 인생이라는 한 권의 책을 써나가는 과정이라면 단조로운 이야기를 계속 되풀이해서 쓸 수만은 없다. 나는 이쯤에서 내 인생이라는 책에 목차를 하나 추가하려고 한다. 그건 당연히 소망북클럽이다. 어쩌면 이 목차가 가장 중요할지도 모르겠다. 여기서부터 여주인공이 등장하니까.

이번 주 모임에 누나가 오지 않았다. 무슨 일이지? 나는 누나에게 삐삐를 쳐볼까 생각했다. 음성메시지라도 남기고 싶었다. 그런데 나에게는 누나의 답을 들을 수 있는 삐삐도, 전화기도 없지 않은가? 하지만 누나가 걱정되지는 않았다. 무슨 일이 있었겠지. 저번처럼 큰아빠가 심부름이라도 시켰나 보지. 나는 다시 일주일만 더 기다리면 된다. 어차피 누나는 다음 주에 올 테니까. 우리는 오래 보기로 한 사이니까.

나는 묵묵하게 내 할 일을 했다. 그러면서 우리의 첫 번째 추억을 떠올렸다. 누나가 선물한 옷을 생각했다. 그리고 앞으로 어떤 일들이 이어질지 상상했다. 일주일을 더 기다리는 것쯤은 그리 어렵지 않았다.

읍내 레코드점에서 〈어니스티〉 악보를 샀다. 〈피아노 맨〉 악보는 없었다. 〈어니스티〉가 담긴 빌리 조엘의 테이프는 돈이 조금 더 모아지면 살 예정이다.

올여름은 유난히 더웠다. 낮에도 덥고 밤에도 더웠다. 자취방에 누워 있으면 마치 내가 보온밥솥 안에 넣어놓은 밥주걱이 된 듯한 기분이 들었다. 이제는 더위가 한풀 꺾였다. 아침저녁으로 제법 선선한 바람도 불어온다. 오늘은 긴소매 옷을 입어도 될 것 같다.

나는 처음으로 누나가 사준 남방을 입었다. 밝은색 옷을 입으니까 왠지 마음까지 밝아지는 느낌이다. 역시 사람은 꾸미기 나름이구나. 옷 하나만 바꿨을 뿐인데 내 얼굴이 좀 달라 보인다. 이 모습을 누나에게 보여줘야지. 누나가 사준 옷이 나에게 얼마나 잘 어울리는지 보여줘야지. 자, 보급소로 출발이다. 누나를 만나러 가자.

승업이가 설거지 하는 걸 기다리느라 조금 늦게 자췻집을 나섰다. 그래서 모임에 지각했다. 우리가 보급소에 들어섰을 때 회장님이 사람들의 시선을 독차지하며 한창 말을 쏟아내고 있었다. 우리가 들어가면서 흐름을 끊고 말았다. 누나가 나를 보고 눈을 동그랗게 떴다. 자신이 심혈을 기울여 고른 옷이니까 단번에 알아봤으리라. 그런데 의외로 누나의 표정이 담담했다. 생각보다 안 어울려서 실망했나?

회장님이 분위기를 쇄신하고 다시 본인 중심으로 이야기를 이끌어갔다. 회장님의 이야기는 늘 그렇듯 대부분 좋은 얘기다. 어떨 때는 좀 뻔하게 들리기도 한다. 그럴 때는 미진이 누나가 괜히 끼어들어서 토를 단다. 그렇게 해야 이야기가 재미있어진다.

그런데 오늘은 누나가 평소와 다른 것 같다. 무슨 안 좋은 일이 있었나? 나는 누나가 얼마나 자주 웃고, 어느 순간에 자지러지게 웃고, 총 몇 번을 웃었는지 알고 있다. 항상 누나를 보고 있었으니까. 오늘은 평소답지 않게 말이 별로 없다. 누나는 다른 사람들의 이야기에도 형식적으로 반응하면서 애먼 책만 뒤적이고 있다. 나는 여전히 곁눈질로 누나를 보고 있다. 누나가 내 시선을 피하는 게 느껴진다. 도대체 무슨 일이지?

아까부터 보급소 건너편에 승용차 한 대가 멈춰 서 있다. 그런데 계속 헤드라이트가 꺼지지 않는 게 이상하다. 한 남자가 내렸다가 이쪽을 잠깐 바라보는가 싶더니 다시 차에 탔다. 보급소에 볼일이 있는 사람인가? 왠지 저 차가 자꾸 거슬린다.

누나를 제외한 사람들이 웃고 떠드는 사이 시간이 어느새 여덟 시를 향해 흐르고 있었다. 누나가 천천히 일어나 자기 가방을 챙겼다.

"저는 일이 있어서 먼저 가볼게요. 다음 주에 봬요."

"응 그래, 조심해서 가. 다음 주에 또 보자."

누나가 유리문을 열고 나갔다. 소장님이 누나를 따라 나갔다. 문 밖에서 소장님이 누나를 배웅하는 게 보였다. 소장님이 다시 들어왔다. 나는 유리문 너머로 길을 건너는 누나의 뒷모습을 바라보았다. 건너편에 서 있던 승용차에서 남자가 내렸다. 누나가 그대로 승용차에 탔다. 이게 무슨 일이지? 잘못 봤나? 그때 회장님이 말했다.

"어? 미진이 쟤 누구 차에 타는 거야?"

"선옥 엄마, 저 남자애 처음 봤어? 쟤 미진이랑 사귀던 애잖아. 올 봄엔가 헤어졌었는데 다시 만나기로 한 것 같더라고."

"미진이가 남자를 만났었어? 나는 몰랐는데?"

"두 달 정도 만났었나 그래. 쟤 옛날에 이 앞에 몇 번이나 왔었잖아. 한 번도 못 봤구나?"

"그런데 쟤 몇 살이야? 무슨 어린애가 차를 끌고 다녀?"

"대학생이래. 그것도 법대생. 건양대 다니는데 통학하라고 집에서 차 사준 거래."

"건양대까지 차 끌고 다니려면 기름값도 만만치 않을 텐데? 좀 사는 집 앤가 보구먼? 설마 미진이 저번 주에 저 남자애 때문에 안 온 거야? 당분간 미진이 보기 힘들어지겠네."

회장님이 뱁새눈이 되어 은근하게 웃으며 말했다.

그랬구나. 미진이 누나가 옛날에 사귀던 남자가 있었구나. 잠시 헤어졌다가 다시 만나기로 했구나. 그 남자는 단순히 차를 끌고 다니는 어린애가 아니라, 자기 차가 있는 번듯한 대학생이구나. 그렇다면 최소한 막돼먹은 날라리는 아니겠네. 그건 그나마 다행이다.

저 승용차 안에서 두 사람은 무슨 얘기를 나눌까? 누나는 남자를 뭐라고 부를까? 오빠라고 부를까, 자기라고 부를까? 그렇다면 누나는 저 남자에게 뭐라고 불리고 있을까? 미진아? 자기야? 아니면 다른 애칭으로 불릴까? 누나가 운전하는 남자의 옆모습을 바라보며 미소를 머금고 다정하게 말하겠지? 서로 손도 잡겠지? 나중에는 키스도 하고 더 진한 스킨십도 하겠지? 누구에게도 방해받지 않는 저 안락한 승용차 안에서 말이다. 생각할수록 좌절감이 밀려왔다.

드라마가 시작할 때 지난 회 줄거리를 짧은 영상으로 보여주는 것처럼, 지난 몇 달간의 일들이 내 머릿속에서 빠르게 스쳐 지나가는 것 같았다.

누나는 남자친구와 헤어졌었다. 왜 헤어졌는지는 모르지만 어쨌든 마음이 좋지 않았을 거다. 겨우 마음을 추스르고 일상으로 돌아왔을 때 우연히 나를 만났다. 그런데 누나에게 혼자 해결하기 힘든 일이 생겼고 우연히 내가 그 일을 도와줄 수 있었다. 그 핑계로 궁남지에서 함께 산책을 했다. 밥도 먹고 오락실에도 갔다. 누나의 큰아빠가 누나에게 용돈을 줬다. 누나가 한 번 더 그 일을 핑계 삼아 나에게 옷을 선물했다.

이런 일들이 우연치고는 너무 자연스럽게 연결됐다. 그러다 보니 누나가 나를 각별하게 생각했을 수도 있다. 누나가 나에게 잘해주고 호감을 보인 건 분명하다. 조금만 더 시간이 있었더라면 어땠을까. 하지만 시간은 내 편이 아니었다. 누나에게 전 남자친구가 찾아왔다. 정신을 차려보니 모든 게 선명하게 보였겠지. 들뜬 기분과 좋았던 감정이 허전한 마음에서 비롯된 착각이었음을 자각했겠지. 전 남자친구와 나를 저울질할 것도 없이 금방 답이 나왔겠지.

누나는 마저 정리되지 않았던 감정을 우연히 자기 앞에 나타난 상대에게 투사했던 거다. 그게 나였던 거다. 그리고 이제는 그 상대가 필요 없어진 거다. 진짜가 나타났으니까. 그래서 그 승용차를 타고 간 거다. 단지 그런 것뿐이다. 모든 것이 다시 원래의 자리로 돌아간 것뿐이다. 그렇다면 나는 원래대로 내 자취방으로 돌아가면 그만이다.

그날 이후 나는 독서 모임에 나가지 않았다. 누나를 볼 자신이 없었다. 내가 갑자기 모임에 안 나가는 것에 대해 사람들이 뭐라고 했는지 나는 모른다. 승업이가 나에게 말해주지 않았기 때문이다. 승업이는 내가 이러는 이유를 눈치로 대충 알고 있는 것 같다. 승업이는 묻지 않았다. 승업이가 나를 위로하려고 하지 않고 지켜보고만 있는 게 오히려 고마웠다. 밤에 잠이 안 왔다. 그래서 늘 피곤했다. 자율학습시간에 졸다가 선생님한테 몇 번이나 걸렸다. 그럴 때는 회초리로 맞거나 뺨을 맞았다. 맞으니까 이상하게 마음이 편했다.

본가에 다녀오기 위해 읍내를 오갈 때 나는 일부러 좁은 길로 돌아서 다녔다. 큰길에는 차가 많이 다니니까. 누나가 남자친구의 승용차를 타고 지나가다가 걸어가는 나를 보게 되는 게 싫었다. 커다란 옆가방에 반찬통을 가득 넣고 낑낑대며 걸어가는 내 모습을 보는 게 싫었다. 당연히 누나가 사준 남방은 절대 입지 않았다.

나는 본가에 가서 생각했다. 차라리 잘된 일이라고. 누나는 우리 집과, 그리고 우리 식구들과 어울릴 것 같지 않았다. 누나는 아궁이에 불을 땔 때는 집에 살았을 것 같지 않다. 하나의 담장 안에서 사람과 가축이 함께 살아가고, 파리 떼가 부엌과 방과 외양간을 경계 없이 넘나드는 집에 살았을 것 같지 않다. 재래식 화장실을 써 봤을 것 같지 않다. 그러니 어떻게 우리 집과, 우리 식구들과, 나와 어울릴 수 있겠나. 차라리 잘됐다. 그런데 이렇게 생각하니까 왠지 더 우울한 기분이 들었다. 억울했다. 화가 났다. 내가 청양군 장평면 낙지리 사당골에 살고 있다는 게 싫었다.

서동과 선화공주 이야기는 거짓말이다. 서동은 사실 백제의 왕자였다. 미천한 신분이 아니었다는 말이다. 서동은 나중에 백제의 왕이 된다. 백제의 서른 번째 왕, 바로 무왕이다. 무왕의 실제 부인은 백제 최고의 귀족 가문이었다고 한다. 무왕 시절 백제와 신라는 적대관계였으므로 무왕이 선화공주와 결혼하기는 어려웠을 것이다. 그렇다면 선화공주는 누구와 결혼했을까? 그 상대도 최소한 귀족이었겠지. 설화는 설화일 뿐이다. 한낱 백성이 공주와 결혼했다는 이야기는 거짓말이다. 예나 지금이나 그런 일은 있을 수 없다.

평행선. 아무리 그어나가도 서로 만나지 않는 두 직선. 그것이 평행선의 성질이다. 누나는 누나에게 어울리는 사람을 만나서 행복하게 살면 된다. 꼭 그래야 하고, 그렇게 될 것이다. 또한 나는 나대로 살면 된다. 우리는 평행선처럼 살면 되는 거다. 누나를 원망할 이유는 없다. 그리고 나를 자책할 필요도 없다. 그런데 왜 이렇게 계속 기분이 좋지 않은 걸까?

어쩌면 누나가 생각보다 좋은 사람이 아닐지도 모른다. 누나는 날라리일 지도 모른다. 고등학교를 졸업했으면 대학에 가거나 취업을 하거나, 하다못해 뭔가 준비라도 했어야 하지 않겠는가. 누나는 단순히 놀기만을 좋아하고 미래에 대한 계획도 없이 사는 한심한 사람일 지도 모른다. 어쩌면 이전 남자친구 중에 오토바이를 타는 날라리가 있었을지도 모른다.

만약 누나가 날라리가 아니라면, 지독한 속물이 아닌지 의심해봐야 한다. 돈을 보고 지금의 남자친구를 만나는 것일 수도 있기 때문이다. 그렇다면 그 남자도 언젠가는 누나에게 버림받게 되리라. 그 남자보다 돈 많은 사람은 얼마든지 있으니까 말이다.

만약 누나가 날라리도 아니고 속물도 아니라면, 이번에는 위선자일 가능성을 따져봐야 한다. 나와 돈가스를 먹을 때 나의 어설픈 행동을 보며 촌스럽다고 생각했을 수도 있기 때문이다. 겉으로는 친절하고 다정한 척 말하지만 속으로는 상대를 무시하고 있을지도 모른다.

분명한 것은 누나가 고통의 씨앗을 품고 있는 사람이라는 사실이다. 누나는 미인이다. 자고로 얼굴이 예쁜 여자는 얼굴값을 한다고 했다. 누나 같은 미인을 나만 좋아할까? 당연히 다른 남자들도 다 좋아한다. 그러므로 미인을 만나는 사람은 늘 경쟁자를 의식하며 신경써야 한다. 그것은 매우 불안하고, 피곤하고, 고통스러운 삶이다.

그런데, 그런데 말이다, 나의 억지스런 가정이 모두 사실이라 할지라도 나는 그냥 누나를 좋아하고 싶다. 만약 누나가 내 간을 빼먹기 위해 나를 홀리는 구미호라면, 누나에게 유혹당하는 그 짧은 순간의 기쁨과 내 간을 기꺼이 바꾸고 싶다.

며칠이나 지났을까. 아침 공기가 제법 차다. 거리에는 낙엽이 쌓여간다. 누나가 불쑥 생각나는 빈도가 점점 잦아들고 있다. 그리고 이제는 누나를 생각해도 이전만큼 가슴이 아리거나 심장이 움찔하지 않는다. 내가 누나를 좋아했던 건지 아니면 누군가를 좋아하고 있다는 설레는 기분을 좋아했던 건지조차 불분명하다. 다만 내 마음속에 어떤 느낌은 남아 있다. 무언가가 있다가 없어진 느낌, 혹은 무언가가 있기를 바랐으나 그것이 존재하지 않는 느낌. 이 느낌은 뭘까. 상실감일까, 허전함일까, 공허함일까.

누나는 떠났다. 자기 차를 가진 번듯한 대학생 남자친구에게로 가버렸다. 그러나 엄밀히 말하자면 누나는 나를 떠난 게 아니다. 내 곁으로 온 적이 없었으니까. 내가 미련을 갖는 건 고작 몇 번의 우연에서 비롯된 기대감과 일말의 가능성일 뿐이다. 하지만 그것은 나만의 일방적인 생각이었다. 내 감정은 앞서나갔고, 오버했다. 결국 나는 나 스스로 만든 감정 덩어리 때문에 괴로웠던 거다.

이놈의 자취방이 문제인 것 같다. 늘 자취방에 틀어박혀 있으니까 망상이 끊이지 않는다. 현실감각이 무뎌진다. 밖으로 나가야 한다. 나가서 사람들을 만나야 한다. 문득 사람들의 얼굴이 떠올랐다. 승업이, 소장님, 회장님, 그리고 장 선생 형까지. 이들은 지금 얼마나 황당해하고 있을까. 이유를 안다면 얼마나 더 어이없어할까. 친구들이 알면 얼마나 나를 비웃을까. "네가 무슨 비련의 여주인공이냐? 혼자 북 치고 장구 치고, 아주 코미디다 야!"라고 말하겠지.

독서 모임에 다시 나갈 수는 없다. 이미 돌이킬 수 없게 되었다. 마음이 내키지도 않는다. 나는 그냥 내 자리에서 내 본분에 충실할 생각이다. 더 이상 누나에게 얽매이지 않을 거다.

나는 마지막으로 누나를 잊기 위한 어떤 의식을 치르고 싶었다. 말라비틀어진 고목의 껍질처럼, 누나에 대한 기억과 감정이 뒤틀리고 갈라져서 저절로 떨어져나가도록 하고 싶지 않았다. 나의 의식은 누나를 내 마음에서 정식으로 떠나보내면서 나의 아픔을 씻어내고, 동시에 내가 원래의 내 자리로 돌아가겠다는 의지를 담은 상징적인 것이어야 한다.

일요일 저녁, 나는 어스름을 틈타 궁남지로 향했다. 그 시간에 누나가 궁남지에 갈 일은 없을 테니까. 궁남지에는 인적이 거의 없었다. 드문드문 서 있는 가로등 불빛이 수면에 반사되어 신비로운 분위기를 연출했다. 나는 누나와 함께 걸었던 길을 다시 걸었다. 곧이어 누나가 앉았던 벤치가 나왔다. 나는 벤치에 앉아 보았다. 누나의 눈높이에서 올려다보았을 내 모습을 상상했다. 나는 다시 여기에 있으나 그때의 나는 아니다. 그리고 누나도 없다.

누나가 하트같이 생겼다고 말한 돌은 보이지 않았다. 그깟 돌, 또 어딘가로 굴러갔겠지. 당시에 나는 과거를 떠나보내지 못하면 새로운 세상으로 나아갈 수 없다고 말했다. 말은 참 쉽다. 그래도 내가 한 말이니 지켜야겠지. 겪어보지도 않았으면서 함부로 지껄이지나 말걸.

나는 포룡정으로 발걸음을 옮겼다. 포룡정으로 연결된 다리 위에 올라서는데 여기저기서 첨벙첨벙하는 소리가 들렸다. 내 발소리에 놀란 개구리들이 물로 뛰어드는 소리였다. 나는 발걸음을 멈췄다. 왠지 포룡정 안에 누나가 있을 것 같았다. 누나가 기둥 뒤에 숨어서 나를 지켜보고 있을 것만 같았다. 나는 그대로 돌아섰다. 누나를 포룡정에 남겨두고 온다는 심정으로.

그렇게 나의 이별의식이 끝났다. 이제 됐다. 나는 예전과 같은 일상의 쳇바퀴 속으로 나를 밀어 넣기로 했다.

10

열등감의 뿌리

누나에 대한 감정이 사그라지길 기다리는 사이 2학기 중간고사가 있었다. 나는 꽤 오랫동안 공부를 소홀히 했다. 자율학습 시간에 제대로 공부했던 게 언제였는지 모르겠다. 성적 하락은 이미 예견되어 있었다. 한동안 슬럼프였지 않느냐고 핑계를 댈 생각은 없다. 예상했던 대로 성적이 많이 떨어졌다. 지금까지 나는 우리 반에서 중상위권을 계속 유지해왔다. 그런데 이번에 22등으로 밀려났다. 문과 전체에서도 딱 중간이다. 지방의 군 단위 고등학교에서 중위권이면 전국에서는 중하위권이라는 뜻이다.

그동안 나는 점수와 순위에 크게 개의치 않았다. 다만 밥을 먹고 사는 사람으로서 내 밥값은 해야 한다고 생각한다. 그것이 나의 양심이고 나를 뒷바라지 해주시는 부모님에 대한 최소한의 도리이기 때문이다. 나는 열심히는 아니었지만 다른 애들이 하는 만큼, 그리고 죄책감이 들지 않을 만큼은 공부했다. 그 결과가 중상위권 성적이었다. 하지만 나는 이제 중위권이다. 그건 내가 내 밥값을 제대로 안 했다는 의미다. 그렇다면 나는 밥을 굶든가 공부를 더 해야 한다. 나는 밥을 굶을 자신이 없다.

얼마 전부터 교실에 신문이 한 부씩 지급되기 시작했다. 대학 입시에서 수능성적 외에 논술을 추가로 반영하는 대학이 늘어나고 있기 때문이다. 학교에서는 학생들에게 논술까지 지도할 여력이 없다. 그렇다고 해서 사교육을 받으라고 할 수는 없지 않은가. 그래서 궁여지책으로 나온 방안이 교실에 신문을 제공하는 거였다. 학생들이 자율적으로 신문을 읽으면서 독해력, 논증력, 창의력, 표현력을 익히라는 취지다. 하지만 신문을 읽는 애들은 고작 서너 명에 불과했다.

나는 자율학습 시간에 신문을 읽었다. 논술 때문은 아니다. 논술을 반영하는 대학은 대부분 상위권 대학이다. 나는 상위권 대학을 염두에 둘만한 성적이 못 된다. 그래서 굳이 논술을 준비할 필요가 없다. 나는 그냥 공부하기 싫을 때 책 대신 신문을 보며 시간을 때웠다.

신문에는 어려운 용어가 많았다. 읽어도 이해가 잘 안 됐다. 그래도 매일 읽었다. 계속 읽다 보니 세상이 몇몇 인물을 중심으로 돌아가는 것처럼 느껴졌다. 신문은 김대중 대통령 못지않게 김종필, 이회창, 이인제 같은 사람들을 비중 있게 다뤘다.

어렸을 때 우리 부모님을 비롯하여 주변 어른들이 무조건 김종필을 찍어야 한다는 말을 하곤 했다. 김종필이 부여군 출신이기 때문에 우리 지역의 발전을 위해 찍어줘야 한다는 주장이었다. 충청도에서는 김종필이 왕이었다. 그때는 나도 김종필이라는 사람에게 호감을 가졌다. 비록 얼굴조차 몰랐지만. 신문은 김종필을 비판했다. 김종필이 국무총리 서리를 떼고 정식으로 국무총리가 되자 신문이 그의 과거를 낱낱이 들춰냈다. 내가 보기에도 김대중 대통령과 김종필은 어울리지 않았다.

대통령이 바뀌고 한동안 교육개혁이니 뭐니 하면서 말들이 많았다. 앞으로는 공부를 못해도 특기 하나만 있으면 대학에 갈 수 있는 시대가 올거라고 했다. 학업뿐만 아니라 폭넓은 경험을 통한 인성함양도 중요하다고 했다. 정부 기조에 맞춰 여러 대학에서 다양한 교외활동을 입시에 반영하겠다고 선전했다. 가장 흔한 것이 봉사활동이었다. 학교에서는 학생들에게 주말을 이용해 봉사활동을 하라고 권장했다.

우리 반에 아버지가 경찰인 친구가 있었다. 몇몇 친구는 그 친구에게 부탁해 경찰서 봉사활동 확인증을 받았다. 실제로 봉사활동을 하지도 않았는데 그 친구의 아버지가 도장을 찍어줬다. 경찰은 사회정의를 수호함은 물론 그들 스스로도 정의에 입각해서 행동해야 한다. 내 친구의 아버지는 그런 경찰이었다. 하지만 겨우 허위 봉사활동 확인증을 끊어주는 것 따위가 뭐 그리 대단한 특권이며 특혜겠는가. 오히려 이런 사소한 일에 문제의식을 느끼고 부당하다며 시비를 거는 사람이 있다면 그를 더 이상하다고 여기겠지. 나도 이 일을 굳이 꼬집을 생각은 없다.

아쉽게도 나는 경찰 아버지를 둔 친구와 친하지 않았기 때문에 허위 봉사활동 확인증을 부탁하지 못했다. 대신 읍내에 있는 부여박물관에서 청소 봉사활동을 몇 번 했다. 나는 이런 식으로 각자의 형편에 따라 유불리가 달라지는 봉사활동을 대체 왜 대학 입시에 반영하는 건지 이해가 안 됐다.

얼마 전, 담임선생님이 반 아이들의 봉사활동 시간을 조사했다. 대학교 면접에서 가산점을 받으려면 최소한 서른 시간은 채워야 한다고 했다. 그런데 대다수 아이가 절반도 채우지 못했다.

담임선생임은 특단의 조치를 내렸다. 어느 토요일 오후에 자율학습 대신 단체로 농촌 봉사활동을 하러 갔다. 학교가 있는 곳이 농촌이었기 때문에 멀리 갈 것도 없었다. 초록색 체육복을 입은 사십여 명의 학생들이 학교 앞 논으로 몰려갔다. 봉사활동은 다름 아닌 벼 베기였다. 담임선생님이 가탑리 이장님과 합의하여 봉사 시간을 두 배로 쳐주기로 했다. 사실 담임선생님은 부여 토박이였다. 어쩌면 이장님과 동네 형 동생 사이인지도 모른다.

우리 반 아이들은 비록 학교 앞 논일지라도 교실을 벗어났다는 것만으로도 즐거워했다. 모두가 길가에 신발을 벗어놓고 맨발로 논에 들어갔다. 원래 벼를 벨 때쯤이면 논에 물을 빼는데 논바닥은 아직도 축축하여 발이 쑥쑥 빠졌다. 시골에서 벼농사 좀 지어본 듯한 친구들이 앞장서서 벼를 벴다. 하지만 읍내에서 나고 자란 아이들은 낫을 쓰는 방법조차 몰랐다. 나를 비롯한 몇몇 친구가 벼를 베면 나머지 아이들이 뒤따르며 볏단을 날랐다.

친구들끼리 수다를 떨며 일하다 보니 어느새 논 한가운데까지 와 있었다. 가을 해가 기울자 진흙투성이인 손발이 시렸다. 몸이 점점 떨렸다. 아이들의 입에서 신음소리가 흘러나올 때쯤 이장님이 그만하라고 했다. 처음 왔을 때와 달리 아이들의 표정이 좋지 않았다. 단순히 봉사활동이라고 하기에는 너무 강도 높은 노동이었다. 마치 단체로 〈KBS 체험 삶의 현장〉을 찍은 기분이었다.

나는 자췻집에 돌아와서 진흙 범벅이 된 체육복을 벗고 샤워를 했다. 따뜻한 물로 씻으니 떨리던 몸이 비로소 진정됐다. 샤워를 끝내고 세숫대야에 미지근한 물과 함께 체육복을 담가놓았다. 흙물이 빠지려면 꽤 시간이 걸릴 것 같았다.

가을의 막바지를 지나 겨울의 문턱까지 와 있다. 이제는 낮에도 날씨가 제법 춥다. 내가 예전처럼 잘 지내고 있으니까 마음이 놓였는지 승업이가 지나가는 말로 독서 모임 얘기를 했다. 사람들은 다들 잘 있다고 한다. 분위기도 여전히 좋고. 미진이 누나에 대한 얘기는 없었다. 나도 묻지 않았다. 사람들에게 안부를 전해달라는 말도 하지 않았다. 그저 지나가는 말로 한 얘기였으니까.

오후 수업을 마치고 저녁을 먹으러 자췻집에 돌아왔다. 막 자췻집으로 들어서는데 팔짱을 낀 채 어깨를 움츠리고 있는 한 사람과 마주쳤다. 엄마였다. 엄마는 겉옷도 없이 집에서 일할 때 입는 가벼운 조끼 하나만 걸치고 있었다. 나는 엄마를 보는 순간 놀랐다. 엄마가 온다는 연락도 없었을 뿐만 아니라 엄마가 자췻집에 올 이유도 없었기 때문이다.

엄마는 꽤 오랜 시간 밖에서 기다린 듯했다. 나는 얼른 엄마를 데리고 내 방으로 갔다. 엄마가 별다른 말없이 냉장고에서 반찬통 몇 개를 꺼내 밥상을 차렸다. 내가 숟가락을 들자 엄마가 말을 시작했다.

"나 네 아빠랑 대판 싸웠다. 네 아빠 승질머리 알지? 내가 몇 마디 했는데 대들었다고 소리를 빽 지르면서 나를 패려고 하더라. 그래서 그대로 집 나와 버렸다."

그 말을 듣는 순간 내 눈에 눈물이 고였다. 나는 어려서부터 부모님이 싸우는 모습을 종종 봐왔다. 아버지의 성질도 대단했지만 엄마도 만만치 않았다. 누가 옳고 그름의 문제가 아니라 누구도 양보하지 않는 것이 문제였다. 가끔은 싸움이 극단적으로 갈 것 같은 상황도 있었다. 나는 그럴 때마다 무서웠다. 엄마의 첫 마디에 모든 상황이 그려지는 것 같았다.

"내가 부아가 나서 집을 나오기는 했는데 갈 데가 없더라. 이 꼴로 네 외할머니한테는 못 갈 것 같고…. 그래서 너한테 온 겨."

그 말에 나의 눈에서 눈물이 주르륵 흘러내렸다. 엄마가 너무 안쓰러웠다. 그런데 나도 모르게 벌컥 화를 냈다.

"엄마! 나 이제 밥 먹고 자율학습 하러 가야 되는데 엄마가 이렇게 와서 그런 말을 하면 나는 공부 어떻게 해? 공부가 안 되잖아. 자꾸 엄마가 걱정돼서. 그러니까 여기에 왜 와. 왜 나 공부 못 하게해."

내가 눈물을 흘리며 화를 내자 엄마가 당황해했다.

"알았어. 나 갈 텨. 너 밥만 먹으면 바로 갈 텨. 그러니까 울지 말고 밥 먹어."

"가긴 어딜 가? 갈 데도 없으면서. 가지 말고 나 자율학습 끝나고 올 때까지 여기 있어."

"그려 알았다. 엄마가 미안하다."

나는 마음을 추스르고 다시 학교에 갔다. 그러나 자율학습을 하는 내내 감정이 올라와 진정이 안됐다.

엄마는 참 안쓰러운 사람이다. 가난한 종갓집에 시집와서 깐깐한 시부모를 모시고 소처럼 농사일까지 하며 살았다. 제사는 일 년에 열두 번인데 그걸 다 엄마 혼자 챙겼다. 그렇다고 아버지한테 좋은 소리를 듣는 것 같지도 않았다. 할머니는 우리 집보다 더 가난한 집에서 시집을 온 며느리를 무시했다. 두 아들 놈들 중 하나만이라도 엄마의 편을 들어주면 좋으련만 자식들은 오로지 자기밖에 몰랐다. 엄마는 자식들마저 제 아비 편만 든다며 서러워했다. 엄마는 외로웠을 것 같다.

엄마는 처음부터 아버지에게 대드는 사람이 아니었다. 우리 가족과 고된 삶이 엄마를 그렇게 변화시켰다. 어쩌면 우리 집에서 최대 피해자는 엄마일지 모른다. 엄마는 어쩌다 보니 그저 나의 엄마로서, 아버지의 아내로서, 할머니의 며느리로서 살아가는 것뿐이지 원래부터 우리 가족을 위해 희생하려고 태어난 사람이 아니다.

열 시에 야간자율학습이 끝났다. 엄마를 볼 생각에 다시 코끝이 아려왔다. 나는 울거나 화내지 않기로 다짐하고 자췻집으로 향했다. 엄마가 내 눈치를 봤다. 나도 엄마의 눈치를 봤다. 나는 오랜만에 엄마 옆에서 잠이 들었다.

다음 날 아침, 나는 엄마가 차려준 밥을 먹고 학교에 갔다. 엄마는 방 청소와 밀린 빨래를 다 해놓고 돌아갔다. 나는 어제 일을 후회했다. 엄마의 말을 들어줄걸. 화내지 말고 엄마의 하소연을 들어줄걸. 후회가 밀려왔다. 나는 나중에 집에 가면 무조건 엄마 편을 들어주리라 다짐했다.

엄마는 우리 집에서 일을 가장 많이 하는 사람이었지만 가장 힘이 없는 사람이기도 했다. 엄마는 자식이 다쳤을 때조차 본인의 뜻대로 치료해주지 못하는 사람이었다. 내 얼굴에는 눈과 눈 사이에 손톱만 한 흉터가 있다. 엄마는 아직도 가끔씩 내 얼굴을 보면서 "그때 네 할머니가 병원만 보내줬어도…." 하며 속상해한다. 내 얼굴에 흉터가 생긴 경위는 대충 이렇다.

내가 초등학교 1학년이나 2학년 때쯤이었던 것 같다. 그날은 비가 장대같이 퍼붓고 있었다. 나는 우리 집에서 가까운 당숙네 집에서 한 살 터울인 육촌 동생과 놀고 있었다. 우리는 어떤 놀이를 하기로 했는데 그 놀이에 필요한 물건이 우리 집에 있었다. 그래서 나와 육촌 동생은 당숙네 집에서부터 우리 집까지 우산을 쓰고 뛰어갔다. 바람이 너무 거세 비가 사선으로 날아들었다. 나는 우산을 얼굴까지 내려 쓰고 뛰었다.

갑자기 눈앞이 번쩍하더니 내 몸이 그대로 주저앉았다. 앞을 보지 않고 뛰어가다가 집 앞에 세워져 있던 경운기에 얼굴을 부딪친 것이었다. 내 비명 소리에 엄마가 달려 나왔다. 엄마는 나를 안고 집으로 들어가 피범벅이 된 내 얼굴을 수건으로 닦았다. 눈과 눈 사이, 코뼈의 시작 부분이 깊게 파이듯 찢어졌다. 피가 많이 났지만 수건으로 오래 누르고 있으니 지혈이 됐다.

엄마는 코뼈가 하얗게 보일 정도로 상처가 깊으니 병원에 데려가 꿰매 줘야 한다고 했다. 할머니는 내 상처를 이렇게 저렇게 살피더니 이 정도는 병원에 안 가도 된다고 했다. 엄마는 울면서 병원에 가야 한다고, 병원에 보내달라고 거듭 사정했다. 얼굴에 흉 지면 평생 후회하니까 꼭 꿰매줘야 한다고 했다. 하지만 할머니는 괜찮다고 했다. 아버지도 괜찮을 것 같다며 할머니 편을 들었다.

결국 병원에 가지 않았고 딱지가 떨어진 자리에는 진한 흉터가 남았다. 엄마는 내가 눈을 다치지 않은 게 천만다행이라며 애써 스스로를 위로했다. 엄마는 혼자서라도 나를 병원에 데려가고 싶었지만 그러지 못했다. 할머니가 병원비와 병원에 갈 차비를 주지 않았기 때문이다. 엄마는 그때를 생각하면 아직도 할머니가 원망스럽고 아버지도 밉다고 했다.

농사일은 아버지가 다 꾸려갔지만 돈주머니는 할머니가 쥐고 계셨다. 얼마 안 되는 논과 밭이나마 아직은 할아버지의 재산이었기 때문이다. 집에만 있는 엄마가 돈 쓸 일은 거의 없었지만 돈이 필요하면 아버지에게 말하고, 아버지는 할머니에게 타서 줬다. 물론 할머니는 달라는 대로 선뜻 내주지 않았다. 엄마는 그런 할머니가 아니꼬워서 다시는 돈 달라는 소리를 안 하고 살았다고 한다.

엄마가 돈 때문에 서러웠다고 말하는 몇 가지 에피소드 가운데 또 다른 하나는 내가 훨씬 더 어렸을 때의 일이다. 당시 나는 감기에 걸려 기침을 심하게 했었다. 그런데 그것이 꽤 오래 갔던 모양이다. 엄마는 나를 데리고 읍내 병원에 다녀오겠노라 할머니에게 고했고 할머니는 순순히 허락했다. 그런데 역시나 할머니가 병원비 얼마, 차비 얼마 따져보더니 딱 쓸 만큼만 돈을 내줬다고 한다. 엄마는 집안일을 거의 다 끝내고 시부모님 점심까지 챙겨드린 뒤 오후 나절에야 나를 데리고 읍내로 갔다.

　엄마와 나는 병원 진료를 무사히 마치고 집에 돌아가려고 버스정류장에 서 있었다. 버스정류장 근처에는 좌판에 주전부리를 올려놓고 파는 장사꾼들이 많았다. 그중에는 바닥에 쭈그리고 앉아 연탄불에 쥐포를 구워 파는 할머니도 있었다. 연탄불 위에서 노릇하게 구워지는 쥐포는 황홀한 냄새를 풍겼다. 나는 참지 못하고 엄마에게 쥐포를 사달라고 졸랐다. 그때 엄마는 집에 갈 차비를 빼고 몇백 원 정도의 여윳돈이 있었다고 한다. 엄마는 계속 보채는 내가 안쓰러웠는지 삼백 원짜리 쥐포를 하나 사줬다. 나는 쥐포를 아껴먹으려고 손톱만큼씩 뜯어 먹었다.

　엄마와 나는 한참을 기다린 끝에 집으로 가는 버스에 올랐다. 이미 날은 저물어가고 있었다. 엄마는 빈 좌석에 앉아 나를 무릎 위에 올렸다. 버스가 십여 분을 달렸다. 그런데 버스 창 너머로 보이는 풍경이 왠지 낯설었다. 낙지리로 가려면 백마강 다리도 건너고 중간에 큰 절도 보이고 했었는데 버스가 달릴수록 낯선 풍경만 보였다. 엄마가 당황한 듯 버스기사에게 물었다.

"저기유 기사아저씨, 이거 낙지리 가는 버스 아녀유?"

"이거 능산리 가는 버스예요."

버스기사가 무심하게 대답했다.

"아이고 그럼 버스를 잘못 탔네. 능산리가 어디랴? 이거 어떡한다?"

엄마는 당황하다 못해 초조해했다.

"아줌니, 버스 잘못 탔어요? 낙지리 가시는 거예요? 낙지리는 완전히 반대쪽인데?"

"그럼 어떻게 한대유?"

"다음에 내리는 데서 내려드려요? 거기서 기다리면 읍내 가는 버스 올 거예요. 다시 읍내로 가서 낙지리 가는 버스 타시면 되지요."

"알았어유. 일단 거기서 내려주세유."

엄마와 나는 어느 마을 초입에서 내렸다. 버스를 잘못 탄 건 엄마의 실수였지만 버스기사는 엄마가 낸 요금을 돌려주었다. 엄마는 복잡한 마음으로 잠시 고민했다. 여기서 버스를 타고 읍내로 돌아간다 해도, 그다음에 다시 낙지리로 가는 버스를 타야 하는데 차비가 모자랐다.

결국 엄마는 나를 업고 읍내 방향으로 걷기 시작했다. 한겨울은 지났지만 밤길이라 제법 추웠다. 인적 없는 도로에 엄마와 나, 우리 둘뿐이었다. 엄마는 춥다고 칭얼대는 나를 달래며 발걸음을 재촉했다. 읍내에서부터 버스로 십여 분을 왔으니 걸어서 되돌아가면 한 시간은 걸릴 거리였다.

엄마는 연신 "이러다 애 잡겠어, 이러다 애 잡겠어." 하고 중얼거렸다. 내 감기 때문에 병원에 왔던 것인데 이러다가는 감기가 낫기는커녕 오히려 애를 잡을 판이었다. 엄마는 길가에 앉아 꽁꽁 언 나의 얼굴과 손을 비벼주었다. 마침 읍내로 가는 버스가 불빛을 비추며 우리 모자를 향해 달려

왔다. 엄마는 손을 흔들어 버스를 세우고 급히 올라탔다. 버스비를 내고 나니 엄마의 수중에는 더 이상 돈이 없었다. 엄마는 우선 읍내까지 갔다가 거기서 동네 사람을 만나면 돈을 꿔볼 작정이었다.

버스기사는 외딴곳에서 버스를 잡아탄 우리 모자가 이상했는지 엄마에게 말을 걸었다. 엄마가 자초지종을 설명하고 집에 갈 차비가 없는 사정까지 털어놓았다. 그러자 버스기사가 돈통에서 이천 원을 꺼내 엄마에게 주었다. 엄마는 지옥에서 부처님이라도 만난 듯 연거푸 고개를 숙이며 감사해 했다.

엄마와 나는 다시 읍내 버스정류장으로 돌아왔다. 주전부리를 파는 장사꾼들과 쥐포를 굽는 할머니는 여전히 그 자리를 지키고 있었다. 그런데 이상하게도 더 이상 쥐포가 맛있어 보이지 않았다. 우리 모자는 가까스로 낙지리로 가는 막차를 탔다. 할머니는 왜 이리 늦게 왔느냐며 엄마를 야단쳤다. 나는 너무 어려서 엄마를 변호해주지 못했다.

엄마와 내가 이런 고생을 한 데는 할머니의 잘못도 있었다. 할머니가 며느리를 읍내에 보내면서 비상금으로 몇 푼만 더 쥐어줬더라면 어땠을까. 그랬다면 엄마가 버스를 잘못 탔어도 금방 되돌아올 수 있었을 텐데. 그놈의 돈만 있었어도 엄마가 오늘 겪은 일을 자책하며 슬퍼하지 않았을 텐데. 그깟 돈 몇 푼 때문에 엄마의 자존감이 무너지는 일은 없었을 텐데. 나는 돈이 미웠다. 할머니도 미웠다.

할머니는 사십 대 후반에 첫째 며느리를 맞이했다. 할머니가 맏이인 아버지를 스무 살쯤에 낳았으니 아버지가 당시로서는 다소 늦은 이십 대 후반에 결혼했음에도 사십 대에 시어머니가 된 것이다. 젊은 시어머니였던 할머니는 꼬장꼬장하기가 이루 말할 수 없었다. 할머니의 고집은 엄마는 물론이고 아버지도 못 당해냈다.

한번은 이런 일이 있었다. 막내 고모가 시집을 간 지 얼마 안 됐을 때였다. 서울에서 고모에게 연락이 왔다. 몇 월 며칠에 고모부와 함께 우리 집에 내려온다는 것이었다. 할머니는 딸과 사위를 본다는 생각에 마음이 들떴다. 고모가 오려면 열흘도 넘게 남았는데 벌써부터 음식을 준비하라고 엄마를 닦달했다. 하지만 우리 집에는 내놓을 만한 반찬거리가 없었다.

할머니는 마음이 급했는지 즉시 장을 보러 읍내에 나갔다. 그리고 반찬거리를 몇 가지 사고 구워 먹을 소고기도 샀다. 결혼한 지 얼마 안 돼서 처갓집에 오는 막내 사위를 위해 할머니로서는 거금을 쓴 것이었다. 구워 먹을 소고기는 당연히 생고기였다. 그런데 당시 우리 집에는 냉장고가 없었다. 때는 한여름인데 생고기를 상하지 않게 열흘 동안 보관할 방법을 찾아야 했다. 아버지는 큰 고무통에 물을 가득 채우고 그 안에 고기를 담가두자고 했다. 우선 핏물이 빠지지 않게 소고기를 비닐로 감싸고 아버지의 말대로 고무통 속에 담갔다.

한여름이라 고무통의 물은 점점 미지근해졌다. 할머니는 한 시간마다 시원한 새 물로 갈아주라며 엄마를 닦달했다. 엄마는 새 물을 퍼 올리기 위해 매 시간 펌프질을 해야만 했다. 할머니는 가끔씩 고기를 꺼내 상태를 확인했다. 그러나 아무리 애를 써도 고기가 상하는 걸 막을 수는 없었다. 고기는 이미 핏물이 다 빠지고 색깔도 거무스름하게 변해 있었다.

아버지는 하루만 더 지나면 썩어서 못 먹을 것 같으니 차라리 오늘 다 먹어버리자고 했다. 그러자 할머니가 네 놈들 주려고 산 거 아니라며 크게 역정을 내고는 계속 고기를 보관했다.

다음날 고기는 먹을 수 없을 만큼 썩어 있었다. 할머니는 매우 낙담했다. 할머니가 엉뚱한 엄마에게 불같이 화를 냈다. 새 물로 갈아주는 걸 소홀히 했다는 이유였다. 그리고 또 말도 안 되는 트집을 잡았다. 이렇게 썩을 것 같았으면 진즉에 고기를 삶아놓을 것이지 왜 안 삶아서 썩게 만들었냐는 것이다.

좀처럼 할머니에게 큰 소리를 내지 않던 아버지도 그때만큼은 화를 참지 못했다. "정말 해도 해도 너무하시네요. 고기가 썩기 전에 식구들이라도 먹었으면 아깝지나 않지. 썩어가는 걸 눈으로 보고 있으면서 어떻게 그걸 못 먹게 할 수가 있어요? 딸이 그렇게 중요하면 딸이랑 같이 사세요. 나는 더 이상 어머니랑 같이 못 살겠으니까!" 아버지는 이렇게 소리치고 집을 나갔다.

할머니는 그런 분이셨다. 한 집에서 같이 사는 아들과 며느리보다 따로 사는 딸과 사위를 더 귀하게 여기는 분이셨다. 할머니는 바깥 자식들이 왔을 때 보란 듯이 일부러 엄마를 더 함부로 대했다.

하지만 나는 할머니가 처음부터 그러지는 않았을 거라고 생각한다. 할머니는 자신의 말을 잔소리로 여기며 귀담아듣지 않는 아들 내외보다 가끔 만나더라도 자신을 떠받들어 주는 바깥 자식들이 더 좋았을 것이다. 특히 막내 고모 앞에서는 아들 내외가 괘씸했던 이야기를 한 보따리 풀어내며 공감을 구했다.

할머니에게 할아버지는 더 탐탁지 않은 사람이었다. 나는 할아버지에 대해 두 가지 기억밖에 없다. 한 가지는 아침 일찍 조반을 드시고 산에 올라갔다가 저녁 무렵에 나무를 한 지게 지고 내려오는 모습이다. 엄마는 할아버지 덕분에 땔감 걱정은 안 하고 살았다며 부지런했던 할아버지를 회상하곤 했다.

다른 기억 한 가지는 할아버지가 술에 취해서 몇 날 며칠씩 안방에 누워 계셨던 모습이다. 할아버지가 밖에서 다른 집의 일을 도와주고 얻어 마시는 막걸리가 꼭 문제를 일으켰다. 할아버지는 한번 술이 입에 들어가면 끝장을 보는 성격이었다. 이미 만취해서 집에 돌아와서는 며칠 동안 계속 술만 드셨다. 할아버지가 술을 잡수실 때는 안방이 곧 술과 담배 냄새, 토사물과 오줌 냄새로 절었다. 술을 주지 않으면 문짝이 남아나질 않으니 엄마와 나는 술을 받으러 양조장에 계속 다녀와야 했다.

할아버지는 술을 드셨을 때와 안 드셨을 때 180도 다른 사람이었다. 그래서인지 내가 기억하는 한 할머니는 한 번도 할아버지와 안방을 같이 쓴 적이 없다. 내가 중학교 2학년 때 할아버지는 며칠 동안 술만 드시다가 결국 가족들도 못 알아볼 만큼 만취한 상태에서 돌아가셨다.

평생을 남편 때문에 속 썩고 아들 내외에게는 소외받던 할머니가 얼마나 속상하고, 답답하고, 외롭고, 부아가 났을까. 이런 마음의 고립이 할머니를 소견 좁은 노인네로 만들었던 것 같다. 할머니는 원래 그런 사람이 아니었는데 말이다.

아버지는 4남 2녀 중 장남이다. 아버지는 가난한 집의 장남으로서 중학교도 가지 못한 채 식구들을 건사하는 걸 숙명으로 받아들였다. 아버지는 농사를 지어 번 돈으로 동생들 학비도 대고 결혼도 시켰다. 또 땅을 조금 팔아 동생의 장사 밑천으로 주기도 했다.

그런데 우리 집이 원래부터 가난했던 건 아니었고 근본이 없는 집도 아니었다. 고조할아버지 때까지만 해도 대대로 크고 작은 벼슬을 했던 집안이다. 아버지는 고조할아버지가 고종황제로부터 받은 교지를 가보처럼 보관했다. 고조할아버지는 과거에 급제하여 청양군수에 해당하는 벼슬을 하사받았다. 그러나 임지에 부임하기도 전에 갑작스런 병환으로 돌아가셨다. 증조할아버지 때는 집안이 한 번 더 무너졌다. 독자였던 증조할아버지가 젊은 나이로 돌아가시자 증조할머니는 이십 대에 과부가 됐다. 증조할머니는 집안을 지키기에는 너무 여리고 약한 여자였다. 그래서 얼마 남지 않은 우리 집 재산을 일본 놈들에게 모두 빼앗기고 말았다.

그 후로 친척들이 십시일반으로 도와주어 먹고는 살았으나 동생들을 건사하는 건 장남인 할아버지의 몫이었다. 할아버지는 자기 것을 남김없이 동생들에게 주었던 것 같다. 할아버지는 평생 궁벽한 시골의 농사꾼으로 사셨는데, 동생들은 부족한 집안 형편에도 학교를 제대로 다녔고 막내 동생은 비록 졸업은 못했지만 대학교에 입학까지 했었다.

우리 아버지도 할아버지가 그랬던 것처럼 장남으로서의 숙명을 안고 살아왔다. 동생들을 위해 학업을 포기한 채 생업에 뛰어들었다. 결혼 후에는 엄마까지 자신의 숙명에 가담시켰다. 동생들이 자립할 때는 없는 재산을 떼어주기도 했다. 또한 늙으신 부모를 봉양하는 책임을 홀로 짊어졌을 뿐만 아니라 일 년에 열두 번이나 있는 조상들의 제사를 모시는 일과 조상 묘소를 관리하는 일까지 떠맡았다. 제사를 준비하는 데 비용이 얼마나 들어가는지 아는 사람은 별로 없을 것이다. 자신이 장남이 아니라면 관심이 없을 테니 말이다.

　현재 우리 집이 가난한 이유는 집안의 가세가 기울었을 때 하필 나의 할아버지가 장남이었고, 할아버지의 아들인 나의 아버지가 또한 장남이었기 때문이다. 없는 살림에도 장남의 도리만큼은 너무나 충실히 해냈던 탓이다. 그러니 우리 집이 가난한 건 아버지의 잘못이 아니다. 나는 아버지를 이해한다.

　우리 집이 근래에 그나마 살림이 조금씩 나아지는 건 아버지의 결단력 덕분이다. 아버지는 시골 사람답지 않게 진취적인 분이었다. 아버지는 벼농사, 고추농사, 마늘농사 같은 평범한 농사로는 생활이 나아지지 않는다고 판단했다. 그래서 버섯, 멜론, 장미, 사과 같은 고부가치 작물을 재배하기로 결심했다. 아버지는 농사를 잘 짓는다는 사람이 있으면 다른 지역까지 찾아다니며 농법을 배웠다.

　특수 작물은 맨땅에 심어놓는다고 저절로 자라는 게 아니다. 작물을 재배하기 위한 초기 시설투자가 필요하다. 아버지는 할아버지에게 물려받은 몇 마지기 논을 전부 팔아서 과감하게 시설투자를 했다. 그중 멜론과 장미는 실패했고 현재는 표고버섯 재배를 주력으로 하고 있다. 그리고 몇 년 전에 심어놓은 사과나무는 이제 상품성 있는 사과가 열릴 정도로 잘 자랐다.

　아버지는 부지런할 때는 부지런했지만 일하기 싫을 때는 한없이 게으름을 피웠다. 하지만 놀 때도 술은 절대 입에 대지 않았다. 아버지는 할아버지 때문에 술과 원수진 사람이다. 대신 다방에 가서 커피 마시는 걸 좋아했다. 반면 엄마는 집에서 매일 일만했다. 농사일이 바쁘면 집안일을 미뤄놓고 농사일에만 매달렸다가 농사일에서 잠깐 숨 돌릴 틈이 생기면 밀린 집안일을 해치웠다.

엄마가 혼자 버섯을 따는데도 아버지는 종종 다방에 갔다. 엄마는 아버지에게 당신은 사장이고 나는 일꾼이냐며, 어떻게 나만 죽어라고 만날 일하냐고 소리쳤다. 그러면 아버지는 한동안 다방 출입을 자제했다. 그러나 엄마의 원성이 잦아들면 이내 다시 다방에 갔다. 아버지는 다방에서 여러 사람들과 대화하며 생활에 도움이 될 만한 정보를 얻는 거라고 했고, 엄마는 아버지가 다방 여자에게 홀린 거라고 했다.

내가 본 바에 의하면 아버지의 말도 아주 틀린 말은 아닌 듯하다. 동네 사람들이 자신들의 대소사를 상의하기 위해 우리 집에 종종 찾아오곤 했다. 동네 사람들은 아버지가 이 동네에서는 그나마 세상 물정에 밝은 사람이라고 여기는 것 같았다. 물론 아버지는 남의 집 일에 관여하는 걸 별로 좋아하지 않았다. 그래서 어떤 결정을 내리기보다는 아버지가 생각하는 바를 간단히 조언하는 정도만 했다. 그런데도 사람들이 계속 찾아오는 걸 보면 아버지의 조언이 조금이라도 도움이 됐던 것 같다.

아버지는 농부였지만 지관이기도 했다. 지관은 풍수지리 이론을 기반으로 집터나 묏자리를 잡아주는 사람이다. 또한 아버지는 주역도 웬만큼 공부하여 아기의 사주에 맞게 이름을 지어주기도 하고 결혼식 날짜나 이삿날을 잡아주기도 했다. 가끔은 중매쟁이들이 찾아와 남녀의 궁합을 봐달라고 하는 경우도 있었다. 신기하게 아버지는 궁합도 봐줬다.

아버지는 중학교에 가지는 못했지만 남과 다른 학문의 길을 걸어왔다. 어렸을 때 1년 정도 서당에 다녔는데 그때 천자문을 떼고 한문 읽는 법을 배웠다. 이후 독학으로 여러 한문서적을 읽으며 한자를 더 익힌 덕분에 성인이 됐을 무렵에는 웬만한 한문은 막힘없이 읽고 해석하는 수준이 되었다.

아버지의 소문을 듣고 인근 마을에서 지관을 하던 어느 어른이 아버지에게 풍수지리를 배워보라고 권유했다. 그리하여 아버지는 그 어른을 스승으로 삼고 풍수지리를 공부했다. 농사를 지으면서 틈틈이 풍수지리서, 이른바 산서를 읽고 농한기에는 전국에서 알려진 명당과 흉지를 찾아다니며 보는 눈을 키웠다. 지관으로서 아버지의 실력이 어느 정도였는지는 모르지만 하여튼 인근 수십 리 안에서는 다들 아버지를 찾아왔다.

풍수지리는 역학의 한 분야다. 그런데 모든 역학이 음양오행을 다루는 주역이라는 하나의 뿌리에서 나왔다. 그렇기 때문에 한 분야를 깨우치면 그 원리를 다른 분야에도 적용할 수 있다. 그래서 아버지는 지관이면서 사주, 작명, 택일까지 할 줄 아는 사람이 된 것이다.

아버지는 묏자리를 봐주는 일에서만 사례비를 받고 사주, 작명, 택일에 대해서는 돈을 받지 않았다. 그래도 한 달에 한두 번씩 지관일로 나갔다 오면 살림에 보탬이 될 만큼 돈을 벌어오곤 했다. 엄마는 아버지가 드문드문 돈을 잘 벌어온다며 좋아했다.

11

예언가 노스트라다무스가 종말이 올 거라고 예언한 1999년이 시작되었다. 사람들은 그의 예언을 크게 네 가지로 해석했다. 먼저 천체의 별들이 일직선이나 십자형으로 늘어나면서 대재앙이 온다는 것이다. 또는 세계 각지에서 전쟁이 발발하여 인간 스스로 종말을 자초한다거나, 에이즈 같은 질병이 퍼진다거나, 심지어 혜성이 지구에 충돌한다는 등이었다. 하지만 과학자들은 천체의 별들이 일직선이나 십자형으로 늘어날 일은 없으며 혜성이 충돌할 가능성도 없다고 반박했다. 또한 하루아침에 질병이나 전쟁으로 멸망할 가능성도 희박하다고 했다.

노스트라다무스가 예언한 종말의 시점은 1999년 7월 24일이다. 나는 어느 쪽 말을 믿어야 할까. 라디오에서 간혹 이 주제를 다루기는 한다. 그러나 별로 신뢰가 가지 않는다. 전 세계에서 종말과 관련된 책이 끊임없이 출간되어 무수히 팔려나가는 중이라고 한다. 다른 사람들은 어느 쪽 말을 믿는 걸까.

예언이 실현된다 해도 그리 두렵지는 않다. 다들 잘 살아가고 있는데 나 하나만 죽어야 한다면 억울하겠지만 모두가 다 같은 상황에 놓인다면 그냥 받아들일 수 있을 것 같다. 부자든 가난한 이든, 잘난 이든 못난 이든, 선인이든 악인이든, 이도저도 아닌 사람이든, 공평하게 한날한시에 죽든지 살든지 하면 되니까. 최소한 돈과 권력을 가진 사람들만 특혜를 받아서 살아남는 일은 없을 테니까 말이다.

설령 특권 계층만 선택적으로 살아남는다 해도 살아남은 사람들은 분명 고통에 빠질 것이다. 노동자계급이 다 죽어버렸는데 착취할 대상에 없는 세상에서 자본가만 홀로 살아남아 뭘 어쩔 수 있겠는가. 어쩌면 세상살이가 힘든 사람들, 불합리한 인간사회에 질려버린 사람들은 은근히 종말을 기대하고 있을지도 모른다.

운명의 장난인 걸까? 이런 중요한 시기에 하필 나는 고등학교 3학년이다. 예언대로 종말이 온다면 수능시험은 보지도 못할 것이다. 혹시나 종말을 핑계 삼아 공부를 포기하는 학생이 있을지 모르겠다. 하지만 대부분은 이 문제를 별로 진지하게 생각하지 않는 것 같다. 다들 그냥 하던 대로 하고 있다. 그렇다면 나도 다수의 편에 서서 내가 하던 공부를, 아니 해야만 하는 공부를 계속하겠다.

수능시험까지 남은 시간은 10개월 정도다. 인생이라는 긴 여정에 비하면 10개월이란 시간은 백 미터 달리기만큼 짧은 순간일 지도 모른다. 그러나 이 짧은 순간의 결과가 전체 여정에 미치는 영향은 상당하다. 마치 집에 가는 막차를 탔느냐 못 탔느냐에 따라 이후의 상황이 180도 달라지는 것과 같다. 그동안 너무 여유를 부렸다.

골방 철학자, 어디선가 골방 철학자에 대한 글을 읽은 적이 있다. 그는 천하를 꿈꾸는 야심가였지만 정작 현실에서는 골방에 틀어박힌 채 세월만 허비하는 무능한 몽상가에 지나지 않았다. 그는 자신이 커다란 포부를 가지고 있다는 것만으로도 상당한 자부심을 느꼈다. 하지만 꿈을 이루기 위한 노력은 전혀 하지 않았다. 골방 철학자에서 골방이라는 단어를 자취방으로 바꾸면 어떨까? 꼭 내 얘기 같다. 자취방 철학자야, 정신 차리자.

3학년에 올라오면서 나는 1반이 되었다. 그리고 2년간 같은 반이었던 승업이는 3반이 되었다. 반면 성진이랑은 또 같은 반이 되었다. 성진이랑은 2년 연속으로 같은 반이다. 나의 화첩 사건 이후로 성진이를 대하는 게 아직도 조금 껄끄럽다. 되도록 성진이를 신경 쓰지 말아야겠다.

읍내 애들 패거리의 리더 격인 김영선도 우리 반이 되었다. 그래서 쉬는 시간이나 점심시간에 다른 반 패거리들까지 우리 반으로 몰려온다. 마치 우리 반이 읍내 애들 패거리의 회합 장소가 된 것 같다. 그 애들이 모이면 꽤나 시끄럽다. 하필이면 3학년 때 김영선과 같은 반이 될 게 뭐람.

드디어 정상국과 같은 반이 됐다. 정상국은 몸이 왜소하고 얼굴은 다소 컨추리한 편이다. 우리 나이에는 보통 이틀에 한 번씩은 면도를 한다. 그런데 정성국은 아예 면도를 하지 않는 건지 코 밑에 강아지풀 같은 잔털을 수북하게 달고 다닌다.

정상국은 전교 1등이다. 전교 2등, 3등은 엎치락뒤치락해도 1등은 언제나 정상국 차지였다. 그럼에도 늘 겸손하고 웃는 얼굴로 친구들을 대한다. 모범생 특유의 도도한 느낌이라고는 전혀 없다. 그래서 인지 읍내 애들 패거리도 정상국에게는 시비를 걸지 않는다. 정상국은 조용하다. 그런데 이상하게 자꾸 눈에 띈다.

나는 2학년 때 특수반에 들어갔었다. 그때 정상국과 친구가 되긴 했다. 하지만 불과 두 달 만에 특수반 제도가 없어지면서 반 편성을 다시 했다. 그로 인해 정상국과 친해질 겨를도 없이 반이 갈려버렸다. 나는 정상국이 어떤 애인지 궁금했었다.

행운의 신은 나에게 성진이와 김영선을 보내주었다. 그리고는 미안했는지 정상국도 같이 보내주었다. 결과적으로 마이너스 2에 플러스 1이니 합은 마이너스 1이다. 나는 3학년을 마이너스로 시작하게 됐다.

교실에서 어느 자리에 앉을지는 각자의 마음이다. 그런데 자리 배치가 자연스럽게 좌우가 대립하는 듯한 모양새가 됐다. 읍내 애들 패거리와 그와 유사한 성향을 가진 애들이 창가 쪽에 앉았다. 모범생 그룹에 속하는 애들은 복도 쪽에 앉았다. 나는 복도 쪽 맨 뒷자리에 앉았다. 그리고 성진이가 자진해서 내 옆에 앉았다. 나는 어쩔 수 없이 성진이와 짝꿍이 됐다. 성진이가 나를 그렇게 좋아했던가?

성진이는 성향상 읍내 애들 패거리 쪽에 앉는 게 더 잘 어울린다. 그러나 읍내 애들 패거리가 성진이를 자신들의 무리에 끼워주지 않고 있다. 그렇다고 성진이가 모범생 그룹에 낄 수 있는 것도 아니다. 그래서 내 짝꿍을 자청한 것이리라. 나는 읍내 애들 패거리와도, 모범생 그룹 애들과도 적당히 친하고 적당히 서먹하다. 그러므로 내 자리가 곧 좌우 대립의 중간 지대인 것이다.

나는 쉬는 시간에 정상국 근처에서 놀았다. 예전에도 느낀 거지만 공부 잘하는 놈들이나 못하는 놈들이나 노는 건 비슷하다. 한번은 쉬는 시간에 정상국 옆에 앉은 적이 있다. 정상국과 일상적인 얘기를 하던 중에 책상 위에 놓인 파란색 다이어리에 눈길이 갔다. 나는 정상국에게 양해를 구하고 다이어리를 펼쳐 보았다. 전교 1등답게 공부 스케줄이 빼곡하게 적혀 있을 거라 짐작했는데 아니었다. 다이어리, 말 그대로 일기장이었다. 글씨가 참 깔끔했다. 정상국은 거의 매일 자신의 생각을 짧게는 한 문장, 길게는 몇 문장으로 적어놓고 있었다. 자기 생각인 건지, 아니면 어디서 보고 쓴 건지는 모르지만 중간중간 명언 같은 문구도 많았다.

누구나 생각하지만 모두가 행동하지는 않는다. 생각을 그 즉시 빠르게 행동으로 옮기면 최소한 후회할 일은 없다. 생각이 너무 많아서 일이 되지 않을 땐 아무 생각 없이 할 수 있는 일부터 해보자. 누구나 바닥부터 시작한다. 그러나 사람마다 그 바닥의 깊이는 다르다. 누구처럼 되고 싶다는 생각은 좋다. 하지만 그와 같은 시대에 같은 기회를 잡으며 살 수는 없다. 누구나 평등하게 빈손으로 태어나지만 출발선의 위치는 다르게 그어져 있다는 것을 잊지 말아야 한다. 부모의 노력 없이 아이 스스로 빛날 수 없는 시대. 혼자의 힘으로 똑똑해졌다고 생각하지 마라. 별은 태양 없이 스스로 빛날 수 없다.

"상국아, 너는 공부를 왜 그렇게 잘하냐? 혹시 우리 반 애들한테 무슨 불만 있냐? 그래서 공부로 위화감 조성하는 거냐?"

내가 물었다.

"위화감 느꼈어? 그랬다면 미안하다."

"너, 공부 너무 잘하지 마라. 너한테 다가가기가 힘들잖아."

"나는 그냥 내가 할 수 있는 일을 하는 것뿐이야."

"할 수 있는 일?"

"에픽테토스가 말했어. 세상에는 자기가 통제할 수 있는 일이 있고, 통제할 수 없는 일이 있다고. 통제할 수 없는 일에 대한 집착을 버리고 통제할 수 있는 일에 집중할 때만이 내적 평화를 얻을 수 있는 것이지."

정상국은 평소처럼 표정변화 하나 없이 겸손한 말투로 말했다.

"에픽테 뭐라고? 처음 들어보는 이름인데?"

"에픽테토스. 그리스 철학자. 후기 스토아학파잖아."

"아, 에픽테토스. 그런데 그 사람이 한 말이 공부랑 무슨 상관이야?"

"우리가 우리의 생각과 감정, 행동을 통제할 수 있을까?"

"있지."

"그렇다면 우리가 내가 태어난 조국, 나를 낳아준 부모, 다른 사람의 생각과 행동, 자연적인 사건들, 이미 일어난 과거의 일들을 통제할 수 있을까?"

"글쎄. 조국이랑 부모, 다른 사람. 그리고 또 뭐였지? 아, 자연적인 사건들, 과거. 전부 다 내가 통제할 수 없는 것들이네."

"그래. 이런 것들은 그냥 받아들이는 수밖에 없어. 에픽테토스가 했던 말이 바로 그거야. 우리가 통제할 수 없는 일에 대해 불필요하게 고민하지 말라는 거."

"오케이. 그러면 공부는 통제할 수 있다는 거야?"

"공부는 통제할 수 있지. 하지만 성적은 통제할 수 없어."

"그건 또 무슨 말이야?"

"네가 하루에 열 시간을 공부할 수는 있어. 그런데 시험은 어렵게 나올 수도 있고 쉽게 나올 수도 있지. 그리고 시험 당일에 네가 몸이 안 좋아서 시험을 망칠 수도 있고. 그래서 성적은 여전히 불확실한 거야."

"그래도 열심히 했다면 어느 정도는 성적이 나오겠지."

"그래 맞아. 성적처럼 노력하면 어느 정도는 통제가 가능한 것들이 있어. 예를 들어 성적, 인간관계, 건강 같은 것들."

"아하, 진짜 그런 것 같네?"

"내가 통제할 수 있느냐 없느냐를 기준으로 생각하면 쓸데없는 고민이 줄어들고 내가 더 집중해야 하는 일이 뭔지 분명하게 알게 돼."

"네가 공부를 열심히 하는 이유가 바로 그거였구나? 너 진짜 지혜롭다. 어떻게 그런 생각을 했냐?"

정상국은 대답 대신 순박한 웃음을 지어 보였다. 정상국, 역시 평범한 애는 아닌 것 같다. 배울 점이 많은 친구다.

반면 성진이는 쉬는 시간마다 담배를 피우고 온다. 교실에 돌아와서는 내 얼굴에 자기 얼굴을 가까이 대고 마치 비밀 이야기라도 하듯이 말을 쏟아낸다. 별로 궁금하지도 않건만 자기가 어제 어디서 뭘 하고 놀았는지 신이 나서 이야기한다. 그럴 때마다 내 얼굴이 담배냄새 공격을 받곤 한다. 나는 성진이의 이야기를 듣는 내내 숨을 참고 있다. 하루하루가 힘들다.

성진이는 자주 야간자율학습 땡땡이를 친다. 2교시까지는 교실에 있다가 3교시가 시작되기 전에 슬쩍 빠져나간다. 3교시부터는 잠을 쫓기 위해서 공부하는 애들이 늘어나기 때문에 빈 책상이 있어도 감독 선생님이 의심하지 않는다. 가끔 선생님한테 걸려 다음 날 몽둥이찜질을 당하기도 하지만 성진이의 탈출 성공률은 꽤 높은 편이다.

성진이가 땡땡이를 치는 날에는 주로 읍내에서 술을 마신다. 아마도 논산공고 애들이랑 어울리는 것 같다. 얼마나 과음을 했는지 아침에도 술 냄새가 날 정도다. 언젠가는 책상에 앉아 계속 헛구역질을 했다. 성진이는 이미 몇 번이나 토해서 더 이상 토할 게 없는데도 계속 구역질이 난다고 했다. 끝내는 신물이 올라오는데 뱉어보니 색깔이 노르스름했다며 자신의 건강을 염려했다. 나는 성진이를 걱정하는 척했다. 술을 안 먹으면 될 것을, 그 단순한 해답을 정령 모른단 말인가.

성진이는 술자리에서 만난 여자애를 여관으로 데려가 함께 밤을 보냈다고 했다. 그 상대가 한 명인지 여러 명인지는 모르지만 적어도 몇 번은 그런 일이 있었던 것 같다. 성진이는 성관계 직후 오줌을 눌 때마다 요도에서 통증이 느껴진다며 왜 그런 거냐고 나에게 물었다. 성진아, 내가 그걸 어떻게 알겠니. 그런 건 교과서에 안 나온단다. 물어볼 사람한테 물어보렴.

그나저나 성진이는 무슨 돈으로 그리 노는 걸까? 물론 성진이네 집이 잘사는 편이긴 하다. 아마 장평면에서 열 손가락 안에 들어가는 부잣집일 거다. 성진이의 아버지는 LPG가스 배달사업을 하고 있다. 엄마는 장평면사무소 옆에서 슈퍼를 운영한다. 큰누나는 미용실을 하고, 작은 누나와 형도 벌써 취직해서 돈을 벌고 있다. 아무리 그렇더라도 용돈만으로는 술값이며 여관비가 감당이 안 될 텐데. 자기보다 더 돈 많은 친구가 있는 걸까? 나는 묻지 않았다. 어차피 조만간 성진이가 스스로 다 얘기해줄 테니까.

1교시가 끝나고 쉬는 시간에 3반 반장 이광수가 나를 찾아왔다.
"김찬, 너 이승업이랑 같은 집에서 자취하지?"

"응, 왜?"

"승업이 지금 어디 있냐?"

"승업이? 교실에 없어? 근데 너희 반 애를 왜 나한테 물어봐?"

"승업이 오늘 학교에 안 왔어. 벌써 삼 일째 결석이야. 너희 자췻집에도 없는 거야?"

"승업이가 학교에 안 왔다고? 왜?"

"나도 몰라. 걔네 집에서 전화를 안 받는대. 그래서 너한테 물어보는 거야. 담임선생님이 나한테 알아보라고 하셨거든."

"난 승업이가 안 온지도 몰랐는데? 그러고 보니까 승업이 못 본 지 며칠 된 것 같네. 있다가 걔네 방에 한번 가봐야겠다. 혹시 주인할머니가 아시려나? 일단 나도 좀 알아볼게."

도대체 무슨 일일까. 승업이가 삼 일이나 결석을 하다니. 뭔가 일이 있긴 있나보다. 그런데 나는 그걸 모르고 있었다. 같은 집에 살면서도 말이다. 솔직히 내가 독서 모임을 그만두고 승업이와 소원해지긴 했다. 승업이에게 미안했다. 점심시간이 되자 나는 뛰듯이 자췻집으로 돌아왔다. 대문으로 들어서는데 주인할머니가 나를 불렀다.

"찬이야 이리 좀 와 보거라."

"네, 할머니."

"야가 찬이에요. 승업이랑 같은 반이고 제일 친한 애예요."

주인할머니가 나를 가리키며 옆에 있는 아주머니에게 말했다.

"네가 찬이구나? 나 승업이 엄마야. 혹시 승업이 지금 학교에 있니?"

"아니요, 학교에 없어요."

"아이고, 그러면 애가 어디 있는 거야? 너 승업이 어디 있는지 모르니?"

"저도 잘 몰라요. 2학년 때까지는 저랑 승업이랑 같은 반이었는데 지금은 아니거든요. 그래서 승업이가 학교에 안 왔다는 걸 저도 오늘 아침에 처음 알았어요. 승업이한테 무슨 일 있는 거예요?"

"아줌마도 오늘 선생님한테 전화 받고 안 거야. 선생님이 어제까지 몇 번이나 전화하셨다는데 하필이면 내가 집에 없어서 전화를 못 받았지 뭐야. 승업이가 벌써 사흘째 학교에 안 왔대. 혹시 너는 뭐 아는 거 없니?"

"학교에서는 별일 없었어요. 혹시 집에서 무슨 일 있었던 거 아니에요?"

"저번 주에 집에서 난리가 나긴 했었지. 승업이가 갑자기 자퇴하겠다고, 어디서 구했는지 자퇴서를 가져와서 도장 찍어달라고 난리 난리를 쳤지. 왜 그러냐고 물었더니 자기가 알아서 할 거라고, 엄마는 도장만 찍어주면 된다고 승질을 막 부리고 그랬어. 도장 안 찍어 주니까 하루 종일 말없이 있다가 가긴 했는데, 보내고 나서도 계속 걱정이 되더라고. 나 참, 한 번도 속 썩인 적이 없었던 앤데 도대체 뭔 일이래. 아이고, 아이고."

말을 마친 승업이 엄마의 입술이 파르르 떨렸다.

"그런 일이 있었으면 차라리 다행인 거유. 뭔 사고가 나서 못 오는 건 아닐 테니께. 어디에 가서 잘 있겠지."

주인할머니가 승업이 엄마를 다독였다. 주인할머니도 승업이가 없어진 걸 오늘에야 안 모양이었다. 평소에 승업이가 새벽에 나갔다가 밤늦게 들어오곤 했으니까 며칠째 방에 불이 꺼져 있었어도 그러려니 했으리라.

"혹시 승업이가 갈만한 데, 어디 짚이는 데 없니?"

승업이 엄마가 물었다.

"승업이가 목욕탕 청소 알바랑 신문배달을 했거든요. 야자 끝나면 목욕탕에 가고 새벽에는 신문보급소에 가고 했어요."

"아이고, 승업이가 그런 일을 했다고? 공부나 하지 일은 왜 했댜. 거기가 어디냐? 목욕탕이랑 신문보급소가?"

"목욕탕은 어딘지 몰라요. 읍내에 있다는 것밖에. 신문보급소는 여기서 가까워요. 읍내 쪽으로 나가는 길에 있어요."

"거기, 거기가 어디냐?"

나는 승업이 엄마에게 최대한 알기 쉽게, 여러 번 보급소의 위치를 설명해 주었다. 학교 수업만 아니라면 같이 가드리고 싶은 심정이었다. 승업이 엄마는 나에게 전화번호를 적어주며 뭐라도 알게 되면 꼭 연락 달라고 여러 번 당부했다.

나는 오후에도 승업이를 생각했다. 승업이가 자퇴를 결심했다고 한다. 무슨 큰일이 있었던 건 분명하다. 학교에서는 별다른 사건이 없었다. 승업이는 친한 애들도 거의 없다. 원인은 학교에 있는 게 아니다. 그렇다면 뭘까? 승업이에게 친구보다 더 가까운 사람이 한 명 있다. 설마, 아니겠지. 아니다, 확인해 봐야 한다. 나는 안요한에게 갔다.

"요한아, 내가 예전에 『진리 탐구』라는 책 보고 있을 때 네가 나한테 그거 이단 책이라고 했던 거 기억나?"

"당연히 기억나지. 왜?"

"보통 이단이나 사이비 종교 같은 데서는 포교활동을 어떻게 해? 새로운 사람을 자기네 집단으로 유인한다거나 포섭한다거나 할 거 아니야."

"이단이니까 대놓고는 못하지. 먼저 타깃을 정하고 계속 잘해주면서 환심을 사. 처음에는 가족보다 더 잘해준대. 그러니까 이단이라는 걸 알아차리기가 쉽지 않은 거야. 그렇게 계획적으로, 서서히 다가가다가 나중에 본색을 드러내는 거지."

"무슨 본색?"

"한 사람을 심리적으로 완전히 지배하는 거. 그리고는 자기들에게 복종하게 하는 거야. 일도 시키고, 돈도 바치게 하고. 그런 걸 가스라이팅이라고 하거든."

"이단은 남들한테 피해를 주지 않는다고 했잖아?"

"그건 공식적으로 드러난 피해가 없다는 말이었지. 이단이 워낙 폐쇄적이라 문제가 있어도 자기들끼리의 사적인 일로 치부하고 넘어가니까 밖으로 드러날 수가 없어. 그런데 그런 일이 지속되면 완전히 사이비 종교처럼 되는 거야."

"요한아, 네 말대로라면 이거 굉장히 심각한 일이다. 승업이가 학교에 안 나왔잖아. 왠지 이단이랑 관련이 있는 것 같아."

"그게 무슨 소리야?"

"나 사실 승업이가 소개해서 어떤 독서 모임에 두 달 정도 나갔었거든. 내가 보던 책, 그거 독서 모임에서 받은 거야. 거기 회장님한테. 나는 작년 가을에 개인적인 일 때문에 그만뒀는데 승업이는 지금까지 계속 나갔단 말이야. 혹시 승업이가 이단에 포섭당한 거 아닐까?"

"독서 모임? 거기가 어딘데?"

"승업이가 일하는 신문보급소. 설마 했는데, 한번 가봐야 되나? 가서 직접 확인해 봐야 되나?"

"독서 동호회, 산악회, 향우회, 이런 데가 이단의 위장교회인 경우가 많다고 하더라. 가볼 필요는 있을 것 같다. 자기들은 당연히 아니라고 하겠지만."

"요한아, 만약 내 생각이 맞으면 어떡하지? 승업이를 어떻게 데려와야 하지?"

"그건 나중 문제고, 일단 그 독서 모임이랑 이단이랑 관련이 있는지부터 확인해보자. 그리고 승업이가 지금 어디에 있는지도 빨리 알아보고."

오후 수업이 끝나자마자 서둘러 신문보급소로 향했다. 소장님을 만나 꼭 물어봐야 한다. 시간이 빠듯해 발걸음을 재촉하면서도 가는 내내 심장이 두근거렸다. 소장님에게 어떻게 물어볼까? 직접적으로 이단이냐고 물어볼까? 아니다, 그건 예의가 아니지. 우리나라는 종교의 자유가 있는데 그건 마치 이단이 나쁜 거라고, 당신이 나쁜 집단에 속해 있는 거라고 단정 짓고 말하는 것 같지 않은가. 소장님의 기분이 상하면 진실을 말해주지 않을지도 모른다. 예의를 갖춰 최대한 공손하게 접근해야 한다.

우선 승업이의 소재부터 파악하자. 승업이가 신문배달을 그만뒀는지, 언제 그만뒀는지, 왜 그만뒀는지, 독서 모임까지 그만둔 건지, 그렇다면 지금 어디에 있는지 차근차근 물어보자. 승업이가 어디 있는지 몰라 친구로서 매우 걱정스럽다고 진심으로 호소해 보는 거다.

소장님에게 할 말을 생각하는 사이 어느새 보급소 앞에 이르렀다. 나는 유리문으로 천천히 다가가 안쪽을 들여다봤다. 인기척이 없었다. 유리문을 살짝 밀었다. 잠겨 있었다. 나는 길을 건너 보급소 반대편으로 갔다. 그렇게 멀찌감치 떨어져서 보급소를 바라보았다.

보급소가 원래 저렇게 작았나? 저 작은 보급소 안에서 사람들과 함께했던 추억이 아련하게 떠올랐다. 그땐 정말 즐거웠는데. 그러나 그 즐거움이 승업이의 마음을 사로잡고, 옭아매고, 결국은 마비시킨 것이리라. 내가 미진이 누나에게 매혹되고 있는 사이 승업이는 엄마보다 더 다정하고 따뜻한 소장님에게 매혹되었으리라. 그리고 누구보다 친절한 사람들에게 마음을 주었으리라. 그러면서 점점 이단에 빠져들었으리라. 그것들이 모두 계획되었다는 사실을 모른 채 말이다. 설마 미진이 누나가 나에게 잘해줬던 것도 나를 포섭하려는 계획 가운데 하나였을까? 부디 그것만은 아니길 바란다. 그러나 이미 나는 그럴 가능성마저 각오하고 있다.

학교로 돌아왔다. 밥 먹을 시간이 없어서 저녁은 굶었다. 나는 분명히 보았다. 보급소 문은 굳게 닫혀 있었고 내부는 을씨년스러웠다. 아직 아무 것도 확인된 건 없지만 왠지 나의 추측이 모두 사실일 것만 같은 강한 예감이 들었다. 나는 독서 모임 사람들에게 배신감을 느꼈다. 다른 사람은 몰라도 소장님만은 그렇게 안 봤는데, 실망스럽고 화가 났다.

하지만 지금은 개인적인 감정 타령이나 할 때가 아니다. 감정은 사치다. 나는 승업이를 데려와야 한다. 내가 만약 독서 모임을 그만두지 않았다면 어땠을까? 그랬다면 승업이가 이렇게 되지 않았을 것이다. 내가 이상한 낌새를 알아차렸을 테니까. 그러므로 나에게도 책임이 있다. 이 일은 문제를 아는 사람이 해결할 수밖에 없다. 그 사람이 바로 나다.

승업이에 대해 알아낸 것도 없이 하루가 지났다. 승업이의 방문은 여전히 잠겨 있었다. 나는 아침을 든든히 먹었다. 오늘은 점심시간에 보급소에 가볼 생각이다. 오늘에야말로 모든 진실을 확인하리라.

오전에 수업에 집중할 수 없었다. 나는 소장님에게 할 말을 생각했다. 소장님에게 따지듯이 말하면 안 된다. 취조하는 듯한 태도는 더욱 안 된다. 공손하게 묻되 잡아떼지 못하도록 정곡을 찔러야 한다. 핑계를 댈 수 없게 여유를 주지 말고 계속 몰아붙여야 한다. 만약 끝가지 잡아뗀다면 최후의 수단은 경찰에 신고하겠다고 협박하는 거다. 나는 소장님과 나눌 대화를 이미지트레이닝 했다.

드디어 점심시간 종이 울렸다. 나는 급히 학교를 나섰다. 빠르게 내달리는 자전거들이 내 옆을 스쳐 지나갔다. 나는 걸음을 더욱 재촉했다. 보급소가 가까워지면서 나의 걸음이 느려졌다. 나는 다시 생각을 정리했다.

보급소 앞에 오토바이 한 대가 세워져 있었다. 유리문은 활짝 열려 있었다. 나는 고양이처럼 조용히 다가가며 동정을 살폈다. 그때 뒤에서 누군가가 나의 이름을 불렀다. 내가 돌아봤다. 소장님이었다.

"어머 반갑다. 너무 오랜만이다. 보고 싶었는데. 잘 지냈어? 그동안 왜 안 나온 거니? 여기는 어쩐 일이야?"

소장님이 환하게 웃으며 질문을 쏟아냈다. 나는 소장님의 순간적인 질문 공세 때문에 생각해두었던 말들을 잊어버리고 말았다.

"예, 그냥, 뭐. 지나가는 길에 들른 거예요. 잘 지내셨어요?"

"응 그럼, 잘 지냈지. 일단 들어와. 그런데 참, 너 점심은 먹었니? 안 먹었으면 먹고 가. 지금 막 점심 먹으려던 참이었거든."

나는 아차 싶었다. 그래, 점심때 왔으니 밥을 먹을 수도 있지. 하지만 밥을 먹으면 대화에 집중할 수가 없지 않은가. 그런 분위기에서는 이런저런 일을 따져 물을 수도 없다. 나는 정중히 사양했다.

"아 참, 너 어디 가던 길이라고 했지? 그러면 잠깐 들어와서 음료수라도 한잔 마시고 가."

"네, 감사합니다. 그러면 음료수 한 잔만 주세요."

나는 안으로 들어가서 익숙한 테이블에 앉았다. 이 테이블에 다시 앉다니 왠지 기분이 묘했다. 소장님이 주스를 따라 주었다.

"사실은 소장님한테 물어볼 게 있어서 일부러 온 거예요."

"뭐 물어보려고? 승업이 어떻게 된 거냐고?"

예상하지 못한 말이었다. 설마 벌써 다 털어놓으려는 건가? 나는 침착하게 맞받았다.

"네, 승업이가 이번 주에 계속 학교에 안 나오고 있어요. 자췻집에도 안 들어오고요. 승업이한테 무슨 일 있는 거예요?"

"결국 오늘도 학교에 안 갔나 보네. 나도 승업이 때문에 걱정이야. 말려도 소용없어. 이상하게 계속 고집을 부리네."

"승업이 어디에 있는데요?"

"학교에 안 갔다면 아마 논산에 있을 것 같은데."

"논산에는 왜요?"

"논산백제병원이라고, 거기에 미진이가 입원해 있거든."

나는 뜻밖의 말에 깜짝 놀랐다. 그래서 다급히 물었다.

"미진이 누나가 입원을요? 어디 아파요? 무슨 사고라도 난 거예요?"

"미진이가 한동안 몸이 안 좋긴 했어. 그런데 요즘 들어 갑자기 심해져서."

"어디가 얼마나 아프기에 입원까지 했는데요? 예?"

"어려서부터 몸이 약했대. 고등학교 때는 빈혈 때문에 결석도 많이 했다나봐. 그래서 1년 정도 쉬었다가 몸 좋아지면 대학 갈 거라고 했었는데."

"언제 입원했는데요?"

"벌써 한 달이 넘었어."

나는 믿을 수 없었다. 그렇게 밝고 활달하던 누나가 아프다니, 그래서 입원을 했다니, 원래부터 몸이 약했다니, 이 말이 정말 사실인 건가? 내가 승업이 문제를 따지지 못하게 하려고 소장님이 일부러 이상한 소리를 지어내는 게 아닐까?

"그런데 미진이 누나가 입원한 병원에 승업이가 왜 가 있는 거예요?"

"승업이가 미진이를 좋아하니까."

"승업이가 미진이 누나를 좋아한다고요?"

전혀 예상하지 못한 얘기에 나는 또 한 번 놀랐다. 소장님이 하는 말이 얼른 이해가 안됐다. 소장님은 내가 독서 모임을 그만둔 후부터 지금까지 있었던 일들을 차근차근 설명해주었다. 그 이야기는 이러했다.

미진이 누나는 다시 만나기로 한 남자친구와 한 달 만에 헤어졌다. 누나가 먼저 헤어지자고 한 모양이었다. 그 남자가 두 번이나 보급소에 찾아와 누나를 기다렸는데 누나가 만나기를 거부했다고 한다. 한 번은 소장님이 남자를 타일러서 돌려보냈고, 두 번째는 최 씨가 엄하게 꾸짖어서 보냈다. 그 후로 남자는 다시 찾아오지 않았다.

누나의 몸이 안 좋아진 것은 그 이후부터였다. 평소에 별일 없이도 보급소에 자주 들르던 누나가 한동안 오지 않았다. 소장님은 누나가 남자친구와 헤어진 일로 마음을 정리하는 중일 거라고 짐작했다. 그러다가 얼마 만에 안부 전화를 했는데 누나가 병원에 입원했다는 소식을 듣게 되었다.

소장님과 회장님이 먼저 병문안을 다녀왔고, 독서 모임 사람들과도 다 같이 한 번 다녀왔다. 누나는 보호자 없이 혼자 병원생활을 했다. 누나의 가족은 큰아빠 한 사람뿐이었다. 하지만 큰아빠는 생계 때문에 병원에 오래 있을 수 없었다.

독서 모임 사람들끼리 병문안을 갈 때 십시일반으로 돈을 모아 봉투를 전달하기로 했다. 다들 일이십만 원씩 냈다. 그런데 승업이가 백만 원을 냈다. 소장님은 승업이의 돈을 받지 않았다. 그러자 승업이가 따로 병원에 가서 남은 병원비를 다 결제해버렸다. 무려 백이십오만 원이었다. 소장님이 그 일로 승업이를 야단쳤고 어른들끼리 돈을 모아 승업이가 결제한 돈을 돌려주었다.

　그 뒤로도 승업이는 막무가내로 행동했다. 어느 날은 불쑥 병원에 찾아가 미진이 누나의 간병인을 자청했다. 누나가 그런 승업이를 달래서 돌려보냈다. 그저께 소장님이 미진이 누나와 통화했는데, 승업이가 낮에도 왔었다고 하여 학교에 결석한 사실을 알게 됐다. 그래서 소장님이 승업이를 호되게 야단치며 학교에 꼭 가라고 했다. 하지만 어제도, 오늘도 학교에 가지 않은 것이었다.

　"승업이가 가출한 건 아니라니까 일단 안심이 되네요. 그동안 제가 승업이한테 너무 무심했었나 봐요. 그런 일이 있었는지도 모르고, 요즘에는 아예 걔가 방에 들어오고 나가는 것도 몰랐으니까요. 오늘 밤에 승업이 들어올 때까지 기다렸다가 제가 얘기 좀 해볼게요. 내일은 꼭 학교에 가자고 설득할게요."

　"그래 찬이야, 네가 얘기 좀 잘 해봐. 그래도 네가 있어서 다행이다."

　"그런데 혹시 어제 승업이 엄마 못 만나셨어요? 제가 승업이가 일하는 곳이라고 여기 위치를 알려드렸거든요."

　"승업이 어머니가? 아니, 어제 찾아온 사람은 없었는데. 그러고 보니 승업이 어머니도 다 아시겠구나? 아이고, 죄송해서 어쩐다니?"

　"소장님이 왜 죄송해요. 승업이가 다른 사람 말도 안 듣고 그냥 제멋대로 하는 거잖아요. 일단 제가 있다가 승업이 엄마한테는 전화 드릴게요.

승업이 잘 있다고, 제가 설득해서 내일부터 다시 학교에 갈 거니까 걱정 마시라고 말씀 드릴게요."

"그래, 있다가 꼭 전화 드려. 나도 승업이한테 얘기할게. 어머니 걱정 안 하시게 잘 말씀 드리라고."

승업이의 일도 일이지만 나는 사실 미진이 누나의 소식이 더 궁금했다. 하지만 누나의 일을 먼저 물을 수는 없었다. 나는 승업이에 대한 얘기가 끝나자마자 마침 생각났다는 듯이 물었다.

"그나저나 미진이 누나가 걱정이네요. 저는 미진이 누나가 몸이 약하다는 걸 전혀 못 느꼈어요. 제가 봤을 때는 너무 생기 넘치고 건강해 보였거든요. 그래서 오늘 소장님 말씀 듣고 진짜 깜짝 놀랐어요."

"몸이 약해도 성격은 참 밝은 애야. 긍정적이고. 그래서 더 대견하지."

"한 달이나 입원할 정도면 많이 아픈 거 아니에요?"

"다행히 최근 검사 결과가 나쁘지 않게 나와서 곧 퇴원할 것 같긴 해. 퇴원하고 나서 한동안은 내가 미진이 집에 자주 왔다 갔다 해야겠어. 병원생활도 힘들지만 집에 혼자 있으면서 밥 챙겨먹는 것도 힘들 테니까."

"소장님이 그렇게 해주신다면 정말 감사하죠."

내가 소장님한테 감사할 일은 아니지만 나도 모르게 그런 말이 튀어나왔다. 나는 잠시 엉뚱한 상상을 했다. 소장님과 미진이 누나의 큰아빠가 결혼을 하면 어떨까? 그러면 소장님은 누나의 큰엄마가 되고 누나를 매일 보살필 수 있을 텐데.

"나는 언젠가 그런 생각을 했었어. 나에게 만약 딸이 있었다면 미진이 같은 애가 아니었을까 하는 생각. 미진이가 날마다 여기 와서 시시콜콜한 얘기 하는 게 좋았는데. 왠지 내가 딸 얘기 들어주는 엄마가 된 것 같았거든."

그렇게 말하는 소장님의 눈시울이 붉어졌다.

"미진이 누나도 소장님을 좋아하잖아요. 미진이 누나는 금방 좋아질 거예요. 승업이도 정신 차릴 거고. 다 원래대로 돌아 올 거예요. 너무 걱정마세요. 여기가 우리 소망북클럽 본부잖아요. 다들 이 본부로 돌아올 거예요. 다시 이 테이블에 앉아서 즐겁게 수다 떨 거예요. 꼭 그럴 거예요."

소장님과 이야기하는 사이 점심시간이 끝나가고 있었다. 소장님이 뒤늦게 내 안부를 물었으나 나는 다음에 다시 들르겠다고 말하고는 자리에서 일어났다.

불과 몇 달 사이 참 많은 일들이 있었구나. 그동안 미진이 누나는 얼마나 마음이 안 좋았을까. 남자친구와 헤어지고, 몸도 아프고, 사람들한테는 괜히 죄송하고, 게다가 승업이 때문에 불편하기까지 하고. 내가 계속 있었더라면 어땠을까. 누나에게 조금이라도 도움이 됐을까. 생각할수록 마음이 무거웠다. 후회라기보다 그냥 누나에게 미안한 생각이 들었다.

쉬는 시간에 승업이 엄마에게 전화했다. 자초지종을 설명하고 승업이를 꼭 설득하겠다는 약속까지 했다. 승업이 엄마가 안도하는 목소리를 들으니 비로소 마음이 놓였다. 그나저나 승업이 이 녀석은 도대체 무슨 생각인 걸까. 오랜만에, 아니 처음으로 진지한 얘기를 좀 해봐야겠다.

아무것도 모르는 안요한이 내 앞에서 허허거리며 놀고 있다. 이단은 무슨. 하긴, 손뼉도 마주쳐야 소리가 난다고, 내가 먼저 이단 얘기를 꺼냈으니 안요한이 맞장구를 친 거겠지. 위장교회를 급습해 사이비 종교의 실체를 밝히고 이단에 빠진 승업이를 구해오는 상상을 했었는데. 나의 비장한 각오는 하루짜리 해프닝으로 끝났다.

야간자율학습을 마치고 자췻집에 돌아왔다. 나는 거의 십오 분마다 한 번씩 승업이 방 창문을 확인했다. 한 시가 가까워질 무렵, 승업이 방 앞에 낯익은 스쿠터가 세워져 있었다.

"야 이승업, 안에 있냐?"

"어 찬이야, 어쩐 일이야? 너 안 잤어?"

"야! 지금 이 상황에 잠이 중요하냐? 너 학교도 계속 빠지고 어딜 돌아다니고 있는 거야? 왜 그러는 건데?"

"그냥 그럴 일이 있어서 못 간 거야."

"일은 무슨, 오늘 소장님한테 얘기 다 들었어. 너 그동안 엄한 짓 많이 했더라. 솔직하게 얘기해봐. 나는 다 이해하니까. 그냥 다 털어놔."

"뭘 털어놔. 네가 뭐 내 보호자라도 되냐?"

"나? 네 친구. 그러니까 얘기해도 돼. 너 미진이 누나 때문에 정신 못 차리고 있는 거 알아. 계속 신경 쓰이고, 뭐라도 해야 될 것 같고, 그런 마음인 것도 알아. 다 얘기해봐. 그래야 나도 친구로서 너한테 어떻게 할지 판단을 내리지."

"나 이제 자려고 했는데 갑자기 찾아와서 무슨 생뚱맞은 소리야? 여기서 미진이 누나 얘기가 왜 나와?"

"자긴 뭘 자. 잠깐 나와 봐. 이 앞에라도 나가서 잠깐 걷자. 걸으면서 얘기 좀 하자."

나는 억지로 승업이를 밖으로 끌어냈다. 승업이가 마지못해하며 나를 따라 나섰다. 4월 초순이지만 꽃샘추위 때문인지 밤공기가 아직도 겨울 같았다. 우리는 각자의 점퍼 주머니에 손을 꽂아 넣은 채 나란히 걸었다.

실없는 농담을 몇 번 주고받다가 내가 웃음기를 거두고 물었다.

"승업아, 그런데 너 미진이 누나는 언제부터 좋아한 거야?"

"나 사실 처음부터 미진이 누나 좋아했어. 그런데 나 같은 게 어떻게 감히 누나를 좋아할 수 있겠냐? 누나처럼 예쁘고 곱게 자란 여자를. 그래서 속만 끓였지 뭐. 그러다가 누나의 어려운 사정을 알게 됐는데, 그때 왠지 기분이 좋아지더라. 나한테도 뭔가 가능성이 생긴•것 같아서. 나 진짜 나쁜 놈이지?"

"야, 그건 좀 그렇다. 누나가 아프고, 부모도 없고, 형편도 어렵다고 하니까 만만해 보인 거냐?"

"글쎄, 그때는 내 본심이 그랬었는지도 모르지. 근데 나, 누나를 지켜주고 싶었어. 그건 진심이야."

"네가 뭔데 누나를 지켜?"

"나 누나한테 고백도 했었어. 내가 너무 들떴나 봐. 너도 예전에 그러지 않았어? 누나가 너한테 잘해줄 때?"

나는 갑자기 말문이 막혔다. 승업이는 내 반응 따위는 신경 쓰지 않고 계속 말을 이어갔다.

"그런데 너도 누나 성격 알지? 거절하는 것도 쿨하더라. 기분 나쁘지 않게, 쿨하게 거절하는데 전혀 민망하거나 어색하지 않았어. 덕분에 누나랑 계속 잘 지낼 수 있었지. 지금은 그냥 이 정도 관계만으로도 좋아. 앞으로 내가 차차 잘하면 되니까."

"그래서 미진이 누나 병원비도 내준 거냐? 그런데 자퇴는 왜 하려고 했냐? 자퇴하고 본격적으로 돈이나 벌어보게? 당장 누나 호강이라도 시켜주려고? 그러면 누나가 참 좋아하겠다. 미친놈. 네 마음은 알겠는데 네가 하는 짓은 미친놈 같아. 알아? 너 이러는 동안 너희 엄마는 속 다 문드러지고, 너희 담임선생님은 엄청 곤란해 하시고, 그런 건 생각 안 하냐? 너희 엄마가 너 찾으러 다니는 모습 보니까 금방이라도 울 것 같더라."

"우리 엄마? 우리 엄마 만났었어?"

"당연하지. 너희 엄마가 자췻집이랑 학교에 왔었으니까."

승업이는 말이 없었다.

"승업아, 네가 이런다고 해서 미진이 누나가 널 좋아하게 될 것 같아? 오히려 부담스럽고 불편하기만 할걸? 이건 네가 잘못 생각하는 거야. 그리고 너 대학 안 갈 거야? 미진이 누나는 대학 가려고 했대. 건강만 회복되면 말이야. 지금 이 상황이나 관계는 일시적인 거야. 오래 이어지긴 힘들다고. 우리 현실적으로 생각해 보자."

승업이는 여전히 말이 없었다.

"네가 진짜로 미진이 누나를 좋아하면 일단 대학부터 가. 아니, 고등학교 졸업이라도 해. 졸업하고 성인이 된 다음에 다시 생각해도 되잖아. 너답지 않게 왜 이러는 거야?"

"나다운 게 뭔데? 네가 날 얼마나 안다고 그래? 나도 뭐가 좋은 건지, 뭐가 예쁜 건지, 또 어떤 게 옳고 그른 건지 다 알아. 나도 다 생각하고 느낀다고. 그런데 지금까지는 그런 걸 하나도 내색 안 하면서 살아왔어. 어차피 다 내가 가질 수 없는 것들이었으니까. 앞으로도 계속 그렇게 살라는 거야? 그런 게 나다운 거니까?"

승업이가 갑자기 언성을 높이며 빠르게 말을 뱉어냈다.

"승업아, 니 심정은 나도 이해해. 그 기분, 나도 비슷하게 느끼면서 살아왔어. 너나 나나 비슷하잖아. 지금도 같은 자췻집에 살고 있고."

"그러니까 말은 해볼 수 있잖아. 어떻게 계속 참기만 해? 나도 알아. 내가 상식적이지 않게 행동했다는 거. 그런데 이번만큼은 그냥 말이라도 해보고 싶었어. 참기만 하는 게 지겨워서. 이러고 사는 내가 한심해서."

"그래도 상대가 있잖아. 상대는 네 기분이나 생각을 모른다고. 그러니까 일방적으로 해서는 안 되지. 네 마음은 이해하지만, 상대도 생각해줘야 하는 거잖아."

"알지, 나도 그 정도는 알지."

나는 승업이의 흥분이 가라앉을 때까지 잠시 기다렸다. 승업이도 한동안 말이 없었다. 청기와슈퍼 앞에 이르렀을 때 내가 다시 말을 시작했다.

"내가 재미있는 얘기 하나 해줄까? 네가 농부라고 해보자. 네가 어떤 나무를 심으려고 하는데 네 땅에는 온통 검은 모래뿐이야. 검은 모래에는 뭘 심어도 잘 안 자라겠지? 그런데 검은 모래를 없애지는 못해. 그러면 어떻게 해야 할까? 그냥 포기할래?"

"글쎄, 어떻게 해야 하는데?"

"어디에선가 깨끗하고 기름진 흙을 퍼 와서 검은 모래랑 섞으면 되잖아. 검은 모래를 없애지는 못하니까. 좋은 흙의 비율을 높이면 상대적으로 검은 모래의 비율이 줄어들겠지. 그렇게 해서 검은 모래의 영향력을 감소시키는 거야."

"그럴싸한 방법이긴 하네."

"나 있잖아, 얼마 전에 정상국이랑 얘기하면서 중요한 걸 하나 배웠어. 전교 1등 정상국."

"그게 뭔데?"

"정상국 걔, 덩치도 조그맣고 소심해 보이지? 애들이랑도 잘 안 어울리잖아? 근데 그거 사실은 정상국이 다른 애들이랑 일부러 안 노는 거야. 시간 아까워서. 애들이 너무 유치하니까. 저번에 걔랑 처음으로 진지하게 얘기해 봤는데 왠지 나 자신이 부끄러워지더라. 걔가 너무 생각이 깊어서. 진짜 놀랐어."

"그래서 걔한테 배운 게 뭐냐고?"

"알고 보니까 정상국도 우리처럼 환경이 좋은 건 아니었어. 그런데도 공부는 되게 열심히 하잖아. 검은 모래 얘기, 이거 정상국이 해준 말이야. 어차피 검은 모래에 심을 수 있는 식물은 거의 없대. 그래서 자기는 조급해하지 않는대. 자기는 단지 자기 땅에 좋은 흙을 계속 채우고 있는 거래. 나중에 뭘 심을지는 아직 안 정했지만."

"찬이야 춥다. 그래서 네가 하고 싶은 말이 뭔데?"

"학교나 잘 다니라고. 엉뚱한 생각하지 말고. 너의 가능성을 그렇게 쉽게 내팽개치지 마. 공부를 못해도 학교는 끝까지 다녀. 네가 얼굴은 조금 못생겼지만 키도 크고 허우대는 좋잖아. 너한테는 분명 여러 잠재력이 있어. 아직은 포기할 때가 아니야. 하물며 여자 때문에 포기한다는 건 더욱 말이 안 되지."

"그 말 하려고 이 추운 데서 날 이렇게 고생시켰냐?"

"너만 춥냐? 나도 똑같이 춥거든?"

"찬이야, 너는 내가 알바를 왜 이렇게 오랫동안 하고 있는지 안 궁금하냐?"

"궁금하지, 너 왜 그러는 건데?"

"나 원래는 실업계 가려고 했는데 우리 엄마가 우겨서 인문계 고등학교에 온 거야. 그런데 대학은 공짜로 가는 게 아니잖아. 우리 엄마는 참 순진하기도 하지. 대학 등록금이 무슨 중학교 육성회비 정도 되는 줄 알아. 자식들 교복 사주고 수학여행 보내 주는 것도 버거워 하면서 말이야."

"그랬구나. 하긴, 개나 소나 다 대학 가는 시대라지만 그것도 웬만큼 사는 집 애들 얘기지. 등록금 삼백만 원이 뉘 집 개 이름이냐?"

"사실은 우리 엄마, 몸이 아프셔. 물론 심각한 정도는 아니야. 그래도 지병이라 치료는 계속 받아야 된대. 그리고 절대 무리하면 안 되고. 우리 엄마가 식당일 다니시거든? 그래서 늘 불안하고 걱정돼. 결국 우리 집은 형편이 나빠지면 나빠졌지 좋아질 수는 없는 상황인 거야. 있는 빚이라도 다 갚으면 다행이지."

"그러면서 왜 너희 엄마 속을 그렇게 썩였냐. 으이고, 못난 놈. 엄마 속 상하지 않게 정신 차려. 너희 집에서는 네가 기둥이 될 수밖에 없잖아."

승업이는 대꾸가 없었다. 우리 사이에 한동안 침묵이 쌓였다. 승업이가 추위로 발그레해진 얼굴에 마른세수를 했다. 나는 어깨를 앞뒤로 몇 번 휘저었다. 이런 시간에 청기와슈퍼 앞까지 와본 건 처음이었다. 사방이 고요했다. 승업이가 다소 작아진 목소리로 말을 이어갔다.

"이렇게 되기 전에 나도 잠시나마 대학을 꿈꿨었지. 어떻게 될지 모르니까 등록금이라도 모아놓으려고 1학년 때부터 알바를 했던 거야. 그런데 역시나 두 마리 토끼를 다 잡을 수는 없더라고. 알바 때문에 몸이 피곤해서 수업도 제대로 못 듣고 공부도 안 하게 됐어. 너도 지금 내 성적 알지?"

"공부만 해도 힘든데 일이랑 공부를 같이 하려니 얼마나 더 힘드냐. 그런데 뭔가 좀 아이러니하다."

"그래 맞아. 대학 등록금 모으려고 일을 한 건데, 일 때문에 성적이 떨어져서 결국은 대학에 갈 수 없는 아이러니. 웃기지? 그런데 차라리 잘됐다 싶었어. 이러나저러나 어차피 대학 못 가는 거, 마음 비우고 돈이나 벌자 생각했지. 솔직히는 학교 자퇴하고 어디 취직이라도 하고 싶은 심정이야."

"그러면 대학은 포기하려고?"

"그러려고. 어차피 닿을 수 없는 목표라면 일찌감치 포기하는 게 시간을 절약하는 방법인지도 몰라."

"신문배달이랑 목욕탕 알바는 계속할 거고?"

"다른 선택지가 없잖아. 그거라도 해야지."

"앞으로 계획은?"

"아직 생각 중이야. 천천히 다른 길을 찾아보려고. 물론 자퇴는 안 해. 그래도 졸업은 해야겠지."

승업이가 남 얘기 하듯 담담하게 대답했다. 나는 대꾸 없이 고개를 끄덕였다. 승업이의 생각이 벌써 거기까지 미쳐 있을 줄은 몰랐다. 승업이가 잠시 뜸을 들이더니 다시 말을 이어갔다.

"그런데 있잖아. 너랑 정상국네 집, 검은 모래 아니야. 그렇게 나쁜 환경이 아니라고. 그러니까 너는 제대로 공부해서 원하는 대학 가. 그리고 이제 내 앞에서는 검은 모래 운운하지 마. 아무런 자극도 안 되니까."

나는 아차 싶었다.

"승업아, 네가 어떤 판단을 내리든지 나는 그저 친구로서 네가 잘 되기만을 바랄 뿐이야. 아까는 내가 뭣도 모르고 괜한 소리를 지껄인 것 같다. 미안하다."

"괜찮아. 그나마 너라도 있어서 다행이야. 처음이거든. 이런 얘기 누구한테 하는 거. 덕분에 조금 후련해졌어."

"어쨌든 너 내일은 학교 가는 거지?"

"안 그래도 그러려고 했어. 그냥 머릿속이 막 복잡해서 안 하던 행동 한 번 해본거야. 반항 같은 거지."

"누구에 대한 반항인데?"

"나 자신."

"너 근데 차라리 잘 했어. 나흘 빠지길 잘한 거라고."

"그건 뭔 소리야?"

"하루나 이틀만 빠졌으면 선생님한테 몽둥이로 작살나게 맞았을 거야. 그런데 나흘이나 빠졌으니까 때리지는 않겠지. 오히려 네 눈치 보면서 네 얘기 들어주려고 할걸? 하루 종일 선생님이랑 면담하려면 힘들 텐데 잘 견뎌봐."

"차라리 한 서른 대쯤 맞고 반성문이나 쓰는 게 낫겠다."

"자업자득이지 뭐. 승업자득인가? 춥다. 이만 들어가자."

온 천지를 분홍빛으로 뒤덮었던 벚꽃 뭉치들이 굵은 빗줄기 한 번에 일제히 녹아내렸다. 이제 교정에는 푸르른 기운이 가득하다. 세상이 옷을 갈아입는 사이 1학기 체육대회가 있었다. 나는 우리 반 대표 선수로 농구에 출전했다. 우리는 가까스로 결승에 올라 준우승을 차지했다.

나는 가끔씩 미진이 누나를 생각했다. 누나는 퇴원했을까? 지난번에 소장님이 곧 퇴원할 것 같다고 했으니까 아마 지금쯤은 퇴원했을 거다. 승업이는 여전히 신문배달을 하고 있다. 독서 모임에도 계속 나가는 것 같다. 하지만 승업이에게 미진이 누나의 소식을 물어볼 수는 없다.

나는 정상국을 비롯한 모범생 그룹을 본보기로 삼고 공부에 박차를 가했다. 야간자율학습 첫 시간은 무조건 영어단어를 외웠다. 그건 내 나름의 전략이었다. 기초가 약한 영문법을 지금부터 다시 시작하기에는 이미 늦은 것 같았기 때문이다. 공부 잘하는 친구의 조언에 따르면 영어단어만 많이 알아도 대충은 해석이 된단다. 내 전략은 문법 문제는 애초에 포기하고 대신 주제나 맥락을 묻는 문제를 잘 찍어서 기본 점수를 확보하려는 것이었다.

야간자율학습 나머지 세 시간 동안에는 모의고사 문제집을 풀었다. 시간을 넉넉하게 잡고 한 회분을 이틀에 걸쳐서 풀었다. 하루는 언어영역과 수리영역을 풀고, 또 하루는 수리탐구와 외국어영역을 풀었다. 모의고사 풀이에서는 '강강약 강강약' 전략을 썼다. 이건 이틀 동안 열심히 공부한 다음 하루는 느슨하게 복습하고, 다시 이틀 동안 열심히 공부한 다음 하루는 느슨하게 복습하고를 반복하는 공부 습관화 전략이었다. 나는 내 나름의 공부 계획과 전략에 점점 익숙해져 갔다.

아침부터 성진이가 꽤나 힘들어 보인다. 어제 또 과음을 한 모양이다. 성진이는 오전 내내 비몽사몽 상태로 책상에 쭈그리고 앉아 있었다. 점심을 먹고 와서는 조금 정신이 드는지 평소처럼 내 귓가에 대고 이런저런 이야기를 늘어놓기 시작한다. 성진이가 말할 때마다 입에서 역한 담배 냄새와 함께 알코올 분자가 뿜어져 나온다. 오늘의 평화는 여기까지인가 보다.

"찬이야, 씨발 나 좆빠져. 나 어제 다방 레지랑 빠구리했잖아."

"다방 레지?"

"응, 몸매가 좆빠져. 예술이야. 좆나 꼴려서 떡치다 뒤지는 줄 알았네."

"네가 다방 레지랑 그걸 어떻게 해? 어디서?"

"어디긴, 여관이지. 티켓 끊어가지고."

"티켓?"

"찬이야, 너 티켓이라고 들어봤냐? 아차, 너는 모르겠구나. 네가 그런걸
알 리가 없지."

성진이는 스스로 묻고 스스로 답했다.

"여관에 가면 갑 티슈나 라이터, 성냥갑 같은 게 있어. 거기에 다방 전화
번호가 좆나 많이 적혀 있거든? 나는 처음 봤을 때 저게 뭔가 했어. 그런
데 알고 보니까 그게 티켓 다방 전화번호더라. 다방에 전화해서 티켓을 끊
는 거야."

"그래? 티켓으로 뭐하는 건데?"

"아이고, 좆나 순진하네. 찬이야, 잘 들어봐. 일단 여관방을 하나 잡아.
그리고 다방에 전화해서 커피를 주문하면서 티켓도 끊는다고 해. 그러면
커피 배달하는 아가씨가 여관으로 와."

"다방 레지?"

"잘 아네. 레지랑 노는 걸 티켓 끊는다고 하거든? 한마디로 여자를 돈
주고 사는 거야. 한 시간에 만 원, 이런 식으로. 그다음에는 그 여자랑 커
피 마시면서 얘기 좀 하다가 빠구리도 하고 싶다고 해. 한번 하는데 오만
원이야. 선불로."

"야, 그런 것도 있어? 너는 그런 걸 어떻게 알았냐?"

"내 친구가 다 알려줬지. 친구 새끼가 나한테 경험 삼아 한번 해보라고

그늘진 모퉁이에 핀
돌꽃 같은 그대에게

티켓까지 직접 끊어줬어."

"그런데 다방 레지가 널 보면 고등학생인 거 알지 않아?"

"나이는 상관없어. 어차피 돈만 내면 다 똑같은 손님인데 뭘. 그래도 내가 먼저 나 고3이라고 말하긴 했지. 오히려 나 같은 영계랑 하는 걸 고마워해야 하는 거 아니야?"

성진이는 성진이 특유의 야릇하고 꼴 보기 싫은 표정을 지었다. 그러고보면 성진이도 참 착각이 심한 애다. 너는 진정 네 외모가 그렇게 매력적이라고 생각하는 거니? 어쨌든 자기 멋대로 생각하고 사니까 편하기는 하겠다.

"그런 게 있구나. 너도 참 대단하다."

"아직도 진정이 안 되네. 역시 나이가 있어서 그런지 빠구리도 좆나 잘해."

"그 여자는 몇 살인데?"

"몰라. 이 십대 후반이나 서른 정도?"

"나이가 되게 많네."

"좀 많긴 하지? 그래도 떡만 좆나 잘 치면 되는 거지 뭐. 나 조만간 티켓 한 번 더 끊으려고. 찬이야, 이런 것도 다 경험이다. 너도 생각 있으면 얘기해."

"나는 돈 없어."

"야, 김찬. 천하의 김찬이 왜 그러냐? 내가 빌려줘?"

"아니 됐어. 경험도 좋지만 네 몸이나 잘 챙겨. 너무 과음하지 말고."

"김찬, 니미 씨발 좆나 감동이다. 알았어. 술 좀만 먹을게."

성진이의 말은 언제나 품위가 없다. 그건 성진이가 교양이 없기 때문이다. 성진이는 예의도 없고, 책임감도 없고, 때로는 양심도 없다. 그렇다고 없는 걸 굳이 있는 척하지도 않는다. 그러면 솔직해서 좋은 건가? 성진이에게 없는 게 하나 더 있다. 열등감. 성진이는 열등감이 없다. 그래서인지 항상 당당하다. '그래서 뭐? 어쩌라고?'하는 식이다.

나는 그런 생각을 한 적이 있다. 성진이의 얼굴에 체를 갖다 대고 성진이가 토해내는 말을 체에 걸러보면 어떨까. 그러면 욕과 비속어, 경멸과 비난의 단어들이 걸러져 수북이 쌓이리라. 그런 다음에는 그 걸러진 말의 찌꺼기를 성진이에게 보여주는 거다. 말이 곧 자신이라는 걸 깨닫도록 말이다.

하지만 나는 성진이를 위해 아무것도 하지 않았다. 나는 성진이의 말을 건성으로 듣는다. 그리고 건성으로 대답한다. 성진이를 걱정한다는 말도 사실은 진심이 아니다. 앞으로도 진심어린 충고 따위는 하지 않을 거다. 검은 먹을 가까이하면 자신도 검어진다는 말이 있다. 나는 성진이의 이야기를 흥미로운 라디오 사연쯤으로 여긴다. 의도적으로 성진이를 타자화하는 거다. 나까지 검어지면 안 되니까.

만약 성진이가 나를 좋은 친구라고 생각한다면 그건 내가 자신의 이야기를 매일 들어주기 때문일 것이다. 하지만 나는 나에게 의미도 가치도 필요도 없는 말을 듣느라 나의 휴식할 권리를 침해당하고 있다. 이야기를 들어주는 것만으로도 꽤 많은 에너지가 소모된다. 그래서 되도록 건성으로 듣는 거다.

그리고 보면 사람의 마음이란 참 묘한 것 같다. 늘 가까이 있어도 멀리하고 싶은 사람이 있고, 멀리 떨어져 있어도 자꾸 생각나는 사람이 있으니 말이다.

개수대 밑에서 뜻밖의 물건을 발견했다. 반찬통이다. 보는 순간 반가웠다. 작년에 소장님한테 반찬을 얻어먹고 아직까지 빈 반찬통을 돌려드리지 않았던 것이다.

일요일에 낙지리에서 열한 시 버스를 타고 부여로 넘어왔다. 이른 오후에 보급소에 가볼 요량으로 조금 서둘렀다. 일요일 저녁에는 독서 모임이 있다. 다른 사람들까지 만나는 건 부담스럽다. 이른 오후에 간다면 아마 소장님이 혼자 있을 거다. 소장님께 반찬통을 돌려드리면서 안부를 물을 거다. 굳이 다른 사람들의 소식까지 들려준다면 모두 들을 거고, 기회를 봐서 미진이 누나의 안부도 물을 거다. 몰랐다면 상관없지만 아는데 어떻게 묻지 않을 수 있겠나.

나는 빈 반찬통을 챙겨서 보급소로 향했다. 보급소가 있는 길에 들어서자 멀리 낯익은 오토바이 한 대가 보였다. 소장님의 오토바이였다. 그때 보급소 문이 열리며 소장님이 밖으로 나왔다. 소장님이 입구에 쌓인 물건들을 정리하기 시작했다. 나는 소장님을 도와드릴 생각으로 뛰듯이 걸어갔다. 하지만 곧 걸음을 멈추었다. 보급소에서 한 사람이 더 나왔기 때문이다. 미진이 누나였다.

나는 급히 주변 건물에 몸을 가렸다. 그런 채로 두 사람을 바라보았다. 미진이 누나는 소장님의 일을 거드는 건지 아니면 수다만 떠는 건지 괜히 소장님 옆을 서성거렸다. 이제 괜찮은 건가? 미진이 누나는 얼굴이 핼쑥했다. 딱 보기 좋았던 날씬한 몸매가 어딘지 모르게 가냘픈 모습으로 변해 있었다. 목선을 반쯤 가리던 단발머리는 긴 생머리로 바뀌어 어깨를 타고 흘러내렸다. 빨갛게 칠한 입술과 하얀 얼굴, 그리고 하얀 얼굴에 생기를 불어넣는 환한 미소는 여전했다. 누나는 막 화단에 옮겨 심은 들국화처럼 여리여리하면서도 예뻤다.

소장님이 물건 정리를 마치자 두 사람이 보급소 안으로 들어갔다. 나는 한참 동안 제자리에 서 있었다. 미진이 누나가 퇴원했다. 밝게 웃는 걸 보니 건강이 제법 좋아진 모양이다. 정말 다행이다. 반찬통은 조금 늦게 돌려드려도 될 것 같다. 나는 발길을 돌렸다.

얼마 전 일본 고등학생 쉰 명 정도가 우리 학교를 방문했다. 그제야 알게 된 사실인데 우리 학교는 일본의 어느 지방 고등학교와 자매결연을 맺고 있었다. 그리고 매년 문화 교류의 일환으로 서로 방문단을 꾸려 교차 방문을 해왔다고 한다. 학교에서는 일본 학생들을 맞아 학생 공연, 서예교실, 백제 역사 소개 등의 프로그램을 준비했다. 그러나 그들의 방문으로 학교가 떠들썩하진 않았다. 일본 학생들은 몇 시간만 우리 학교에 머물렀고 대부분은 외부 관광으로 시간을 보내는 것 같았다.

일본 학생들이 학교에 왔을 때 담임선생님이 우리 반 애들을 운동장에 모이게 했다. 운동장에는 문과 세 개 반이 전부 나와 있었다. 곧이어 일본 학생들이 운동장으로 왔다. 선생님은 일본 학생 서너 명과 우리 학교 애들 열 명 정도를 한 그룹으로 묶어서 자유롭게 대화를 나누게 했다.

나는 그저 가만히 있었다. 내가 비록 애국자는 아니지만 우리 민족의 철천지원수를 웃는 낯으로 대한다는 게 영 내키지 않았기 때문이다. 성격이 활발한 친구 한두 명이 일본 학생들에게 영어로 말을 걸어보았다. 하지만 일본 학생들도 영어를 잘하지 못해 대화가 원활하지 않았다. 일본 학생들은 기본적인 회화도 못 알아들었다. 말이 잘 안 통하는 가운데서도 어떤 친구가 손짓발짓으로 의사를 전달하니 일본 애들 몇 명이 눈치로 그 뜻을 알아들었다. 그리고는 그 애들끼리 몰래 담배를 피우러 갔다.

그 일이 있은 후 우리도 일본 학교에 답방을 가야 한다며 참가자를 모집했다. 일본에서는 쉰 명 정도가 왔지만 우리는 열 명 정도로 방문단을 꾸릴 예정이라고 했다. 나는 처음부터 지원할 생각이 없었다. 참가비만 해도 개인 부담이 칠십만 원이나 됐기 때문이다. 처음에는 여러 친구들이 관심을 보였으나 대부분 나와 비슷한 이유로 참가를 포기한 듯했다.

그런 와중에 성진이가 일본에 가겠다고 나섰다. 나는 성진이가 노는 것만 좋아하는 단순한 애인 줄 알았는데 일본에도 관심이 있었다니 상당히 의외였다. 성진이는 별다른 심사 없이 방문단에 뽑혔다. 모집 인원이 미달된 덕분이었다. 나중에 성진이가 내게 밝힌 참가 이유는 정말 어이가 없었다. 일본이 성적 개방도가 높은 성 선진국, 즉 성진국이기 때문이란다. 성진이는 성진국의 분위기를 직접 느껴보고 싶었단다. 그러고 보니 '성진이'와 '성진국', 왠지 운율이 잘 맞는 것 같다. 나는 성진이가 우리 학교를 대표하는 학생들 가운데 하나라는 게 심히 우려스러웠다. 제발 학교의 명예를 실추시키는 짓만은 안 했으면 좋겠다.

방문단은 인솔교사 두 명까지 포함하여 총 아홉 명으로 꾸려졌다. 우리 방문단은 각각 매칭된 일본 학생들의 가정에 머물며 일본 문화를 경험할 거라고 했다. 그런 걸 부르는 이름이 꽤나 멋있었다. 영어로 홈스테이라고 한단다.

성진이는 필요한 서류를 준비하느라 이틀 연속으로 조퇴했다. 여권도

발급받고 건강검진도 받아야 했다. 해외여행을 위해 여권이 필요하다는 상식쯤은 나도 알고 있다. 그런데 건강검진은 왜 받아야 하는 걸까? 혹시 한국 학생들의 질병 유무를 확인해달라는 일본 측의 요구라도 있었던 걸까? 그렇다면 정말 자존심이 상한다.

성진이가 여전히 사흘이 멀다 하고 술을 마셔대고 있다. 성진이는 논산공고 애들 몇 명과 주로 어울리는 것 같다. 그 애들이 저녁때쯤 부여 읍내로 넘어와서 자리를 잡고 있으면 성진이가 야간자율학습 땡땡이를 치고 나중에 합세하는 것이다. 성진이가 그 애들과 어떻게 친해졌는지 엔 별로 관심이 없다. 내가 궁금한 건 성진이가 노는 데 드는 비용을 어떻게 마련하고 있는가 하는 거다. 이미 나는 그것에 대해 약간의 의심을 품고 있다. 성진이가 불법적이거나 부도덕한 방법으로 유흥비를 마련하고 있을 거라는 의심 말이다. 성진이라면 충분히 그럴 만하니까. 나는 결국 궁금함을 참지 못하고 먼저 물었다.

"성진아, 네가 읍내에서 놀 때 주로 여관 잡아서 놀잖아? 근데 왜 굳이 여관에서 노는 거야? 밖에서 놀아도 되는데?"

"밖에서는 술을 못 마시니까. 교복 입고 술집에 갈 수도 없고. 남들 눈치 안 보고 놀기에는 여관이 제일 좋지."

"하긴, 그렇겠네."

"그리고 밖은 너무 위험해. 너 학주 새끼가 애들 잡으려고 읍내 돌아다니는 거 모르지? 나 저번에 오락실에서 학주 새끼한테 걸릴 뻔했잖아. 다행히 내가 먼저 학주 새끼 발견해서 나는 좆나 빨리 숨었거든. 근데 씨발 오락하고 있던 애들 몇 명이 걸린 겨. 나는 그 틈에 좆나 빨리 빠져나왔잖아."

"그렇구나. 학주도 참 집요하다. 야자 튀면 튄 거지 뭘 잡으러 까지 다니냐."

"그러게 말이야. 학주 새끼 완전히 또라이야."

"그런데 여관 들어갈 때, 여관 주인은 너희가 학생인 거 알지 않아? 그래도 뭐라고 안 해?"

"그런 건 신경 안 써. 그리고 내가 좆나 단골인데 뭘 뭐라고 해."

"여관방 하나에서 다 같이 노는 거야? 방이 그렇게 커?"

"사람이 많으면 방 두 개는 잡아야지. 예를 들어 다섯 명 넘어간다 치면 큰 방 하나, 작은 방 하나 잡고 왔다 갔다 하면서 노는 거야. 그리고 우리는 혼숙은 안 해. 좆나 같이 놀다가도 잘 때는 남자는 남자 방에서 자고 여자는 여자 방에서 자. 동방예의지국 아니냐."

동방예의지국, 참 제멋대로 갖다 붙이는구나. 미성년 남녀들이 여관방에 모여 술 마시며 노는 건 어느 나라 예법이란 말이냐. 그나마 최소한의 예의를 운운하는 너희의 양심이 가상하다.

"그렇구나. 야, 그런데 니들 돈 많은가 보다? 어떻게 매번 그렇게 여관방 잡아서 노냐? 여관비에, 술값에, 밥값에 돈이 꽤 많이 들 텐데?"

성진이가 갑자기 한쪽 입꼬리를 들어 올리며 성진이 특유의 비열한 미소를 지었다. 그리고 대답 대신 뜬금없는 질문을 했다.

"찬이야, 너는 너희 아빠한테 맞아봤냐?"

"아니. 우리 아빠는 한 번도 우리를 안 때렸어. 그렇지만 엄마가 엄청 때렸지."

"엄마가 왜 때렸는데?"

"나랑 형이랑 싸워서."

"지금도 맞아?"

"아니. 어렸을 때는 형이랑 만날 싸워서 매일 맞았는데, 형이 중학생이 되고부터는 안 싸웠던 것 같아. 그러니까 맞을 일이 없었어."

"좆나 좋네. 나는 지금도 아빠한테 맞고 살거든. 그것도 빠따로."

"왜 맞는데?"

"이유는 여러 가지야. 내 생활습관 때문에 맞기도 하고, 아니면 그냥 아빠가 기분 나쁠 때 괜히 꼬투리 잡아서 때리기도 하고 그래."

"네가 담배 피우고 술 먹는 거 부모님이 아시냐?"

"알지. 내가 집에서는 담배를 거의 안 피우거든? 그래서 담배는 터치를 안 받는단 말이야. 그런데 술 먹은 건 냄새도 나고 얼굴에도 다 표시가 나 잖아. 그래서 종종 걸려. 그러면 그런 날은 아빠한테 좆나게 맞는 거야. 빠 따로."

"그건 니 잘못이 명백하니까 맞아도 할 말이 없지."

"그래 좋아. 술 먹은 거, 늦게 들어오는 거, 외박 하는 거, 다 내가 잘못 한 거 맞아. 맞아도 싸지. 그런데 그게 다가 아니야. 어떨 때는 늦게 일어 났다고 맞고, 밥상머리에서 인상 썼다고 맞고, 말대답했다고 맞고, 대답 빨리 안 했다고 맞고, 씨발 좆나 살기 피곤하다."

"너희 아빠 진짜 엄하시구나."

내 말에 성진이가 다시 한번 비열한 미소를 지었다.

"그런데 맞아서 좋은 게 딱 하나 있긴 해."

"그게 뭔데?"

"아빠가 나를 좆나 때리고 나면 자기도 미안한지 꼭 돈을 줘. 보통 한 번에 오만 원 정도 주고, 많이 맞은 날에는 십만 원도 주고 그래. 그럴 때는 엄마랑 누나들도 몇만 원씩 줘. 돈이 갑자기 세뱃돈처럼 막 들어와."

"뭐냐? 그걸 좋다고 해야 되냐 나쁘다고 해야 되냐?"

"진짜 그러면 안 되는데, 어떤 때는 돈 필요해서 일부러 아빠 심기를 건드려가지고 맞은 적도 있어. 그때도 역시나 돈을 주시더라."

성진이는 도마뱀 같은 눈으로 은근하게 웃었다.

"찬이야, 내가 술이 좋아서 술을 먹는 게 아니다. 돈이 있으니까 술을 먹는 거지. 돈을 써야 하니까."

"술 먹고 너희 아빠한테 걸리면 또 혼나고 맞을 텐데?"

"대신에 돈이 생기잖아."

"완전히 뫼비우스의 띠네."

"무슨 띠?"

"아니야, 그런 게 있어."

중학교 때 성진이의 아버지를 몇 번 본 적이 있다. 성진이 아버지는 우리네 보통 아버지들처럼 무뚝뚝해 보이면서도 주위 사람들에게 단호할 것 같은 강한 인상을 주었다. 성진이도 성격이 강한데 성진이 아버지도 만만치 않아 보였다. 내가 초등학교 때부터 봐온 성진이는 늘 불성실하고 불건전하며 부도덕한 모습이었다. 당연히 그런 성진이와 아버지 사이에 마찰이 있었으리라. 마찰이 지속되면서 훈육이 체벌이 되고, 폭력이 됐을 수도 있다. 그럴 때마다 자식이 받은 상처와 어른들의 죄책감을 돈으로 무마시켜왔다는 말이다.

성진이가 말한 상황 자체는 이해가 된다. 그런데 내가 보기에 이 문제의

해결책은 간단하다. 성진이가 정신만 차리면 된다. 하지만 아무래도 당분간은 정신을 안 차릴 것 같다. 그게 이 문제의 진짜 문제다.

성진이가 기어이 탈이 났다. 자기는 몸살이라고 하는데 이상하게 기침은 나지 않고 두통과 근육통만 있다고 한다. 얼굴빛이 벌겋고 팔뚝에는 두드러기 같은 분홍빛 발진이 올라와 있다. 내가 보기에도 단순한 술병은 아닌 것 같다.

며칠째 성진이의 상태가 나아지지 않는다. 그런데 성진이는 병원에 가볼 생각은 안 하고 그냥 버티고 있다. 그래도 아파서 골골대는 모습을 보니 조금은 안쓰럽게 느껴진다. 이렇게라도 해서 술을 안 먹으니 그건 그나마 다행이라고 해야 할까.

일본 방문까지는 불과 2주밖에 남지 않았다. 성진이는 이런 와중에도 여행용 신발을 사러 다니고 있다.

다시 며칠이 지났다. 그 사이 성진이의 일본행이 좌절됐다. 몸이 회복되지 않아서가 아니다. 아니, 몸 때문인 건 맞다. 성진이가 했던 건강검진에서 문제가 생겼다. 성진이가 성병에 걸렸다고 한다. 매독이라는 성병에.

얼마 전 부여보건소 직원들이 학교에 왔다. 담임선생님이 먼저 성진이를 양호실로 데려갔다. 곧이어 나와 몇몇 친구도 불려갔다. 보건소 직원들은 성진이의 상태를 확인하고 팔에 주사를 놓았다. 그들은 나의 상태도 살폈다. 성진이와 물리적으로 가장 가까이, 가장 오랜 시간 같이 있는 사람이 나였기 때문이다. 나는 외관상 아무런 이상이 없었다. 그래도 검사를 위해 피를 뽑았다.

한 보건소 직원이 말하길, 매독이 단순한 신체 접촉으로 전염되진 않지만 음식을 함께 먹을 때나 감염자의 피부 궤양을 통해 전염될 수 있다고 했다. 또 다른 직원은 감염경로를 파악해야 한다며 성진이를 추궁했다. 그러자 성진이가 어떤 여자애와 함께 여관방에서 밤을 보냈던 일과, 다방 레지와 성관계했던 일들을 모두 털어놓았다.

양호실에 성진이를 남겨두고 나와 다른 애들은 교실로 돌아왔다. 사건의 전말이 교실에 전해지자 여기저기서 놀랍다는 반응이 터져 나왔다. 나는 불안한 마음에 국어사전에서 매독이라는 단어를 찾아보았다. 국어사전에는 다음과 같이 씌어 있었다.

매독. 스피로헤타라는 나선균에 의하여 감염되는 성병. 태아기에 감염되는 선천적인 경우와 성행위로 인하여 옮는 후천적인 경우가 있는데, 제1기에는 음부에 궤양이 생기고, 제2기에는 피부에 발진이 생기며, 제3기에는 피부와 장기에 고무종이 생기고, 제4기에는 신경 계통이 손상된다. 나는 궤양이라는 단어도 찾아보았다. 궤양은 피부 또는 점막에 상처가 생기고 헐어서 출혈하기 쉬운 상태라고 적혀 있었다. 대충 피부가 곪는다는 뜻인가 보다.

그런데 매독 제4기에는 신경계통이 손상된다고 하지 않나. 나는 불안했다. 성진이한테도 화가 났다. 만약 나까지 감염이 됐으면 어떡하지? 앞으로 치료는 어떻게 받아야 하지? 성진이에게 치료비를 달라고 해야 하나?

아니, 이런 문제에는 친구고 뭐고 없다. 치료비뿐만 아니라 위자료까지 청구해도 할 말이 없다.

성진이는 참으로 민폐형 인간이다. 나는 민폐형 인간을 끔찍이 싫어한다. 초반에 성진이가 민폐 끼를 보일 때 아예 싹을 잘라버렸어야 했다. 후회가 밀려온다. 성진이가 민폐형 인간이라면 나는 매정한 인간이다. 그렇지만 단호하지 못했다. 그렇게 성진이에게 맞춰주다가 이 지경에 이른 것이다. 나는 나 자신에게도 화가 났다.

다음 날부터 성진이는 학교에 오지 않았다. 등교중지 처분이 내려졌기 때문이다. 매독은 당장 등교중지를 해야 할 만큼 심각한 전염병이었다. 등교중지 기간은 일주일이라고 했다.

며칠이 지나도 내 몸에는 별다른 증상이 나타나지 않았다. 보건소에서 연락이 없는 걸 보면 성병이 옮지는 않은 모양이다. 다른 애들도 마찬가지였다. 아무도 감염되지 않았다는 사실이 분명해지자 성진이에 대한 분노가 다소 가라앉았다.

등교중지 기간이 끝나고 성진이가 다시 학교에 왔다. 성진이는 그동안 하루걸러 한 번씩 보건소에 다니며 치료를 받았다고 한다. 그 결과 감염 수치가 낮아져 등교할 수 있었다는 것이다. 그런데 성진이의 팔뚝과 목 부근에는 여전히 거무스름한 반점이 희미하게 남아 있었다.

성진이는 짧은 쾌락의 대가를 뼈저리게 느꼈을까? 보통 병에 걸리면 살이 빠져야 하는데 성진이는 술을 안 먹어서 그런지 오히려 얼굴이 더 좋아졌다. 성진이의 아빠는 성진이를 또 때렸을까? 성진이가 그렇게 밖으로 나돌다가 사고를 친 데는 부모의 책임도 있으리라. 어쩌면 누군가는 나에게도 책임이 있다고 말할 런지 모르겠다. 이유야 어찌됐든 나는 성진이의 짝꿍이다. 그건 남들이 보기에 나와 성진이가 친하다고 해석할 만한 근거가 된다. 그러므로 나는 친한 친구의 비행을 방관한 무책임한 놈이 되는 것이다.

당연하게도 성진이는 이제 선생님들 사이에서 요주의 인물이 되었다. 선생님들은 보다 엄격한 눈으로 성진이를 감시하고 감독했다. 그래서 이제는 자율학습 시간에 땡땡이를 치는 건 상상도 할 수 없게 되었다. 이런 것도 전화위복이라고 해야 할까.

성진이를 보는 반 친구들의 눈길도 변했다. 성진이의 성병 사건을 계기로 오히려 성진이의 위상이 조금 올라갔다. 대부분의 애들은 성진이의 문란한 사생활에 대해 별다른 말이 없었지만 읍내 애들 패거리만은 성진이를 대단하다며 추켜세웠다. 이제는 성진이가 읍내 애들 패거리와 어울리며 쉬는 시간에 함께 담배를 피우러 나갔다가 같이 들어온다. 성진이가 읍내 애들 패거리와 같이 다니는 건 매우 잘된 일이다. 덕분에 나는 비로소 나의 휴식할 권리를 되찾았다.

나는 자췻집 어귀에서 읍내 애들 패거리와 자주 마주쳤다. 그 애들은 자췻집 옆에 있는 공동묘지에서 걸어 내려왔다. 읍내 애들 패거리는 점심시간마다 학교 밖 어딘가에서 놀았다. 그리고 학교로 돌아오는 길에 공동묘지에서 잠시 머물렀다. 공동묘지의 너른 잔디가 읍내 애들 패거리의 기착지인 셈이다. 거기서 담배 한 모금과 함께 시간을 때우다가 점심시간이 끝나기 직전에 내려오는 거였다. 나도 점심시간이 끝나갈 무렵에 자취방을 나서므로 우리는 자연스럽게 자췻집 어귀에서 마주치곤 했다.

읍내 애들 패거리의 주축은 예닐곱 명 정도였다. 이제는 성진이와 성진이의 똘마니 친구까지 합세하여 무리가 십여 명에 이르렀다. 그 무리는 영화 장군의 아들에서 깡패들이 우르르 몰려다니는 꼴을 연상케 했다.

때 이른 폭염으로 전국 곳곳이 신음하던 어느 날이었다. 라디오에서 작물 살리기에 분투하고 있는 농민들의 소식이 전해졌다. 대구, 울산, 경북, 경남 등지에 폭염 경보가 내려지고 강릉에는 첫 열대야가 나타났다고 했다. 나는 찜통 같은 자취방에서 점심을 챙겨 먹은 뒤 방바닥에 누워 쉬다가 점심시간이 끝나는 시간에 맞춰 자췻집을 나섰다. 그때도 역시 자췻집 어귀에서 읍내 애들 패거리와 마주쳤다. 녀석들은 하나같이 땀을 삐질삐질 흘리고 있었다. 이렇게 더운 날까지 밖으로 나도는 걸 보면 이 애들도 참 부지런한 것 같다. 그래도 각자 나름대로 부채나 수건, 물병 등을 챙겨서 다니는 모습이 대견스러웠다.

"찬이야, 밥 먹었냐?"

"응, 너희들은 먹었어?"

"우리는 떡볶이 먹고 오는 길이야."

"이렇게 더운데 걸어갔다 오기 힘들지 않냐?"

"좆나 힘들지. 나 땀나는 거 좀 봐라. 빨리 가서 종 치기 전에 등목 한번 해야겠어."

"근데 너희들 지금 뭐 먹고 있냐? 그거 오이냐?"

녀석들은 하나같이 뭔가를 먹고 있었다.

"응, 오다가 땄어. 저 위에 오이밭이 있거든. 얼마나 잘 익었는지 한번 먹어보는 거야."

한번 먹어보는 거라고? 남의 밭에서 따왔다면 그건 훔친 거다 이 놈아. 하여튼 이 놈들은 뭐든 자기들 편할 대로 생각하는 버릇이 있다. 예를 들면 힘없는 친구를 괴롭혀 놓고는 자기가 놀아준 거라고 하거나, 청소 시간에 사라져놓고 청소에 방해되지 않으려고 비켜준 거라고 합리화하는 식이다. 참으로 뻔뻔한 놈들이다.

"찬이야, 너도 한 입 먹어봐."

한 녀석이 자기가 먹던 오이를 툭 자르더니 나에게 내밀었다. 장물인걸 알고 받으면 나도 공범이 되는 거다. 나는 녀석이 내민 오이를 받아먹었다. 갓 딴 오이라 그런지 싱싱하고 시원한 맛이 났다.

"야, 맛있다. 오이가 딱 먹기 좋게 익었네. 아삭아삭하고 물도 많다."

"찬이야, 너도 물 많은 거 좋아하냐? 하여간 오이고 여자고 물은 많고 봐야 돼. 하하하."

녀석들이 다 같이 큰 소리로 웃었다. 왜 웃는 거지? 이유는 모르겠지만 뭔가 저급한 뜻이 있는 게 분명하다. 시도 때도 없이 저급한 말을 쏟아내는 놈들이니까. 나는 읍내 애들 패거리 사이에 끼어 녀석들이 저희들끼리 주고받는 상스러운 말을 들으며 학교로 걸어갔다.

12   기다리는 시간

　어느 날, 점심시간이 시작됐을 때였다. 자췻집에 가려고 1층에서 신발을 신고 있는데 양원모가 내 앞을 막아섰다.

　"찬이야, 너 왜 나 안 도와줬어? 내가 도와달라고 했잖아."

　양원모가 다짜고짜 따지는 듯한 투로 말했다. 나는 어리둥절했다.

　양원모는 2학년 초에 알게 된 친구다. 당시 나는 막 특수반에 들어간 상태여서 같은 반에 친한 친구가 없었다. 그래서 먼저 제일 만만해 보이는 한 무리와 친해지려 했다. 그 무리의 애들은 다 덩치가 고만고만하고 순해 보였다. 나는 그 무리와 어울리며 특수반 생활에 적응해 나갔다. 양원모는 그 무리에서도 더 작고 순해 보이는 애였다. 양원모와 같이 어울리긴 했지만 돌이켜 보면 우리가 그렇게 친한 사이는 아니었던 것 같다. 게다가 지금은 같은 반이 아니라 서로 마주칠 일도 별로 없다. 그런 양원모가 나에

226　그늘진 모퉁이에 핀
　　　　들꽃 같은 그대에게

게 정색하고 말하는 데 당황스러울 수밖에 없었다.

"응? 뭘? 내가 뭘 안 도와줬는데?"

나는 양원모의 말뜻을 이해하지 못해 되물었다.

"내가 저번에 계단에서 너한테 나 좀 도와달라고 했잖아. 그때 도와준다
고 해놓고 왜 안 도와줬어?"

나는 양원모가 무슨 말을 하는 건지 전혀 이해하지 못했다. 정말로 처음
듣는 소리였기 때문이다. 양원모는 원망 가득한 얼굴로 나의 잘못에 대해
이야기 했다. 그 이야기는 대충 이랬다.

양원모는 오래전부터 읍내 애들 패거리에게 괴롭힘을 당해왔다고 한다.
저항해보려 했지만 그럴수록 괴롭힘이 더 심해졌고 하지 말라고 말하면
건방지다며 더 때렸다는 것이다. 왜 괴롭히는지도 모르겠단다. 그러다가
이번에는 읍내 애들 패거리에게 무슨 꼬투리를 잡혔는지 그놈들이 작정하
고 자기를 패려고 했다는 거였다. 얼마 전, 그놈들이 양원모에게 점심시간
에 우리 자췻집 옆에 있는 공동묘지로 오라고 했단다. 그래서 양원모가 나
에게 도와달라고 했는데 내가 도와준다고 해놓고 오지 않았다는 게 이야
기의 전말이다. 양원모는 그날 읍내 애들 패거리에게 맞아서 코뼈가 부러
졌다고 한다.

나는 그런 일이 있었는지 전혀 몰랐다. 그리고 솔직히 양원모가 나에게
도와달라고 했던 말도 기억이 나지 않는다. 그 말을 들었을 당시에 내가
다른 생각을 하고 있었거나 그 애의 말을 너무 가볍게 듣고 금방 잊어버렸
던 게 아닌가 싶다.

그런데 만약 그 당시에 내가 양원모의 말뜻을 제대로 이해했다고 한들
내가 그 애를 도와줄 수 있었을까? 판단하기 쉽지 않은 일이다. 아마 나는

엄청나게 고민했을 거다. 읍내 애들 패거리를 대하는 건 나도 껄끄럽다. 그놈들은 비합리적이고 몰상식하다. 대화가 쉽지 않은 놈들이다. 그렇다고 해서 나 혼자 읍내 애들 패거리를 힘으로 상대한다는 것도 상식적으로 말이 안 된다.

녀석들이 지금까지 나에게 시비를 걸지 않았던 이유는 내가 키가 크고 남자다운 투박한 인상을 가졌기 때문일 거다. 하지만 나는 세 보이는 겉모습과 달리 소심하고 겁도 많은 편이다. 내가 만약 놈들에게 약한 모습을 보이면 놈들이 나를 만만하게 보고 괴롭히기 시작할지도 모른다. 그러니까 녀석들과는 최대한 엮이지 않는 게 좋다.

그럼에도 불구하고 친구를 위해 나섰어야 하지 않을까? 읍내 애들 패거리에게 맞서지 못한다면 최소한 친구와 같이 맞아주기라도 했어야 하지 않을까? 부끄럽지만 나는 그렇게 의리 있지도 않고 정의롭지도 않다. 게다가 내가 읍내 애들 패거리와의 불화를 감수하면서까지 양원모를 위해 나서야 할 이유는 없다. 양원모도 이해하겠지만 그 애와 나는 그 정도로 돈독한 사이가 아니다.

나도 기분이 좋지는 않다. 마치 내가 친구를 저버린 비정한 놈이 된 것 같았기 때문이다. 그래도 나는 양원모를 도와줄 수가 없다. 아니, 솔직히 도와줄 자신이 없다. 양원모에게는 그때 내가 정말로 말귀를 못 알아들었다며 도와주지 못한 데 대해 사과했다. 물론 그게 사실인 건 맞다. 양원모는 여전히 나를 원망하고 있는 것 같다. 나는 진심으로 미안했다. 하지만 이 일은 나도 어쩔 수 없는 일이었다.

장마가 시작되었는데도 극심한 무더위가 여전하다. 장마철이라는 말이 무색할 만큼 비가 거의 내리지 않기 때문이다. 기상청에서도 올해는 마른 장마가 될 거라는 전망을 내놓았다. 자취방은 말할 수 없이 덥다. 나는 팬티만 입고, 때로는 팬티마저 입지 않은 채로 선풍기 앞에 앉아 있다. 미적지근한 선풍기 바람을 아무리 쐬어도 몸이 끈적거리기만 할 뿐 시원한 느낌이 없다. 옷을 다 벗고 있는 이유는 덥기 때문이기도 하지만 옷을 입고 있으면 옷이 금방 땀으로 젖어버리기 때문이기도 하다. 괜히 빨랫감만 많이 생기니까 아예 옷을 입지 않는 거다. 이 습관은 형과 같이 자취할 때 형으로부터 배운 지혜 가운데 하나다.

　야간자율학습을 마치고 자취방에 돌아오자마자 교복을 벗고 선풍기를 강으로 틀었다. 내가 팬티만 입은 채로 두 다리를 쩍 벌리고 앉아 있는데 누군가가 내 방문을 두드렸다.

　"누구야?"

　"나야. 승업이."

　승업이가 내 방을 찾은 건 오랜만이다.

　"어쩐 일이야? 들어와."

　"아니야, 그냥 여기서 얘기할게."

　"들어와. 문 닫아야 돼. 모기 들어와서."

　내 말에 승업이가 방으로 들어왔다. 우리는 바닥에 마주 앉았다. 나는 선풍기 바람이 우리 사이로 불어오도록 방향을 조절했다.

　"찬이야, 나 2학기 때 직업반 가기로 했어."

　"직업반? 그게 지금도 갈 수 있는 거야? 다른 애들은 1학기 때 갔잖아?"

　"추가 모집하는 데가 있더라고. 엄마랑 담임이랑 다 얘기된 거야."

"그래? 어디로 가는 건데?"

"대전. 거기에 기숙사도 있어. 가서 기술 배우려고."

"무슨 기술?"

"전기. 전기 기술 배우고 자격증도 따려고."

"그래, 결국 그렇게 하기로 했구나. 고민 많이 했겠네. 잘 생각했다."

직업반은 인문계 고등학교 3학년 학생들을 대상으로 하는 위탁교육이다. 몇 개월 정도 직업교육을 받고 곧바로 취업할 수 있기 때문에 빠른 취업을 원하는 학생들에게는 더할 나위 없이 좋은 선택지다. 그러나 실제로는 승업이처럼 낮은 성적으로 인해 대학 진학이 어려운 학생들이나 가정형편상 대학에 갈 수 없는 학생들이 선택하는 경우가 더 많았다.

"방학하면 집에 가겠네? 자취방도 빼고."

내가 물었다.

"응, 그러려고. 방학하면 바로 방 뺄 거야. 알바도 방학할 때까지만 하려고. 소장님한테는 이미 말씀드렸어."

승업이가 자췻집을 떠난다니 기분이 묘했다. 동고동락했던 동지를 먼저 떠나보내는 듯한 서운함이 밀려왔다. 한편으로는 이런 결정을 내릴 수밖에 없었던 승업이가 안쓰럽기도 했다.

"대전이면 대도시잖아. 너 가서 적응 잘해. 그런 데서는 눈 감으면 코 베어간대."

나는 일부러 농담을 건넸다.

"그러면 계속 눈 뜨고 있지 뭐. 한번 가봤는데 시설은 좋더라고. 기숙사도 한 건물에 같이 있어서 밖에 나갈 일은 별로 없을 것 같아."

"잘 됐네. 어차피 집 떠나서 있는 거니까 딴생각하지 말고 열심히 해서 꼭 기술 배워라."

"응, 그러려고."

우리는 소리 없이 웃었다. 승업이가 얼굴에서 웃음기를 거두더니 잠시 머뭇거렸다. 그러고는 바지주머니에서 무언가를 꺼냈다.

"찬이야, 미안하다. 일단 이거 받아."

"이게 뭔데?"

"편지."

"웬 편지야? 설마 나한테 작별인사 하려고 편지까지 쓴 거야?"

"아니, 미진이 누나가 너한테 주라고 한 편지야. 받은 지 한참 됐는데 너한테 안 주고 그냥 내가 가지고 있었어."

"어? 미진이 누나가?"

나는 승업이가 내민 편지를 받아 들었다. 밀봉된 봉투의 앞면에는 '찬이에게'라는 네 글자만이 적혀 있었다. 처음 보는 미진이 누나의 글씨였다. 꼭꼭 눌러쓴 단정한 글씨체가 미진이 누나를 닮아 있었다. 나는 잠시 동안 봉투에 적힌 글씨를 내려다보았다.

"편지 내용은 안 봤어. 어쨌든 미안하다. 이렇게 떠나는 마당에 줘서."

승업이가 내 눈치를 살피며 말했다.

"괜찮아. 그럴 수 있지 뭐."

"찬이야, 나 그럼 가볼게. 쉬어라."

승업이가 돌아간 뒤 나는 손에 든 편지를 내려다보며 잠시 생각에 잠겼다. 마지막으로 보았던 누나의 모습이 떠올랐다. 막 화단에 옮겨 심은 들국화처럼 여리여리하던 누나의 모습. 그때가 사월 하순이었다. 벌써 두 달이 훌쩍 지난 거다. 그러고 보니 누나를 처음 만났을 때가 작년 이맘때였다. 누나와 알고 지낸 시간은 겨우 두 달 남짓이었는데 마음을 정리하는 데는 두 계절이 넘게 걸렸다. 그리고 지금 다시 한 계절이 지나가고 있다. 그 사이 지구는 태양 주위를 한 바퀴 돌았다. 마치 커다란 쳇바퀴가 한 바퀴를 돌아 제자리로 돌아온 듯한 기분이다.

　나는 손톱으로 편지봉투의 가장자리를 조심조심 뜯어냈다. 그리고 편지를 꺼내 천천히 펼쳤다. 살구색 민무늬 편지지에 누나를 닮은 글씨가 빼곡히 적혀 있었다.

　찬이에게.

　찬이야, 잘 지내고 있니? 너무 오랜만이다. 이렇게 편지로 안부를 물으려고 하니 왠지 조금 떨리네. 학교생활로 바쁘겠지만 건강은 잘 챙기고 있는 거지? 너무 스트레스 받지 말고 건강도 잘 챙기면서 생활했으면 해. 찬이는 잘할 것 같아.

　얼마 전에 네가 보급소에 다녀갔다고 들었어. 내가 병원에 있을 때 말이야. 나는 그동안 몸이 꽤 안 좋았었어. 사람들에게 너무 많은 걱정을 끼쳤지. 다행히 이제는 완쾌돼서 다시 일상으로 돌아왔어. 지금은 예전보다 더 열심히 생활하고 있어. 그동안에 놓쳤던 시간들을 되찾아야 할 것 같아서.

　다시 건강해지니 새로운 도전을 해보고 싶어졌어. 그래서 대학에 가기로 결심했지. 요즘은 입시 준비로 바쁜 나날을 보내고 있어. 오랜만에 책을 펼쳐놓고 공부하니까 새로운 에너지가 생기는 것 같아. 이렇게 다시 목표를 향해 달려갈 수 있다는 사실이 정말 기뻐.

　찬이야, 때로는 네가 가볍게 던진 말 한마디가 다른 누군가에게 큰 힘이 될 수 있다는 거 알고 있니? 솔직히 말하면, 내가 몸이 아팠을 때 심리적으로도 힘든 순간이 있었어. 그런데 그때마다 어떤 말이 계속 머릿속을 맴도는 거야.

아파서 아픈 게 아니라 아프게 받아들였기 때문에 아픈 거라는 말, 그러니까 더 이상 스스로를 몰아세우며 아프게 하지 말라는 말, 네가 나에게 했던 이 말이 자꾸 떠올랐어. 그리고 이 말이 나를 일깨워 주었어. 내 몸이 아픈 게 아니라 무력감에 빠진 나를 바라보는 내 마음이 아팠던 거구나. 그래서 결심했지. 나를 아껴주기로. 그런 생각 때문인지 그때부터 몸이 좋아지기 시작했어. 네 덕분에 힘든 순간을 잘 이겨낼 수 있었던 것 같아.

그러고 보니 우리의 짧았던 인연마저도 다 이유가 있었나 보다. 나에게 위로와 용기와 깨달음을 준 친구, 찬이야 정말 고마워. 모든 게 다 괜찮아지니까 다시 네가 생각나더라. 그냥 고맙다는 말을 하고 싶어서 이렇게 펜을 들었던 거야. 그러니까 답장은 굳이 안 해도 돼. 그래도 나중에 기회가 된다면 한번 만나서 이런저런 이야기를 나누고 싶다. 그럼 잘 지내.

1999년 5월 10일. 미진으로부터.

나는 누나의 편지를 두 번, 세 번, 반복해서 읽었다. 누나가 완쾌되었다니 정말 다행이다. 누나가 위로와 용기를 얻었다는 말을 했을 때가 기억난다. 사실 그 말은 내가 생각해낸 말이 아니었다. 당시 누나가 어른인 척하면서 계속 진지하게 말하기에 나도 그에 맞게 대꾸하려고 어디서 봤던 문구를 억지로 끌어대 본 거였다.

누나의 편지는 짧았다. 누나가 궁금했을 이야기가, 그리고 내가 궁금한 이야기가 하나씩 생략된 느낌이었다. 누나는 내가 왜 독서 모임을 갑자기 그만두었는지 묻지 않았다. 이제 와서 이유 따위가 무슨 상관이겠는가. 설사 이유를 묻는다 해도 나는 대답하기 곤란하다. 어쩌면 누나가 이미 짐작했을지도 모른다. 누나가 제대로 짐작했다면 원인이 자신에게 있다는 것도 알 것이다. 그렇다면 굳이 물을 필요가 없다.

　나는 다시 시간을 가늠해 봤다. 누나가 편지를 쓴 날짜는 5월 10일이다. 누나가 편지를 바로 전달자인 승업이에게 맡겼다면 수신자인 나에게 전달되기까지 한 달 보름여가 걸린 것이다. 그 사이 승업이는 누나와 나, 두 사람에게 모두 시치미를 떼고 있었던 거다. 승업이를 탓할 생각은 없다. 승업이의 행동도 이해가 된다. 누나를 향한 승업이의 감정이 여전했고 그 감정이 나에 대한 의리보다 더 앞섰던 거다. 승업이도 마음이 편치 않았을 거다.

　이유야 어찌됐든 누나가 편지를 쓰고 한 달 보름여가 지난 건 사실이다. 누나는 편지가 잘 전달됐다고 생각했을 거다. 그렇다면 누나가 이해하는 지금까지의 상황은 내가 편지를 받고서 일부러 답장을 안 한 것이 된다. 지금이라도 답장을 해야 하나? 사정이 있어서 편지를 늦게 받았고, 그래서 어쩔 수 없이 답장이 늦어진 거라고 해명해야 하나? 그래, 지금이라도 답장을 하는 게 맞을 것 같다. 적어도 누나의 오해는 풀어야 하니까. 나는 펜을 들었다. 우선 하고 싶은 말을 연습장에 적어보기로 했다.

　미진이 누나에게.

　답장이 너무 늦었네요. 사정이 있어서 누나의 편지를 오늘에야 받게 됐어요. 편지를 받고 처음에는 조금 놀랐지만 한 줄 한 줄 읽어 내려가면서 누나의 생각에 공감할 수 있었어요. 저는 아주 건강하게 잘 지내요. 작년이나 올해나 제 생활은 크게 달라진 게 없어요. 하지만 이제 고3이 되어서인지 마음가짐은 조금 더 진지해졌지요. 뒤늦게 철이 들었다고 할까요?

　지난 4월, 우연히 보급소에 들렀다가 누나의 소식을 들었어요. 입원했다가 퇴원을 앞두고 있다는 얘기였죠. 그 말을 듣고 저도 누나를 많이 걱정했어요. 누나의 소식을 듣고도 누나에게 아무런 도움이 되지 못해 미안했었는데, 누나가 제가 했던 말을 떠올리며 용기를 냈다고 하니 미안함이 조금은 덜어지는 것 같아요. 비록 우연일지라도 제가 누나에게 힘이 되는 말을 했었다는 게 다행이라는 생각이 드네요. 그동안 힘든 시간을 이겨내느라 정말 고생 많았어요.

이제 건강을 되찾고 새로운 목표를 향해 나아가고 있다니 저도 기뻐요. 재수를 준비하는 일이 쉽지 않겠지만 누나의 노력이 꼭 좋은 결실로 맺어지기를 진심으로 응원할게요.

나의 손이 멈췄다. 다음에는 무슨 말을 해야 할까? 누나가 전 남자친구와 다시 만났다가 한 번 더 헤어졌다는 이야기, 그걸 물을 수는 없다. 누나로 인해 내 마음이 무너졌던 이야기, 그걸 말할 수도 없다.

나는 누나의 편지를 한 번 더 읽어보았다. 편지는 누나답게 쿨했다. 어찌 보면 그저 평범한 안부편지 같았다. 그렇다면 나도 누나만큼 쿨한 톤으로 쓰면 되지 않을까? 그래, 후반부는 내일 낮에 쓰고 전체적으로 다시 검토하는 게 좋겠다. 괜한 감정에 휘둘리지 않기 위해서 말이다. 밤에 쓴 편지는 부치지 말라는 격언도 있지 않은가. 나는 펜을 내려놓았다.

다음날, 나는 다시 누나를 생각했다. 지나간 시간이 아닌 현재와 앞으로의 시간에 대해 생각해 보았다. 그러자 비로소 누나가 마주하고 있는 현실이 보였다. 누나가 수능시험을 준비하고 있다. 나는 누나의 선택을 지지하고 응원한다. 그런데 한편으로 누나를 염려하지 않을 수 없다. 그 이유는 세 가지다.

첫 번째 이유는 누나가 독학을 하기 때문이다. 부여군에 재수학원 같은 게 있을 리 없다. 그렇다면 누나는 도서관에 다니거나 집에서 공부할 것이다. 혼자 공부할 때는 집중력이 떨어지기 쉽다. 그러므로 의욕을 북돋우고 동기부여를 해주는 동료가 필요하다.

두 번째 이유는 재수생이 정보의 부족이라는 한계에 부딪힐 수 있기 때문이다. 혼자 공부하면 최신 기출문제나 모의고사 자료를 구하기 어렵다. 또한 입시 관련 정보나 동향을 파악하는 데도 한계가 있다. 따라서 같은 걸 공부하는 학생 신분의 조력자가 필요하다.

마지막 이유는 시험공부 자체가 심리적 압박이 크기 때문이다. 혼자 공부하다 보면 외로움이나 불안감을 느끼기 쉽다. 이러한 심리적 압박은 성과에 부정적인 영향을 미친다. 그러므로 편하게 이야기할 수 있는 상대, 즉 친구가 필요하다.

이토록 힘든 재수 생활을 누나가 홀로 감당하게 내버려둘 수는 없다. 나는 누나를 도울 수 있다. 누나에 대한 왠지 모를 부채의식 때문에라도 누나에게 힘이 되어주고 싶다. 나는 이런 생각으로 편지의 후반부를 적어나갔다.

사실 제가 답장을 쓰는 이유는 누나에게 작은 제안을 하고 싶어서예요. 저도 지금 고3이라 공부에 전념해야할 시기잖아요. 그래서 생각해봤는데, 누나와 저, 서로를 도우면서 함께 공부하면 어떨까 싶어요. 혼자 공부하는 것보다 함께하면 조금 더 동기부여도 되고 심리적으로 의지가 될 거라고 생각해요. 서로 의견을 나누면서 서로의 부족한 부분도 채워줄 수 있고 말이에요. 혹시 제가 도울 수 있는 것이 있다면 언제든지 돕고 싶어요. 그리고 저도 누나랑 함께 공부하면 더 열심히 하게 될 것 같아요.

어떻게 생각해요? 같은 시험을 준비하는 사람으로서 제안하는 거예요. 목표를 향해 함께 달려보지 않을래요? 물론 누나가 더 바쁘고 집중해야 할 부분이 많을 테니까 너무 부담 갖지 않아도 돼요. 어떤 결정을 내리든 저는 항상 누나를 응원할 거니까요.

누나가 이 힘든 시기를 잘 이겨내서 원하는 대학교에 꼭 합격했으면 좋겠어요.

1999년 6월 24일, 찬으로부터.

PS - 혹시 이 편지에 답장을 하려면 아래 주소로 보내주세요.

충남 부여군 부여읍 가탑리 507번지

점심시간에 청기와슈퍼에 들렀다. 학교 근처에 문구점이 없는 대신 청기와슈퍼에서 기본적인 문구류를 팔고 있었다. 편지지도 있었지만 종류가 너무 적었다. 나는 유치해 보이지 않는 가장 평범한 편지지를 골랐다. 야간자율학습 시간에 연습장에 적어 두었던 내용을 편지지에 옮겨 적었다.

나는 마지막으로 승업이의 손을 빌리기로 했다. 미진이 누나에게 전달해달라는 부탁과 함께 승업이에게 편지를 맡겼다. 승업이가 기꺼이 그러겠다고 했다.

교무실 복도에 또 등수를 붙였다. 이번에는 1학기 종합 등수다. 1등은 여전히 정상국이었다. 나는 문과 전체에서 40등이다. 지난번보다 제법 올라간 등수이긴 하다. 30등 안에 드는 게 목표였는데 그게 생각처럼 만만치 않다. 얼마 전, '우리의 다짐 결의대회'를 열었다. 3학년 전체가 강당에 모여 공부에 박차를 가하자며 결의를 다지는 행사였다. 분위기는 꽤 진지했다. 이제 수능까지 4개월 남짓. 나도 이번 결의대회를 계기로 조금 더 열심히 공부해보기로 마음먹었다.

곧 여름방학이 시작된다. 방학이라고 해봤자 별로 달라지는 건 없다. 오전에는 보충수업을 하고 오후부터 밤 열한 시까지 자율학습을 해야 한다. 어차피 학교에서 보내는 시간은 똑같다. 그러나 자율학습 비중이 큰 만큼 정신 차리지 않으면 공부가 느슨해질 수 있다. 수능 전 마지막 방학이다. 각자가 알아서 정신 차리고 공부해야 한다. 각자도생이다.

승업이에게 편지를 맡긴 후로 열흘 정도가 지났다. 승업이는 편지에 대해 아무 말도 하지 않았다. 나도 묻지 않았다. 나는 승업이를 믿는다. 혹여 다소 늦어졌더라도 지금쯤은 전달됐을 것이다. 이제 공은 누나에게 넘어간 셈이다. 답장을 하든지 안 하든지 그건 누나의 마음이다.

성진이가 휴대폰을 샀다. 삼성 애니콜이다. 손바닥만 한 무선 전화기라니 보면서도 정말 신기했다. 요즘은 기술의 발전 속도가 놀랍도록 빠르다. 삐삐가 대중화된 게 불과 이삼 년 전인데 이제는 웬만한 사람이라면 휴대폰 하나쯤은 다 들고 다니는 것 같다. 그만큼 세상이 급변하고 있다. 하지만 나는 아직 삐삐조차 없다. 물론 삐삐가 갖고 싶은 건 아니다. 단조로운 내 일상을 생각해 보면 삐삐는 그다지 필요치 않은 물건이다.

어제 야간자율학습 시간에 어리석은 모기를 보았다. 모기 한 마리가 내 왼쪽 팔뚝 위에 앉아서 피를 빨고 있었다. 나는 마침 심심하기도 하여 모기를 잡지 않고 녀석이 하는 양을 관찰했다. 모기의 배가 금세 불룩해졌다. 녀석은 멈추지 않고 계속 피를 빨아댔다. 기어이 배 끝부분이 터져서 뒤쪽으로 피가 흘러나왔다. 그런데도 녀석은 계속 피를 빨았다. 만족을 모르는 놈이었다. 나는 기분이 나빠졌다. 가운뎃손가락을 튕겨서 녀석을 죽여 버렸다. 내 손톱이 피로 물들었다. 녀석은 과욕 때문에 죽었다.

형이 집에 와 있다. 형은 2학년 1학기를 마치고 휴학했다. 지금은 집에서 농사일을 돕고 있다. 두어 달 뒤에는 군대에 갈 예정이다. 형이 군대에 가면 형의 최신식 컴퓨터는 내 차지가 된다. 형이 군대에 가게 되면서 나에게 좋은 일이 또 하나 생겼다. 나에게도 드디어 휴대폰이 생긴 것이다. 형이 자신이 쓰던 휴대폰을 나에게 주었다. 어필이라는 인기 기종이다. 형은 자신이 쓰던 번호를 그대로 쓰라고 했다. 번호를 바꾸려면 다시 개통해야 하는데 가입비가 비싸다는 이유에서였다.

형이 이미 휴대폰을 최저요금제로 변경해 놓았다. 졸업할 때까지는 최저요금제로 쓰다가 대학에 갈 때쯤 일반요금제로 바꿔서 쓰라는 거였다. 최저요금제에서는 전화든 문자든 수신만 가능하다. 형은 당분간 휴대폰을 꺼 놓으라고 했다. 형의 친구들이 전화할 수도 있으니까.

방학과 함께 승업이가 자췻집을 떠났다. 방학하면 아주 집에 갈 거라는 건 알고 있었지만 이렇게 빨리 갈 줄은 몰랐다. 이삿짐을 옮기는 거라도 도와주려 했건만 승업이는 내가 본가에 간 사이에 떠나고 말았다. 그동안 작별인사 비슷한 얘기는 여러 번 했었다. 그래서 승업이가 간다는 얘기를 따로 하지 않은 것 같다.

승업이에게 편지를 맡긴 날로부터 스무날쯤 지났다. 아직 답장은 오지 않았다. 오지 않으려나 보다. 누나는 혼자 공부할 생각인가 보다. 나의 제안이 부담스러운가 보다. 이해한다. 나는 편지에서 누나가 어떤 결정을 내리든지 상관없다고 했지만 누나의 결정이 못내 아쉬웠다. 왠지 모르게 서운한 기분이 들었다.

지난 토요일, 우리 반을 대표해서 반장과 정상국이 서울에 다녀왔다. 담임선생님이 두 명에게 교통비까지 지원해주며 양질의 수험서를 구해 오라는 특명을 내렸기 때문이다. 반장과 정상국은 서울에서 대형 서점 몇 군데를 돌아다녔다. 그 결과 괜찮은 수험서 두 권을 발견했다고 한다. 한 권은 빈출문제 개념 요약집이었고 다른 한 권은 모의고사 문제집이었다. 둘 다 부여 읍내에서는 찾아보기 힘든 양질의 수험서라고 했다. 하여간 사람이나 책이나 잘나고 좋은 건 다 도시에 가야 만날 수 있는 모양이다.

반장이 책을 사고자 하는 사람들에게 신청을 받았다. 책값을 걷어 서울에 있는 서점에 부쳐주면 서점에서 책을 택배로 보내주기로 했다는 거였다. 나는 두 권을 모두 사고 싶었다. 오만 원가량의 책값이 부담스럽긴 했지만 아버지에게 잘 말씀드리면 사주실 것 같았다. 야간자율학습 쉬는 시간에 집에 전화해서 아버지에게 책 구입에 대해 설명했다. 아버지가 사라고 하셨다. 전화를 끊고 나는 즉시 책 구입 신청을 했다.

문득 미진이 누나가 생각났다. 누나에게도 이런 좋은 책이 있다면 공부에 많은 도움이 될 텐데. 나는 미진이 누나에게 책을 사주고 싶었다. 그러나 내가 가진 비상금으로는 두 권을 다 살 수가 없었다. 나는 빈출문제 개념 요약집을 한 권 더 사겠다고 신청했다. 누나가 오랫동안 공부를 쉬었던 사람이고 수능시험까지 남은 기간이 많지 않은 만큼 그 책이 더 유용할 것 같았다.

며칠 후 드디어 주문한 책이 도착했다. 똑똑한 반장과 정상국이 골라서 그런지 정말 좋은 책이었다. 책을 구입한 애들은 새 책에 맞춰 공부 계획을 수정했다. 나도 다시 계획을 짜며 마음을 다잡았다.

나는 빨리 미진이 누나에게 책을 전해주고 싶었다. 그런데 직접 만나서 전해줄 수는 없었다. 뜬금없이 삐삐를 쳐서 책 얘기를 할 수는 없지 않은가. 미진이 누나의 삐삐번호가 그대로인지도 불확실했다. 그래서 일요일 오후에 보급소에 들렀다.

무작정 찾아간 거였지만 다행히 소장님이 있었다. 소장님에게 나의 특별할 것 없는 안부를 전하고 소장님의 안부를 물었다. 승업이는 방학과 함께 보급소 일을 그만두었다고 한다. 승업이 후임으로 우리 학교 2학년 애를 뽑았는데 꽤 착실한 애라고 했다.

독서 모임 이야기가 나오면서 자연스럽게 미진이 누나의 소식을 들었다. 누나는 여전히 독서 모임에 나가고 있었다. 누나가 퇴원했다는 얘기, 재수를 시작했다는 얘기, 모두 누나의 편지에서 읽었던 그대로였다. 소장님도 이제 평일에는 미진이 누나를 못 본다고 했다. 누나가 제법 열심히 하는 모양이다.

나는 소장님에게 책을 건넸다. 미진이 누나가 재수한다는 얘기를 승업이에게 들었다고 하면서, 누나가 오면 전해달라고 했다. 소장님이 오늘 저녁에 모임이 있으니까 저녁때 다시 와서 직접 주라고 했다. 나는 핑계거리가 떠오르지 않아 조금 횡설수설했다. 그렇게 아무 말이나 하다가 뜬금없게도 내 휴대폰 번호를 소장님에게 알려주었다.

나는 보급소를 나왔다. 어쨌든 미진이 누나에게 책을 전해줄 수 있게 되었다. 누나가 어떻게 생각하든 상관없다. 나는 정말로 누나에게 도움을 주고 싶었을 뿐이다.

사방이 깜깜하다. 온 동네에 전기가 나갔다. 광기 어린 바람의 울부짖는 소리가 들려온다. 마치 성난 사자 수십 마리가 들판을 휘젓고 다니며 내는 소리 같다. 그 소리의 정체는 태풍이다. 지금 태풍 '올가'가 서해안을 따라 올라오고 있다.

이미 자췻집 지붕 일부가 날아갔다. 권오의 방 천장에는 50cm 가량의 구멍이 생겼다. 지금은 바람만 세게 불지만 곧이어 비가 쏟아지면 빗물이 방 안으로 들이칠 것 같다. 이런 와중에도 권오는 야간자율학습을 하지 않은 게 마냥 좋은가 보다. 권오는 진즉에 읍내로 놀러 나갔다.

내 방의 부엌 천장은 모서리 쪽 합판이 위로 벌어졌다. 지금 당장은 고칠 수 없어서 스티로폼을 이용해 빗물이 떨어지는 방향만 복도 쪽으로 돌려놓았다. 정전이라 선풍기도 못 켜고 라디오도 못 듣고 있다. 그저 촛불 하나에 의지하고 있을 뿐이다.

저녁에 집에 전화하려고 청기와슈퍼에 갔었다. 그런데 공중전화가 불통이었다. 그 후로 한 시간쯤 지났을 무렵에 전기가 잠깐 들어왔었다. 혹시나 싶어 청기와슈퍼로 달려갔다. 다행히 공중전화가 살아 있었고, 엄마와 통화할 수 있었다. 집에는 별일이 없다고 했다. 그래도 오늘밤이 걱정이다. 우리 비닐하우스가 무사해야 할 텐데. 작년에는 이번보다 약한 태풍에도 비닐이 다 뜯겨 날아갔었다.

보통 사람들은 태풍이 오면 안전한 곳으로 피하면 그만이다. 그러나 농민들은 태풍을 피할 수조차 없다. 태풍의 발아래 생존의 갈림길이 놓여 있기 때문이다. 태풍으로 비닐하우스의 비닐이 찢어지면 농민의 마음은 천

그늘진 모퉁이에 핀
들꽃 같은 그대에게

갈래 만 갈래 찢어진다. 태풍이 지나가는 순간에도 농작물 피해를 막아보려 안간힘을 쓰다가 목숨을 잃은 사람도 있었다.

어떤 기상 전문가인가 경제 전문가인가 하는 사람은 태풍의 순기능에 대해 떠들었다. 가뭄을 해소하고, 바다 적조나 하천 녹조를 제거하고, 미세먼지를 정화한다는 등이었다. 전문가 양반, 한가로운 소리 잘 들었소이다.

아침이다. 밤사이 태풍이 지나갔다. 자췻집에는 아침까지 정전이 지속됐다. 전기밥솥의 밥은 쉬어버렸고 냉장고 속 반찬들도 몇 개는 버려야 할 지경이 되어 있었다. 라면을 끓여서 아침을 먹고 있는데 전기가 들어왔다. 라디오를 켜니 태풍 피해 상황이 전해졌다.

태풍은 제주도 서쪽 해안을 지나 서해안을 따라 북상하면서 제주도와 호남, 충남, 서울, 경기, 인천 등 대한민국 전역에 피해를 입혔다. 태풍은 북한 황해도에 상륙한 이후 북한 내륙을 관통해 압록강 부근에서 소멸했다. 이번 태풍으로 제주도에는 568mm의 폭우가 내렸고, 순간 최대 풍속 초속 33m의 강풍이 기록되었다. 태풍으로 인해 현재까지 육십 여 명이 사망 또는 실종되었고 일조 원가량의 재산 피해가 발생할 것으로 예상된다고 했다.

실로 무시무시한 밤이었다. 학교에 가자마자 집에 전화했다. 우리 집도 태풍 피해를 비켜갈 수 없었다. 걱정했던 대로 비닐하우스가 크게 파손되었다. 비닐이 찢어지고 골조 일부가 뽑혀 나갔다. 우리 집은 그나마 다른 집들에 비해 피해가 덜한 편이라고 했다. 우리 논밭이 산 쪽에 바짝 붙어 있어서 바람의 영향이 덜 했다고 한다.

아버지에게 금요일 오후에 조퇴하겠다고 말씀드렸다. 아버지도 그럴 수 있으면 그렇게 하라고 하셨다. 이번 주말에는 피해 복구를 도와야 할 것 같다. 생각해 보니 어렸을 때는 농번기 방학이라는 것이 있었다. 일손이 달리는 농번기에 각자의 집에서 농사를 도우라는 취지의 방학이었다. 지금이야말로 피해복구 방학이 필요한 때가 아닌가 싶다.

주말 내내 태풍피해 복구 작업을 했다. 찢어진 비닐과 차광막을 걷어내고 비닐하우스를 연결했던 철골을 일일이 분해해서 철거했다. 새벽에 나가 밤늦게까지 쉼 없이 일했다. 며칠 뒤에 새로운 철골이 도착하면 비닐하우스 골조를 다시 세우고 비닐과 차광막을 덮는 작업을 해야 한다.

어제 점심을 먹을 때 아버지가 나에게 물었다. 공부는 어느 정도 하느냐고, 혹시 국립대에 갈 실력이 되느냐고. 아버지가 나에게 공부에 대해 물어본 건 그때가 처음이었다. 아버지는 그동안 내가 어느 대학에 가고 싶은지, 뭘 전공하고 싶은지에 대해서도 물어본 적이 없었다.

아버지는 나의 대학 등록금과 생활비를 이미 마련해 놓았었다고 한다. 그런데 그 돈을 비닐하우스 복구비로 먼저 써야 할 것 같다고 했다. 그래도 이번 가을에 밤을 수확하면 돈이 생기니까 등록금 걱정은 하지 말라고 했다. 그런데 밤나무들도 태풍 피해를 입기는 마찬가지였다.

나는 아버지의 물음에 확실하게 대답하지 못했다. 지금보다 조금만 더 점수를 올리면 국립대에 갈 수도 있겠지만 자신할 수는 없었다. 아버지에게 너무 죄송했다. 이런 내가 한심했다.

오늘이 수능 백 일 전이다. 낮에 학부모회에서 준비한 떡과 음료수와 아이스크림을 나눠줬다. 야간자율학습이 끝나고 권오와 함께 백일주를 마시기로 했다.

먼저 청기와슈퍼에 갔는데 학생한테는 술을 안 판다고 했다. 그래서 읍내 쪽으로 조금 더 나가 다른 슈퍼에 갔다. 거기에서도 술을 안 판다고 했다. 할 수 없이 부여중학교 앞에 있는 슈퍼까지 갔다. 이번에는 나 혼자 슈퍼에 들어갔다. 권오는 누가 보나 영락없는 학생인데 나는 키가 크니까 재수생이라고 하면 될 것 같았다. 내가 술병을 들었다. 주인아주머니가 술은 안 된다고 했다. 나는 스무 살이라고 했다. 그래도 신분증이 없으면 술은 안 된다고 했다.

하는 수 없이 다른 가게로 갔다. 거기에서도 주인할아버지에게 퇴짜를 맞았다. 마지막으로 청소년수련원 근처에 있는 가게에 갔다. 거기서는 술을 사려고 한다니까 아예 문도 안 열어줬다. 결국 우리는 빈손으로 돌아왔다.

성진이가 여전히 공부를 소홀히 하고 있다. 성병 사건 이후로 땡땡이는 많이 줄었지만 학교에 남아 있다고 해서 딱히 뭘 하는 것 같지는 않다. 그래도 책상 위에 뭔가는 펼쳐 놓는다. 모의고사 시험지다.

모의고사 시험지는 귀중한 공부 자료다. 그래서 대부분 애들이 시험지를 버리지 않고 모아둔다. 그리고는 두 번, 세 번, 네 번씩 다시 풀어본다. 모의고사 시험지 외에 특별할 만한 공부 자료가 없기 때문이기도 하다. 나도 2학년 때부터 봤던 모의고사 시험지를 다 가지고 있다.

나는 성진이에게 물었다. 혹시 모의고사 시험지를 다 가지고 있느냐고. 성진이는 딱히 버린 기억은 없으니까 찾아보면 어딘가에 다 있을 거라고 했다. 나는 정말 혹시나 하는 마음에 다시 물었다. 그 시험지를 나에게 줄 수 있느냐고.

성진이는 이유를 묻지 않았다. 그냥 자기 책상과 사물함을 뒤지더니 시험지가 나오는 대로 나에게 주었다. 성진이가 준 시험지는 1학기 때 본 3회분과 2학년 때 봤던 1회분, 총 4회분이었다. 시험지마다 채점한 흔적이 있었지만 생각보다 깨끗했다.

나는 내 시험지에 체크된 정답과 간단한 해설을 성진이에게 받은 시험지에 똑같이 옮겨 적었다. 알아보기 쉽게 천천히 또박또박 적어 나갔다. 꼬박 이틀이 걸렸다. 성진이가 그런 나를 격려했다. 내가 그런 식으로 공부하는 줄 알았던 모양이다.

일요일 오후, 나는 보급소에 들렀다. 소장님께 시험지를 건네며 미진이 누나에게 전해달라고 했다. 그 외에 별다른 말은 하지 않았다. 나는 단지 미진이 누나가 조금 더 편안해지길 바랄 뿐이다. 누나가 어떻게 받아들일지 모르지만, 그리고 언제까지가 될지는 모르지만, 내가 누나를 위해 할 수 있는 일이 있다면 뭐라도 해주고 싶다.

2학기가 시작되었다. 노스트라다무스가 예언했던 종말은 오지 않았다. 사실 나는 종말이 온다고 했던 날짜가 7월 언제쯤이었다는 것조차 잊고 있었다. 만약 종말이 왔다면 나는 학교에서 자율학습을 하다가 그것을 맞이했을 것이다. 그러나 나는 건재하다.

양원모가 자퇴를 했다. 양원모는 읍내 애들 패거리의 괴롭힘 때문에 스트레스와 불안에 시달려 왔다. 양원모는 담임선생님에게 그 사실을 알리고 도움을 요청했다. 담임선생님은 교장선생님과 상의하여 학교폭력대책자치위원회를 소집하기로 했다. 그러나 학교의 대응은 미온적이었다.

조사 과정에서 가해자들은 잘못을 인정하지 않았고 목격자들조차 침묵하거나 회피하는 태도를 보였다. 학교에서는 읍내 애들 패거리 중 일부를 불러 주의를 주었지만 그 이상의 조치를 취하지는 않았다. 위원회는 몇 주가 지나도록 열리지 않았다.

양원모의 부모님이 학교에 찾아와 교장선생님과 면담했다. 부모님은 학교가 보다 강력한 조치를 취해 줄 것을 요구했다. 결국 양원모가 가해자로 지목했던 애들 몇 명이 반성문을 제출했다. 그러나 그것 외에는 별다른 처벌을 받지 않았다. 양원모는 끝내 학교를 떠나기로 결정했다. 학교에서조차 보호받지 못하는 상황에서 더 이상 견딜 수 없었으리라.

나 역시 양원모를 돕지 못했다. 사실 나는 양원모에게 이런 억울하고 답답하고 지난한 과정이 있었는지 알지 못했다. 양원모가 떠난 후에야 비로소 이런 일이 있었다는 걸 들었을 뿐이다. 내가 양원모에게 지나치게 무심했던 거다. 아니, 일부러 무심하려고 했던 것 같다. 나는 비겁했다.

13   애틋한 재회

　휴대폰을 켰다. 비록 수신전용이었지만 이것저것 만져보다 몇 가지 기
능이 있다는 걸 알게 됐다. 매일 아침마다 문자 메시지로 두세 줄짜리 짤
막한 뉴스가 전해진다. 형이 휴대폰을 최저요금제로 바꾸기 전에 나우누
리에 접속해서 뉴스 수신을 신청해놓았던 모양이다. 요금청구서에 나우누
리 이용료가 표시되어 있지 않은 걸 보면 무료 서비스인 것 같다. 나는 문
자 메시지를 수신하기 위해 휴대폰을 계속 켜두었다.

　어쩌다가 전화벨이 울린다. 전화한 사람들은 모두 형의 친구이거나 형
을 아는 사람들이다. 나는 매번 비슷한 말을 한다. 나는 형의 동생이고 형
은 지금 군대에 있다고. 그러면 상대는 군말 없이 전화를 끊는다. 가끔은
전화를 못 받을 때도 있다. 아직까지 형을 찾는 전화가 걸려오는 걸 보면
형이 생각보다 발이 넓었던 것 같다.

어느새 9월 중순이다. 수능까지는 불과 두 달여 밖에 남지 않았다. 마음이 급해졌다. 그러나 하늘은 나에게 만회할 기회조차 주지 않았다. 몸에 탈이 난 것이다. 처음에는 몸이 나른하고 열감이 있는 것 같더니 하루가 지나자 으슬으슬 춥기 시작했다. 온 몸이 두드려 맞은 것처럼 아파서 잠조차 제대로 잘 수 없었다. 권오가 어디선가 해열진통제를 구해다 주었다. 약을 먹고 거의 정신을 잃은 것처럼 잠이 들었다.

자고 일어났는데도 여전히 열감이 느껴졌다. 다시 약을 먹고 겨우 학교에 갔다. 반쯤 넋이 나간 상태로 수업을 듣고 야간자율학습 때는 계속 책상에 웅크리고 있었다. 더 이상 먹을 약은 없었다. 시간이 약이다. 나는 근육통과 오한을 느끼면서 며칠을 그냥 버텼다. 역시나 나의 믿음대로 몸이 회복되었다.

어느덧 금성산 자락에 가을빛이 스며들고 있다. 이제 수능까지 오십일이 남았다. 친구 녀석들은 오십일에도 백일 때처럼 기념을 해야 한다며 뭔가를 준비하는 것 같았다. 나는 어차피 백일 때 백일주를 못 마셨으니 오십 일도 그냥 넘어갈 생각이었다.

저녁을 먹으러 자췻집에 돌아왔다. 몸이 회복돼서 그런지 입맛도 돌아왔다. 밥을 두 공기째 먹고 있는데 휴대폰이 울렸다. 며칠 동안 잠잠하더니 또 형의 지인인가 보다.

"여보세요?"

"네, 여보세요?"

여자다. 여자한테 전화가 온 건 처음이다.

"네, 말씀하세요."

"혹시 이 번호가 김찬 씨 휴대폰 번호 아닌가요?"

"네, 맞습니다. 제가 김산 씨 동생입니다. 저희 형은 지금 군대에 있습니다."

"네? 그게 무슨 말씀이시죠? 이거 김찬 씨 휴대폰 아닌가요?"

"네? 김찬 씨요? 제가 김찬인데요?"

"찬이 맞니? 나 미진이야."

전화한 사람은 자신을 미진이라고 했다. 목소리는 미진이 누나가 맞는 것 같다.

"네? 미진이 누나라고요?"

"응, 잠깐 통화 괜찮니?"

"그럼요. 그런데 누나가 제 휴대폰 번호를 어떻게 알고 전화한 거예요?"

"보급소 이모가 알려줬어. 얼마 전에 이모랑 얘기 하다가 네 얘기가 나왔는데 이모가 네 번호를 안다고 하더라고. 그래서 내가 알려달라고 했지."

"그랬구나. 어쨌든 너무 오랜만이에요. 잘 지냈어요?

"그럼, 잘 지냈지. 나는 이모한테 가끔 네 소식 들었는데. 너도 잘 지내지?"

"그럼요."

"아 참, 지난번에 네가 승업이 통해서 준 편지 잘 받았어. 네가 나를 그렇게 생각해주고 도와준다고 하니까 정말 마음이 든든하더라. 네 제안대로 너랑 같이 공부하면 좋을 것 같기도 했는데, 그러면 왠지 내가 너한테 방해가 될까 봐 망설여지더라고. 그래서 답장을 안 했던 거야."

"아, 그렇게 생각했었구나. 나는 진짜 괜찮은데. 어때요? 혼자 공부하는 건?"

"글쎄, 쉽다고만은 할 수 없지. 그래도 네가 전해준 책이랑 시험지가 정말로 많은 도움이 됐어. 빈출문제 개념 요약집은 지금도 매일 보고 있어."

"그래요? 그렇다면 다행이네요."

"진즉에 고맙다는 말을 했어야 했는데 너무 늦었네. 너는 무슨 키다리 아저씨처럼 그런 생각을 다 했니? 시험지 받았을 때는 조금 감동했어. 정말 고맙다, 얘."

"별것도 아닌데요, 뭘. 혹시 공부하는 데 뭐 필요하거나 힘든 거 있으면 말해요. 제가 도와줄 수 있는 거면 최대한 도울게요."

"그래, 말만으로도 고맙다."

"그런데 누나, 오늘이 수능 오십 일 전인 거 알고 있어요?"

"당연히 알고 있지. 안 그래도 그것 때문에 너한테 전화한 거야. 이런 날 응원이라도 해주고 싶어서. 어때? 이제 얼마 안 남았는데 긴장되고 그러지 않아?"

"긴장되죠. 긴장도 되는데 후회가 더 커요. 열심히 하지 않았다는 후회."

"에이, 열심히 했을 것 같은데 뭘. 그리고 벌써 후회를 하면 어떡해. 아직 오십일이나 남았는데. 마지막까지 최선을 다하면 되지."

"알았어요. 그러면 누나도 마지막까지 최선을 다해요. 우리 같이 열심히 해보자고요."

"그래, 우리 열심히 해서 나중에 꼭 웃는 얼굴로 보자. 파이팅!"

"아 참, 혹시 누나 삐삐 번호 예전 그대로예요?"

"응, 그런데 왜?"

"아니 또 뭐라도 줄 게 있으면 연락하려고 했죠. 아무튼 알았어요."

"그래, 전화든 삐삐든 편지든, 서로 연락할 일 있으면 연락하자. 그러면 잘 있어. 먼저 끊을게."

누나가 전화를 끊었다. 미진이 누나에게 전화가 올 거라고는 꿈에도 생각 못했다. 신기했다. 전화가 온 것도 신기한데 더 신기한 건 어색하지 않았다는 거다. 일 년 만에 직접 목소리로 나누는 대화였다. 그런데 우리는 자연스럽게 이야기했다. 마치 얼마 전까지 통화했던 사이처럼.

신문을 읽었다. 한반도를 강타했던 태풍 올가는 결국 역대 가장 큰 피해를 남긴 태풍으로 기록되었다. 다행히 정부가 참 발 빠르게 움직였다. 태풍이 지나가고 불과 두 달 만에 태풍 피해 농가에 대한 보상이 이루어졌다. 천 원. 어떤 과수농가에 지급된 보상금은 천 원이었다. 천만 원이 아니라 천 원이다. 대부분 농가가 일이만 원 정도의 보상금을 받았다.

보상금이 이렇게 적은 이유는 현행법 때문이라고 했다. 현행법에 따르면 보상을 받을 수 있는 피해 면적 기준은 최대 1헥타르로 제한되며, 보상액은 복구에 필요한 간접비용으로 책정된다고 한다. 한마디로 농약값 정도만 보상이 되었다는 말이다. 비닐하우스 재배 농가들도 막대한 시설물 피해를 입었으나 재해규정에 포함되지 않는다는 이유로 제대로 된 피해 조사조차 이루어지지 않았다.

이런 어처구니없는 법에 농민들이 분통을 터트렸다. 일선 공무원도 현실과 동떨어진 보상기준을 인정했다. 이 훌륭한 법 덕분에 우리 집은 아예 땡전 한 푼 받지 못했다. 이따위 법을 대체 어떤 놈이 만들었단 말인가? 이 법을 만든 놈들에게 농약을 먹이고 싶은 심정이다.

다행이 우리 아버지는 내가 생각했던 것보다 더 강한 사람이었다. 아버지는 실의에 빠져 있지 않았다. 갈팡질팡하지도 않았다. 오히려 구슬땀을 흘려가며 피해 복구에 온 힘을 쏟았다. 나도 주말마다 아버지를 도왔다. 아버지는 농협에서 대출을 받았다. 대출 받은 돈으로 피해 복구비용과 내년 농사를 준비하는 자금을 충당했다. 나의 대학 등록금 몫으로 모아놓았던 돈은 건드리지 않았다고 했다.

다시 미진이 누나가 문득문득 생각난다. 내가 의도한 건 아니지만 그렇게 됐다. 내 마음속에서 김미진이라는 불씨가 되살아난 것 같다. 하지만 나는 이제 욕심내지 않을 거다. 나는 그저 미진이 누나가 조금 더 편안해지길 바랄 뿐이다. 언제까지가 될지는 모르지만 내가 누나를 위해 할 수 있는 일이 있다면 뭐라도 해주고 싶다.

미진이 누나와의 통화 이후, 나는 한 가지 계획을 세우기 시작했다. 이른바 '수능 대비 스트레스 탈출 이벤트'다. 수능이 코앞으로 다가왔다. 이제라도 우리의 남은 에너지를 오롯이 공부에 쏟아 부어야 한다. 하지만 애석하게도 우리의 심신이 지쳐 있다. 누적된 스트레스가 집중력과 지구력을 저하시킨다. 한마디로 스트레스 때문에 공부 효율이 나빠지는 거다. 그러하기에 마지막 결전에 나서기에 앞서 쌓였던 스트레스를 한번 풀고 갈 필요가 있다. 한 번의 휴식이 절실하다.

내가 생각하는 휴식은 산책이다. 산책이 스트레스 해소에 좋다고 한다. 산책을 하면 엔도르핀이 분비되어 기분이 좋아지고 스트레스가 줄어든다. 그러므로 공부에 더 집중할 수 있고 스트레스로 인한 피로를 덜 느끼게 된다.

일요일 오후, 한나절의 휴식이라면 어떤가? 별로 부담스럽지 않을 것 같은데? 짧은 휴식을 통해 긴장을 풀고 에너지를 재충전하자. 다만 혼자여서는 안 된다. 산책을 하면서 친구와 이야기를 나누는 것이야말로 최고의 휴식이다. 그러므로 친구와 동행해야 한다. 나의 계획은 정말로 완벽하다. 나는 미진이 누나에게 나의 계획을 설명하고 동참을 제안하려 한다. 나의 수능대비 스트레스 탈출 이벤트에 대해 미진이 누나는 어떻게 생각할까? 동의해줄까? 동의한다면 동참해줄까?

나는 미진이 누나의 삐삐에 메시지를 남겼다. 얼마 후 미진이 누나에게 전화가 왔다. 내가 나의 계획을 설명하자 미진이 누나가 진지하게 들어주었다. 그리고 흔쾌히 동의했다. 우리는 일요일 오후에 부소산에서 만나기로 했다.

부소산 매표소 앞이 북적인다. 역시 부여의 명소답다. 나는 매표소 앞에 서서 밀려드는 사람들의 얼굴을 빠르게 훑었다. 저 인파와 함께 미진이 누나가 곧 올 것이다. 나는 목을 길게 빼고 누나를 찾았다.

누나가 걸어온다. 나는 누나를 향해 손을 흔들었다. 누나가 나를 알아보고 환하게 웃었다. 그 순간, 나는 시간이 느리게 흐르는 듯한 착각에 빠졌다. 누나의 걸음에 따라 살짝 살짝 흔들리는 긴 머리카락이 가을 햇살을 털어내며 금빛으로 빛났다. 옅은 파스텔 톤의 원피스는 부드럽게 흩날리며 누나의 여성미를 한층 돋보이게 했다. 누나의 아름다움은 단순히 외모 때문만이 아니라, 누나로부터 퍼져 나오는 저 부드럽고 평화롭고 청순한 그 무엇 때문일 거라는 생각이 들었다.

"찬이야, 이게 얼마 만이야? 그 사이에 키가 더 큰 것 같네?"

"누나는 키가 그대로네요. 그런데 얼굴은 더 좋아진 것 같아요. 긴 머리도 잘 어울리고요."

"예뻐졌다는 뜻이니?"

"뭐, 그런 뜻일 수도 있고요."

"오랜만에 이런데 오니까 옛날 생각난다. 예전에 너랑 같이 궁남지에서 산책했을 때."

"그러게요. 시간이 참 빠른 것 같아요. 그게 벌써 일 년 전이에요. 이렇게 다시 누나를 만나니까 왠지 뭉클하면서 감회가 새롭네요. 만나줘서 영광이에요 누나."

누나가 내 얼굴을 빤히 쳐다봤다.

"그러고 보니까 찬이 너 뭔가 좀 달라진 것 같다. 넉살이 좋아졌어. 얼굴에도 여유가 생기고."

"한 살 더 먹었잖아요."

나는 검표원에게 학생증을 보여주었다. 학생증 덕분에 우리는 무료로 입장할 수 있었다. 곧이어 두 갈래 길이 나왔다. 한쪽은 부소산 정상으로 올라가는 다소 가파른 길이었고, 다른 한쪽은 후문 쪽으로 향하는 평탄한 숲길이었다. 사람들은 대부분 정상 쪽으로 올라갔다.

우리는 자연스레 숲길로 걸음을 옮겼다. 우리는 빨강, 주황, 노랑으로 물든 나뭇잎을 바라보며 천천히 걸었다. 시간이 우리의 걸음에 맞춰 느리게 흐르는 듯했다. 걸을 때마다 바닥에 쌓인 마른 나뭇잎들이 사각사각 소리를 냈다. 누나는 사뿐사뿐 걷기도 하고 두 팔을 흔들며 춤을 추듯 걷기도 했다. 누나가 편안해 보였다.

"누나는 무슨 과 갈지 정했어요?"

"정하긴 했지. 그런데 비밀이야. 너는 정했니?"

"저는 아직요. 점수 나오고 나서 생각하려고요."

"그래도 어느 계열로 갈지는 정했을 거 아니야?"

"저는 취업이 잘되는 분야로 가려고요. 남들처럼 안정적인 직업을 갖고 평범하게 살고 싶거든요. 인문계열이 재미는 있을 것 같은데, 그런 거 전공해서는 먹고살기 힘들잖아요. 그래서 그냥 이공계 쪽으로 갈까 해요."

"너는 둘 다 잘 어울릴 것 같아. 인문학도라고 해도 어울리고, 왠지 공대생이라고 해도 잘 어울릴 것 같아."

"칭찬인가요? 고마워요 누나."

누나가 갑자기 몇 걸음 앞서 나가더니 나를 돌아보며 말했다.

"나 있잖아, 작년에 궁남지에서 너 봤는데."

"네? 궁남지요? 언제요?"

"작년에, 그러니까 추석 지나고 그다음 주쯤에. 저녁때였는데, 너 궁남지에 가지 않았어?"

작년 추석쯤이라면, 내가 누나에 대한 미련 때문에 궁상을 떨던 그때인

그늘진 모퉁이에 핀
들꽃 같은 그대에게

가 보다. 그때 나는 궁남지에 갔었지. 딱 한 번. 이별의식을 치르려고. 설마 그때 거기에 누나가 있었단 말인가? 설마 누나가 나를 본 건가?

"아니요. 저는 궁남지에 간 적이 없는데요?"

"그래? 분명 너 같았는데. 너처럼 키 크고 날씬한 까까머리가 흔하진 않잖아?"

"흔해요. 우리 학교에 오면 저같이 생긴 애들 엄청 많아요."

"나는 그때 너인 줄 알고 반가워서 인사하려고 했거든. 그런데 걸음이 너무 빨라서 못 따라갔지 뭐야. 네가 아니었구나. 어떤 사람인지 실루엣이 너랑 되게 비슷하더라."

"잘못 봤겠죠. 거기가 좀 어두웠잖아요. 아니, 그러니까 제 말은 거기가 어두웠을 테니까 잘못 봤을 거라고요."

누나는 이런저런 말을 많이 했다. 그런 누나가 즐거워 보였다. 즐거워서 말을 많이 하는 건지, 아니면 말을 많이 해서 즐거운 건지 잘 모르겠다. 어쨌든 즐거우면 됐다. 나도 즐거우니까.

산책로가 끝나가는 지점에 감나무가 있었다. 감나무의 가지 끄트머리에 홍시 몇 개가 달려 있었다. 나는 주위를 한번 둘러보았다. 우리 말고는 아무도 없었다. 내가 누나에게 감을 따주겠다고 했다. 내가 감나무에 올라가자 누나가 위험하다며 내려오라고 했다. 나는 감나무의 중간쯤까지 올라가서 가지 끝에 달린 홍시를 향해 상체를 숙이고 팔을 쭉 뻗었다. 감나무가 휘청거렸다. 이정도쯤이야 식은 죽 먹기다.

나는 잘 익은 홍시를 손바닥으로 쓱쓱 닦아서 누나에게 주었다. 누나가 홍시를 반으로 갈라 한쪽을 다시 나에게 주었다. 누나가 먼저 맛을 보더니 달다고 했다. 정말 그랬다. 우리는 후문을 통해 부소산을 빠져나왔다.

"누나, 수능시험 원서 접수는 했지요?"

"당연히 했지."

"재수생이면 원서 접수를 어디에서 하는 거예요?"

"내가 졸업한 학교에서. 부여고. 그런데 그것도 은근히 신경 쓸 게 많더라. 아 참, 내가 원서 접수하려고 찍은 사진이 있는데 한번 볼래?"

누나가 가방에서 조그만 수첩을 하나 꺼냈다. 꽤 오래 사용한 듯한 분홍색 수첩이었다.

"찾았다! 자, 어때? 잘 나온 것 같니?"

누나가 나에게 조그만 증명사진을 내밀었다. 나는 누나의 손바닥 위에 놓인 사진을 내려다보았다.

"음. 이런. 맙소사."

"왜? 무슨 문제라도?"

"아니요. 너무 예쁘게 잘 나와서요."

나는 사진을 자세히 보려고 허리를 숙였다. 그러자 누나가 사진을 수첩에 넣으려 했다.

"아니, 잠깐만요. 조금만 더 보고요."

"칫! 뭘 그렇게 자세히 보니?"

"누나, 이 사진 저 줄래요?"

"왜?"

"기념으로요. 다시 만난 기념. 그리고 오늘 제가 맛있는 감도 따줬잖아요."

"뭐야, 그 감이랑 이 사진이랑 같니?"

"아니 그게 아니라, 그냥 기념으로요."

그늘진 모퉁이에 핀
들꽃 같은 그대에게

"그래 알았어. 그런데 너 이거 버리지는 마라."

나는 누나의 사진을 잠깐 동안 들여다보다가 내 지갑에 넣었다.

누나가 수능이 끝난 후에 읽을 책을 하나씩 고르자고 했다. 우리는 청소년수련원 쪽으로 발걸음을 옮겼다. 청소년수련원 내에 작은 도서관이 있었기 때문이다. 가는 길에 부여시장에 들러 길거리 떡볶이를 먹었다. 꽤 걸었지만 적당한 햇볕과 선선한 가을바람 덕분에 전혀 힘들지 않았다.

도서관에는 사람이 거의 없었다. 누나는 소설과 에세이 코너에서, 나는 자기계발 코너에서 책을 골랐다. 누나는 『영혼을 위한 닭고기 수프』라는 책을 골랐다. 나는 『반갑다 논리야』라는 책을 골랐다. 하지만 빌리지는 않았다.

1층에 있는 매점으로 내려가 음료수를 마시며 잠시 쉬었다. 나는 잠바 안주머니에서 수능시험 준비물 리스트를 꺼냈다. 신분증, 수험표, 컴퓨터용 사인펜, 수정테이프, 연필, 지우개, 샤프심, 손목시계, 물병, 사탕이나 초콜릿, 머리끈과 머리핀, 소화제, 타이레놀 등을 적은 리스트였다. 나는 누나에게 하나하나 잘 챙기라고 당부하고 미리 준비해둔 머리끈과 머리핀을 선물했다. 머리칼이 긴 여자에게 머리끈과 머리핀이 유용하다는 정보는 라디오에서 들은 거였다.

어느덧 저녁 무렵이 되었다. 우리는 청소년수련원 앞에서 헤어지기로 했다.

"그럼 잘 가. 오늘 즐거웠어."

누나가 오른손을 내밀며 악수를 청했다. 나도 손을 내밀었다. 누나의 조그만 손이 내 큼지막한 손안에 쏙 들어왔다.

"따뜻하네."

누나가 말했다.

"네 손 말이야. 따뜻하다고."

"그러면 계속 잡고 있을래요?"

"아니, 그건 됐어."

누나가 손을 뺐다.

"누나."

"응?"

나는 말없이 누나의 얼굴을 바라보았다. 누나는 다른 곳을 보고 있었다.

"시험 잘 보라고요."

"그래, 너도."

누나가 다시 내 얼굴을 보며 말했다.

"그럼 잘 가요. 연락할게요."

누나가 비스듬히 비추는 저녁 햇살을 향해 먼저 돌아섰다. 나는 그대로
서서 멀어져가는 누나의 뒷모습을 응시했다. 서쪽하늘에 저녁노을이 만들
어지고 있었다. 어쩌면 누나는 저녁노을이 아닐까? 아름답고도 신비롭고
그윽한 저녁노을. 한순간 붉게 물들었다가 금세 사라지고 마는, 그래서 더
욱 애틋한 저녁노을 말이다.

내일부터 기온이 급격히 떨어진다고 한다. 작년 이맘때도 이렇게 추웠
던가? 라디오에서 예년보다 14일이나 빠른 추위라고 한다. 수능 예비 소
집일에도 추울 것으로 예상된다. 다행히 두꺼운 외투가 하나 생겼다. 서울

에 사시는 종조할머니가 당숙들이 입던 옷을 몇 벌 보내주셨다. 낡아 보이긴 해도 좋은 브랜드여서 그런지 원래 있던 내 옷들보다 훨씬 훌륭했다.

나는 내 책상에 미진이 누나의 증명사진을 붙여놓았다. 그리고 아침저녁으로 누나의 얼굴을 보며 인사했다. 가끔은 미진이 누나가 시험을 잘 보라는 뜻으로 사진에 기운을 불어넣는 시늉을 하기도 했다.

미진이 누나와 통화했다. 수능시험 전 마지막으로 결의를 다지자는 취지의 통화였다. 우리는 수능이 끝나고 웃는 얼굴로 보기로 했다. 수능이라는 공통된 주제로 함께 고민하고, 소통하고, 격려할 수 있는 사람이 있다는 게 좋았다. 그리고 그런 사람이 미진이 누나라서 더 좋았다.

하지만 한편으로는 알 수 없는 서글픈 예감이 밀려왔다. 수능이 끝나고도 우리의 관계를 이어갈 공감대가 또 있을까? 각자가 선택한 대학에 가면 다른 지역, 다른 환경에서 새로운 인간관계를 맺으며 살아갈 텐데. 그때도 서로가 서로에게 의미 있는 사람으로 존재할 수 있을까?

그러나 지금은 너무 깊이 생각하지 말자. 미련을 갖지도 말자. 욕심내지 않기로 했지 않은가. 지금까지도 충분히 기쁘고 보람됐으니 그걸로 된 거다.

14   각자의 길로

드디어 수능이 하루 앞으로 다가왔다. 담임선생님이 수험표를 나눠주고 이미 여러 번 설명한 적이 있는 시험 당일 일정에 대해 다시 한번 강조하셨다. 우리는 새벽 여섯 시 이십 분까지 부여박물관 앞에 집결하여 전세버스를 타고 공주시로 이동할 계획이다. 시험을 보는 곳이 공주시에 있는 공주사대부고였기 때문이다.

부여군 내에는 수험생 수가 이천 명 미만이라 고사장이 마련되지 않는다고 했다. 부여군 전체 수험생은 부여고와 부여여고, 그리고 규암상고를 다 합쳐도 천 명이 안 됐다. 결국 우리는 새벽에 모여 원정길을 떠나야 하는 처지가 되었다. 하지만 우리 선배들도 계속 그렇게 해왔으므로 으레 그러려니 했다.

미진이 누나도 우리처럼 새벽 버스를 타고 공주시로 넘어가야 하는 상황이다. 누나는 금성여고에서 시험을 본다고 했다. 내가 건네준 리스트를 보고 준비물을 꼼꼼히 챙겨가야 할 텐데. 혹시 너무 긴장한 나머지 몸에 탈이 나지는 않겠지?

나는 일찍 잠자리에 들었다. 그러나 쉽게 잠들지는 못했다. 긴장도 되고 그동안의 노력에 대한 후회도 밀려왔다. 그렇게 복잡한 심정으로 뒤척이다가 새벽 두 시쯤 잠든 것 같다. 알람을 두 개나 맞춰놓고 잤는데 알람이 울리기도 전에 먼저 눈이 떠졌다.

나는 대충 씻고 밥을 챙겨 먹은 뒤 도시락을 쌌다. 도시락은 몇 숟가락 정도의 밥과 국물이 없는 오징어채로 간단하게 쌌다. 그리고 옷을 든든히 챙겨 입고 자취방을 나섰다. 권오가 복도에서 기다리고 있었다. 우리는 부여박물관을 향해 걸어갔다. 도로에 줄지어 서 있는 가로등이 희미한 불빛을 내려 보냈다. 새벽 공기가 몹시 차가웠지만 기분은 상쾌했다. 공기의 습도와 냄새가 하늘이 맑음을 짐작케 했다. 나는 걸음을 재촉했다.

부여박물관 주차장에 우리를 태울 전세버스들이 헤드라이트를 켠 채 늘어서 있었다. 그 주변으로 일찍 도착한 친구들이 삼삼오오 모여 발을 동동거리며 서 있었다. 부모님들도 여럿 있었다. 곧이어 승용차 한 대가 주차장 입구에 멈추더니 세 사람이 내렸다. 성진이와 성진이의 큰누나, 그리고 매형이었다. 성진이는 검은색 가죽잠바 차림에 올백머리를 하고 왔다. 머리에 무스를 얼마나 많이 발랐는지 멀리서 걸어오는데 머리만 반짝반짝 빛났다. 그 모습이 평소보다 더 껄렁해 보였다. 이런 와중에도 멋을 내고 왔다는 게 신기했다.

여섯 시 이십 분이 되자 반별로 인원파악을 했다. 우리는 모두 재주껏 잘 도착해 있었다. 드디어 우리를 태운 버스 행렬이 어둠을 뚫고 달리기 시작했다. 나는 부족한 잠을 보충하기 위해 눈을 감았다. 내가 다시 눈을 떴을 때는 버스가 우금치 고개를 넘어 속도를 내고 있었다. 어둠은 흔적도 없이 사라진 뒤였다. 공주 시내에 들어서자 낯선 도시풍경이 주는 이질감 때문인지 괜히 더 긴장됐다.

마침내 우리를 태운 여덟 대의 버스가 공주사대부고 운동장에 도착했다. 역시 명문고라 그런지 교정이 잘 정돈되어 있었다. 우리는 담임선생님의 격려를 뒤로하고 각자 배정된 교실을 찾아 흩어졌다. 나는 2층으로 올라갔다. 교실에는 모의고사 때처럼 책상이 다섯 줄로 배치되어 있었고 가운데에 석유난로가 놓여 있었다. 우리 반 친구들 몇 명도 나와 같은 교실에 배치되었다. 좌석표를 보고 확인한 내 자리는 창문 바로 옆, 앞에서 네 번째 자리였다. 창문에서 느껴지는 한기와 난로에서 전해지는 온기가 합쳐져 춥지도 덥지도 않은 딱 좋은 자리였다.

시험이 시작됐다. 나는 문제에만 온 신경을 집중했다. 침착하게 답안지를 마킹하고 수험표에 답을 옮겨 적었다. 1교시가 끝났음을 알리는 방송이 나오자 선생님이 빠르게 시험지와 답안지를 걷어갔다. 쉬는 시간에 화장실이 붐빌 것 같아 나는 급하게 화장실부터 갔다. 화장실은 예상대로 복작복작 했다. 좁은 공간에 그렇게 사람이 많은데도 창가에서 담배를 피우는 무리가 있었다. 성진이가 그 무리에 끼어 있었다. 성진이는 나를 보더니 무척 상기된 얼굴로 반가워했다.

"야, 김찬 씨발 좆빠져! 나 이번 시험 좆나 잘 볼 것 같아!"

"왜? 1교시 잘 봤어? 얼마나 잘 봤기에 그래?"

"나 좆나 운 좋아. 앞쪽 대각선 자리에 앉은 애가 사대부고 애야. 나 걔거 다 베꼈잖아!"

성진이는 여전히 상기된 얼굴로 이야기했다.

"어떻게 베껴? 그게 보여?"

"시험 시작하기 전에 개한테 좀 보여 달라고 했지. 아침에 개랑 얘기하다 보니까 사대부고 애라는 거. 씨발 좆빠지지 않냐? 내가 개한테 나 시험 망치면 좆되니까 네가 좀 도와줘라. 시험지에 답만 크게 적어줘. 그럼 내가 알아서 볼게. 이렇게 말했더니 진짜로 좆나 잘 보여주는 거. 좆나 순진한 새끼여!"

"그래? 야 너 진짜 운 좋네. 혹시 네가 보여 달라고 막 협박한 건 아니지?"

"하하하! 김찬! 네가 나를 좆나 나쁜 놈으로 아는구나? 아녀 임마! 하하하!"

나는 성진이의 자랑 같은 이야기를 뒤로하고 교실로 돌아왔다. 이 고사장에는 우리 부여고뿐만 아니라 공주사대부고와 공주고 학생들도 섞여 있다. 그래서 대각선 자리에 공주사대부고 학생이 앉을 수도 있는 것이다. 공주사대부고는 인근 시군에서 성적이 최상위권인 학생들만 갈 수 있는 명문고다. 그러니 공주사대부고 학생이라면 공부를 잘할 거라는 건 의심할 여지가 없다.

하지만 커닝을 할 수 있다고 해서 모두가 그렇게 하지는 않는다. 답을 보여 달라고 부탁한 성진이도 대단하지만 진짜로 보여줬다는 그 애도 대단한 것 같다. 그 애는 모범생일 테니 성진이처럼 인상이 무섭게 생기고 껄렁해 보이는 애를 겪어보지 못했을 수 있다. 그래서 성진이에게 겁을 먹고 마지못해 성진이의 요구에 응한 것이리라. 나는 그 애가 불쌍했다. 이렇게 중요한 날에 하필이면 성진이를 만날 게 뭐람.

사실 성진이의 행위는 커닝이라고 할 수 없다. 커닝은 상대가 모르는 상태에서 몰래 훔쳐보는 것이므로 상대의 심리나 시험 결과에 영향을 미치지 않는다. 하지만 성진이는 그 애한테 부정행위에 동조하게 함으로써 심리적 부담을 안겼다. 그 애는 원래 자기 실력보다 낮은 점수를 받게 될 것이고 반대로 성진이는 원래보다 높은 점수를 받을 것이다. 극단적으로 생각하면 이번 일 때문에 그 애의 인생행로가 완전히 달라질 수도 있다. 그래서 이것은 단순한 커닝이 아니라 강도짓이나 다름없다.

나는 성진이의 말을 최대한 신경 쓰지 않으려고 애쓰면서 2교시에 임했다. 2교시는 내가 가장 자신 없는 수리영역이었다. 나는 시험지를 넘기면서 알만한 문제만 먼저 풀고 나머지는 찍었다. 점심시간이 되자 교실이 시끌벅적했다. 오전에 느꼈던 긴장감은 거의 다 사라지고 3년 동안 기다렸던 자유의 순간이 몇 시간 앞으로 다가왔다는 기대와 설렘이 꿈틀거렸다.

나는 도시락을 먹은 후 소화도 시키고 마음도 가라앉힐 겸 천천히 복도를 걸어 다녔다. 유독 시끄럽게 떠드는 한 무리 옆을 지나치는데 무리 속에 있던 성진이가 나를 붙들었다.

"야 김찬, 2교시도 잘 봤냐?"

"응 그럭저럭. 너는 잘 봤어?"

"나야 뭐 좆빠지지. 찬이야 나는 서울로 간다. 서울대는 못 갈 거 같고, 어디 한양대 정도 갈까?"

성진이는 자신감 넘치는 얼굴로 평소에는 생각지도 못했을 학교 이름을 들먹였다. 나는 성진이의 뻔뻔함에 놀라고 실망했지만 내 기분을 드러내지는 않았다.

"뭐야, 엄청 잘 봤나보네? 대단하다야."

"뭐 이 정도 가지고. 역시 기회는 쟁취하는 거야. 하하하!"

그때 옆에 서 있던 우리 학교 애들 몇 명이 따라 웃었다. 성진이는 자신이 벌이고 있는 일을 다른 애들한테도 이미 떠벌린 것 같았다. 그렇게 하여 친구들로부터 동조와 인정을 얻음으로써 죄책감을 희석하고 있는 것처럼 보였다. 내가 아는 성진이는 이렇게까지 뻔뻔하거나 무모한 애는 아니었다. 성진이도 옳고 그름쯤은 분간할 수 있으리라 생각한다. 나는 안타까운 마음을 안고 교실로 돌아왔다.

3교시는 무려 백십 분 동안 치러지는 수리탐구영역이었다. 내가 가장 잘하는 과목이자 최대한 높은 점수를 확보해야 하는 전략과목이기도 했다. 나는 막힘없이 문제를 풀어 나갔다. 하지만 마지막 시간인 외국어영역은 시간 내에 문제를 다 풀지 못했다. 모의고사 때도 늘 그랬었다. 그래서 나는 아예 처음부터 긴 지문이 달린 문제 몇 개를 포기하고 나머지 문제들에 더 집중하는 전략을 썼다. 외국어영역은 반타작만 하는 걸 목표로 삼았다.

4교시가 끝나고 시험감독 선생님이 회수한 답안지를 확인하는 동안 우리는 교실에서 대기했다. 결과가 어떻게 나오든지 마음만은 홀가분했다. 얼마간의 기다림 끝에 퇴실이 허락되자 아이들이 일제히 환호성을 질렀다.

나는 운동장으로 나가 버스가 있는 곳으로 갔다. 담임선생님도 긴장이 풀렸는지 한결 편안한 얼굴로 우리를 맞이했다. 버스에 올라 좌석에 앉으니 비로소 피곤함과 약간의 허기가 느껴졌다. 그제야 미진이 누나가 생각났다. 누나도 시험을 치르고 나왔겠지? 나는 빨리 돌아가서 누나와 통화하고 싶었다. 그런데 오늘은 그냥 쉬게 놔둬야겠다. 누나도 나처럼 피곤할 테니까. 그래도 마음만은 홀가분했으면 좋겠다.

수능이 끝났는데도 세상은 그대로였다. 읍내에서 통학하는 애들이 신문을 사왔다. 신문에 수능시험 답안이 실려 있기 때문이다. 나는 긴장된 마음으로 가채점을 시작했다. 수험표에 적어온 답과 신문에 실린 답을 맞춰보았다. 결과는 다소 실망스러웠다. 시험을 잘 봤다고 생각했는데 아니었다. 평소 모의고사 점수보다 약간 낮은 점수가 나왔다.

　나의 점수보다 나를 더 우울하게 하는 것은 성진이의 가채점 결과였다. 성진이는 330점대 점수가 나왔다. 평소 점수보다 90점이나 더 나온 것이다. 성진이의 커닝은 대성공이었다.

　수능이 끝나자 더 이상 수업을 하지 않았다. 대신 교실에서 하루에 한두 편씩 영화를 봤다. 한 친구 녀석이 매일 새로운 비디오테이프를 가져왔다. 그 녀석의 친척이 비디오가게를 한다고 한 것 같다. 어떤 영화는 너무 야하거나 폭력적이어서 시청 도중에 담임선생님이 꺼버리기도 했다.

　수능이 끝나고 며칠이 지났다. 아직도 미진이 누나한테서 연락이 없다. 수능 다음 날 누나의 삐삐에 메시지를 남겼지만 하루 종일 전화가 오지 않았다. 그로부터 이틀에 한 번꼴로 호출 메시지를 남기고 있다. 무슨 일이 있는 게 분명하다. 우리는 수능이 끝나고 웃는 얼굴로 보기로 약속했었다. 누나는 아무런 이유 없이 약속을 저버릴 사람이 아니다.

　혹시 내가 누나에게 실수한 게 있었던가? 아니면 누나가 시험을 망쳤나? 시험 결과가 너무나 실망스러워서 아무것도 하기 싫은 걸까? 설마 어디가 아픈 건 아니겠지? 얼마나 아프기에 연락도 못한단 말인가. 그도 아니면 단순히 며칠째 계속 쉬고 있는 건지도 모른다. 그동안 많이 지쳤을 테니까.

이런 상황도 생각해볼 수 있다. 누나가 가방을 잃어버렸다. 늘 들고 다니던 커다란 가방을. 그런데 그 가방 안에 삐삐와 수첩이 들어 있었다. 삐삐가 없으니까 내 연락을 받을 수 없고, 내 휴대폰 번호가 적힌 수첩이 없으니까 나에게 전화할 수 없는 거다. 만약 그랬다면 누나는 곧장 소장님을 찾아갔을 거다. 소장님에게 내 휴대폰 번호를 물어서 금방 전화했을 거다. 그래, 소장님. 보급소에 가서 소장님에게 미진이 누나의 소식을 물어봐야겠다.

보급소에 갔다. 소장님은 미진이 누나가 나와 종종 연락하고 지낸다는 걸 알고 있었다. 그래서 나는 말을 돌리지 않고 바로 물었다. 내 예상과 달리 소장님도 미진이 누나의 소식을 모른다고 했다. 미진이 누나가 수능시험이 있기 며칠 전까지는 보급소에 왔었는데 정작 시험이 끝난 후에는 오지 않았다는 것이다. 소장님이 보기에도 무슨 일이 있는 것 같단다. 그래서 오늘쯤은 미진이 누나의 집에 전화해볼 참이라고 했다.

다시 며칠이 지났다. 미진이 누나에게도, 소장님에게도 연락이 없다. 나는 혹시 내 휴대폰이 고장이 난 게 아닐까 하는 의심을 했다. 그래서 공중전화로 내 휴대폰에 전화를 걸어 보았다. 휴대폰은 정상이었다. 나는 누나와 우연이라도 마주치길 바라며 읍내에도, 궁남지에도, 부소산에도 몇 번이나 가서 서성거려 보았다. 하지만 누나의 모습은 찾을 수 없었다.

수능 점수가 발표되었다. 내 점수는 가채점 때와 비슷했다. 성진이도 가채점 때와 비슷하게 324점을 받았다. 그런데 성진이만큼 놀라운 점수를 받은 친구가 또 있었다. 이왕주였다. 원래 성진이보다도 성적이 낮았던 이왕주가 무려 330점을 받았다. 커닝이 아니고서는 불가능한 점수였다. 담임선생님이 성적표를 나눠주면서 성진이와 이왕주의 부정행위를 엄히 꾸짖었다. 담임선생님은 점수보다 더 중요한 것이 정직이라고 했다. 성진이는 담임선생님의 꾸중에 불쾌한 낯빛을 숨기지 않았다.

나는 특차전형으로 원서를 썼다. 특차는 정시전형과 달리 내신, 논술, 면접이 없이 오직 수능 성적으로만 선발하는 전형이라 복잡한 준비가 필요하지 않았다. 어쩌면 귀찮은 과정을 피하고 싶어 특차를 선택했는지도 모르겠다.

담임선생님과 형식적인 입시상담을 한 번 했다. 담임선생님은 나에게 천안에 있는 C대학교 특수교육과에 가라고 했다. 나 같은 애가 특수교육과에 잘 맞는다고 했다. 나 같은 애라는 말이 무슨 뜻일까? 나는 특수교육과가 뭐하는 데냐고 물었다. 담임선생님은 특수교사를 양성하는 학과라고 했다. 나는 특수교사는 무슨 일을 하는 사람이냐고 다시 물었다. 담임선생님은 심신의 장애나 발달지체로 인해 일반적인 교육이 어려운 학생들을 지도하는 사람이라고 했다. 나 같은 애라는 말이 인간에 대한 사랑과 사회에 봉사하는 품성을 갖춘 사람을 뜻하는 거라면, 담임선생님은 나를 한참 잘못 보신 거다.

나는 담임선생님께 대전에 있는 M대학교는 어떠냐고 물었다. 내 점수로 갈 수 있는 지방 대학교 가운데 그나마 심리적 거리가 가장 가까운 곳이 M 대학교였다. 우리 아랫집 형이 M대학교에 다니고 있었기 때문이다. 그 형은 어려서부터 찬찬하고 성실한 성격이었다. 엄마는 그 형이 참 얌전하다며 칭찬하곤 했다. 그래서인지 그 형이 다니는 학교라면 왠지 좋은 학교일 것 같았다. 담임선생님이 무슨 과에 지원할 거냐고 물었다. 나는 컴퓨터공학과라고 했다. 그건 우리 형이 컴퓨터공학과였기 때문이다. 결국 나는 내 주위에서 가장 가까운 두 사람을 본보기 삼아 내가 지원할 대학과 전공을 결정했다.

나는 M대학교 컴퓨터교육과에 특차로 지원하여 합격했다. 컴퓨터공학과가 아니라 컴퓨터교육과였다. 원서를 접수하러 갔다가 현장에서 학과를 바꿨다. 원서접수 창구에 놓여 있는 학과 소개 팸플릿을 보다가 M대학교에 컴퓨터교육과가 있다는 걸 그때서야 알게 됐다. 나의 마음이 갑자기 컴퓨터교육과 쪽으로 기울어졌다. 어차피 컴퓨터로 벌어먹고 사는 거라면 남을 가르치는 일을 하는 게 더 나을 것 같았다. 다소 즉흥적인 결정이었지만 그렇게 하여 나는 컴퓨터교육과에 지원했고, 합격했다.

방학 한 후에도 며칠 더 자췻집에 머물렀다. 이미 대학에 합격한 상태라 더 이상 학교에 볼일은 없었다. 나는 미진이 누나의 연락을 기다렸다. 무슨 소식이라도 들을까 싶어 거의 매일 보급소에 들렀다. 그때마다 소장님을 만날 때도 있고 못 만날 때도 있었다. 소장님은 늘 같은 대답뿐이었다.

12월 말이 되자 자취방을 비울 수밖에 없었다. 나는 이삿짐을 챙겼다.

살림살이는 많지 않았다. 자취방에 딸린 책상과 냉장고를 빼면 내 살림인 옷과 이불, 밥솥과 밥그릇 등을 다 합쳐도 택시 한 대에 충분히 실을 수 있는 양이었다.

미진이 누나가 사준 연두색 남방과 〈어니스티〉 악보도 챙겼다. 책상을 정리하던 중 서랍 깊숙한 곳에서 낯익은 편지를 발견했다. 작년 여름에 내가 썼던 편지였다. 전하지 못한 편지. 나는 편지를 읽으며 그때의 내 감정을 다시금 느꼈다. 돌이켜보면 그때가 가장 뜨거웠던 것 같다.

결국 이렇게 다시 이별인 건가? 물론 우리의 관계는 우리 스스로도 뭐라 규정할 수 없을 만큼 불분명한 것이었다. 그러하기에 이러한 상황을 이별이라 말할 수는 없다. 이별이 아니면, 관계의 종결인 건가? 예전에 누나의 전 남자친구가 돌아왔을 때 그랬던 것처럼, 수능이 끝났으니까 이제는 나의 효용이 다하여 자연스레 관계가 끝난 것인가?

하지만 괜찮다. 미진이 누나에게 나쁜 사고가 있는 것만 아니라면 지금 누나가 어떻게 생각하고 있더라도 나는 다 괜찮다. 나는 미진이 누나로부터 내가 누나에게 해준 것보다 더 많은 것을 되돌려 받았다. 나는 누나에게서 자기감정을 들여다보는 법, 차분히 생각하는 법, 솟구치는 감정을 다독이는 법을 배웠다. 그리고 좋아하는 사람을 위해 무언가를 해줄 때 가장 기쁘다는 사실도 깨닫게 되었다. 이것들이 내가 누나로부터 받은 귀중한 선물이다. 이미 나는 많은 것을 받았다. 그러니 괜찮다.

집에 돌아와서 곧바로 새로운 천년을 맞이했다. 이른바 뉴밀레니엄이다. 2000년 1월 1일이라는 날짜가 낯설었다. TV에서는 새천년이라고 떠들썩하지만 어차피 똑같은 세월일 뿐이고 지구가 태양 주위를 도는 것 또한 여전하다. 새천년의 첫날 아침에는 하늘에 먹구름이 가득했다. 그래서 일출을 보지 못했다. 하지만 상관없다. 24시간 후에 어제와 똑같은 태양이 다시 떠오를 테니까.

방학 내내 집에서 농사일을 거드느라 바빴다. 아버지가 버섯 농사의 규모를 늘렸다. 버섯 농사가 수익성이 좋은 모양이다. 비닐하우스도 한 동 더 필요해졌다. 나는 방학 동안 버섯목을 들여오는 일과 비닐하우스 짓는 일을 했다. 그 사이 대학교에서 기숙사 합격 통지서가 왔다. 기숙사비는 예상했던 것보다 훨씬 더 저렴했다. 아버지가 한시름 놨다며 기뻐했다. 아버지는 통지서를 받은 날 즉시 농협에 가서 기숙사비를 납부했다.

나는 가끔씩 지갑에서 미진이 누나의 사진을 꺼내 보곤 했다. 그럴 때마다 마음이 헛헛했다. 괜히 사진을 봤다가 마음이 헛헛해지기도 하고, 어떤 날은 그냥 마음이 헛헛해서 사진을 보기도 했다.

벌써 개학이다. 학교에 가봤자 별로 할 일은 없지만 그래도 졸업할 때까지는 매일 가야 했다. 몸만 고생이다. 지각하지 않게 버스를 타려면 여섯시 반에는 일어나야 한다.

정시전형을 택했던 애들은 방학 동안 꽤나 바쁘게 움직였던 모양이다. 이제 우리 반 애들은 대부분 각자의 진로를 정한 상태다. 정상국이 서울대 농경제학과에 합격했다. 정상국은 문과와 이과를 통틀어서 유일한 서울대

합격자가 됐다. 정상국은 드디어 용이 되었다. 개천에서 난 용. 용이 승천하면 더 멀리, 더 넓은 세상을 볼 수 있으리라. 평생을 땅만 밟고 사는 부류와는 차원이 다르겠지.

성진이는 국립대인 B대학교 법학과에 합격했다. 원서를 쓸 때 담임선생님과 성진이 사이에 마찰이 있었다고 한다. 자기 수준에 안 맞는 대학에 가면 수업을 못 따라갈 거라고, 게다가 부정하게 얻은 점수에 맞춰서 대학을 선택하는 건 옳지 않은 일이라고, 담임선생님이 끝까지 성진이를 타일렀다고 한다. 그럼에도 불구하고 성진이는 결국 B대학교 법학과에 지원했고, 합격했다.

이왕주는 대구에 있는 한 전문대에 가게 됐다. 이왕주는 그나마 양심적이었다. 그런데 학과 수석으로 합격하여 한 학기 등록금이 전액 무료라고 했다.

성진이와 이왕주는 부정행위 한 번으로 참 많은 것을 얻었다. 금전적 이득만 따져 봐도 그렇다. 성진이는 국립대에 간 덕분에 사립대에 비해 훨씬 적은 등록금을 내게 됐다. 이왕주는 아예 한 학기 등록금을 면제 받았다. 이 애들이 가져간 이익만큼 반대로 누군가는 손해를 봤다. 성진이로 인해 B대학교 법학과에 합격할 수 있었던 누군가가 억울하게 불합격했다. 한편 학과 수석이 될 수 있었던 누군가는 이왕주 때문에 수석의 영광과 등록금 면제 혜택을 놓쳤다.

담임선생님의 말대로 이런 일은 옳지 않다. 그런데 이런 일이 아무렇지 않게 일어났다. 성진이와 이왕주를 보기만 해도 기분이 나빠진다. 이 세상은 내가 생각했던 것보다 더 납득하기 어렵고, 부정의하고, 제멋대로다.

개학은 곧 졸업을 의미했다. 개학 후 일주일 만에 졸업식이 열리기 때문이다. 나는 정든 교정을 천천히 걸으며 묘한 감정에 사로잡혔다. 친구들과도 미리 인사를 나눴다. 작별 인사를 나눠야 할 사람이 한 명 더 있었다. 바로 소장님이다. 학교가 끝난 후, 읍내에서 큼직한 빵을 하나 사서 보급소로 갔다. 다행히 소장님을 만날 수 있었다. 그동안 고마웠다고 했다. 진심이었다. 소장님이 그런 나를 안아주었다. 멋있는 사람이 되라며 덕담도 해주었다.

미진이 누나 얘기를 하지 않을 수 없었다. 우리 두 사람이 똑같이 좋아하는 사람, 가장 각별하게 생각하는 사람이 미진이 누나였으니까. 그런데 나는 뜻밖의 이야기를 들었다. 미진이 누나가 취직했다는 말이었다. 그것도 다름 아닌 농협 사무직이란다. 나는 언뜻 이해가 되지 않았다. 얼마 전에 수능을 봤고, 이제는 대학에 가야할 사람이 갑자기 취직이라니.

소장님은 모든 게 다 잘됐으니 걱정하지 말라고 했다. 올해 초, 읍내에서 가까운 규암농협이라는 곳에서 남녀 각 1명씩을 특별채용했는데 그때 누나가 농협 조합장의 추천을 받아 합격했다는 것이다. 나는 여전히 이해가 되지 않았다. 누나가 어떻게 조합장의 추천을 받았단 말인가. 참으로 뜬금없는 소리였다. 소장님의 설명은 이랬다.

수능시험이 임박했을 무렵이었다. 미진이 누나의 큰아빠가 교통사고를 당했다고 한다. 게다가 뺑소니 사고였다. 그 사고로 인해 큰아빠가 많이 다쳤고, 즉시 병원에 입원했다. 보호자는 미진이 누나 혼자뿐이었다. 누나는 결국 수능시험을 보지 않았다.

큰아빠의 상태가 어느 정도 호전되자 누나가 관할 경찰서에 전화해 사고에 대한 조사 상황을 문의했다. 경찰서에서는 담당 형사가 아직 배정되지 않았다고 했다. 조만간 담당자가 배정되면 조사를 시작할 테니까 기다리라고 했다. 누나가 그 말을 듣고 며칠을 기다렸다. 그러나 경찰서에서는 연락이 없었다.

미진이 누나가 다시 경찰서에 전화하자 이번에는 지난번과 다른 형사가 받았다. 그런데 담당 형사가 휴가 중이라고 했다. 개인적인 일로 며칠 휴가를 낸 거니까 돌아오면 연락을 줄 거라고 했다. 그리하여 누나는 또 며칠을 더 기다렸다. 그러나 여전히 담당자의 연락이 없었다.

미진이 누나는 직접 경찰서에 찾아갔다. 누나는 또 다른 형사로부터 사건을 담당했던 형사가 다른 지역으로 전출을 갔으며 곧 새로운 담당자가 배정될 거라는 말을 들었다. 그 형사가 말하길, 자기는 담당자가 아니라 잘은 모르지만 목격자가 확보되지 않아 사고 조사가 어려울 거라고 했다. 그러면서 누나에게 경찰서에 전화만 하지 말고 본인이 직접 현수막도 걸고 전단지도 돌리고 하면서 목격자를 찾는 노력을 하라고 했다.

경찰의 말에 따라 누나가 진짜로 전단지를 만들었다. 누나는 거리를 오가는 사람들에게 전단지를 나눠주었다. 소장님도 시간이 날 때마다 누나를 도왔다. 당시는 한파가 절정에 다다른 한겨울이었다. 누나의 힘겨운 노력에도 불구하고 상황은 달라지지 않았다.

소장님의 이야기를 듣다보니 힘들었을 누나가 생각나서 마음이 아팠다. 그런데 소장님은 왜 그동안 나에게 이런 이야기를 하지 않았던 걸까? 내가 알았다면 뭐라도 도왔을 텐데. 하다못해 전단지라도 같이 돌렸을 텐데. 소장님이 일부러 말하지 않은 게 분명하다.

아무것도 모르는 나를 대신하여 누나에게 도움의 손길을 내민 사람은 누나의 전 남자친구였다. 전 남자친구가 전단지를 보고 누나의 사정을 알게 된 건지, 아니면 좁은 지역사회라 금세 소문이 돌아서 그런 건지는 모르겠단다. 어쨌든 미진이 누나의 전 남자친구가 찾아왔다.

전 남자친구는 경찰서와 관공서, 그리고 변호사인 학교 선배를 찾아다니며 상황을 수습하기 시작했다. 전 남자친구 덕분에 사고 가해자를 찾지 못했음에도 치료비를 보상받을 수 있는 길이 열렸다. 사고 당시 누나의 큰아빠가 일터로 나가던 중이었음을 근거로 산업재해 처리를 했다는 거였다.

미진이 누나를 추천했다는 농협 조합장도 누나의 전 남자친구와 관련이 있었다. 그 조합장이 바로 전 남자친구의 아버지라고 했다. 소장님은 마지막으로 덧붙였다. 그리고 이제는 전 남자친구가 아니라 그냥 남자친구라고.

【8년 후】

"찬이야! 여기야!"

"어, 먼저들 와 있었네? 다들 반갑다야."

"왜 이렇게 늦었어?"

"버스 시간이 안 맞아서. 보은에서 청양 오는데 버스 두 번이나 갈아탔어."

"차 한 대 뽑아. 이제 돈도 벌잖아."

"아직 첫 월급도 못 받았는데 무슨 차야. 그리고 보은에 있으면 딱히 갈데도 없어."

"그러니까 연애를 해. 애인이 있으면 갈 데 많아."

"그러냐? 그러면 네가 소개 좀 해주든가."

"야, 김찬! 나한테도 아는 체 좀 해라. 이게 얼마만이냐? 일단 앉아서 한잔 받아."

"응 성진아. 오랜만이다. 잘 지냈지?"

"나야 뭐 좆빠지지."

"사업은 잘되냐? 난 네가 사업한다고 해서 깜짝 놀랐다. 진짜 대단하다."

"찬이야, 나 이거 차리는데 좆나 힘들었어."

"왜?"

"씨발 텃세가 좆빠지니까. 청양 읍내에만 가스집이 몇 갠 줄 아냐? 다섯 개야. 거기에 나까지 가스집 차린다고 하니까 원래 있던 사장들이 날 가만 놔두겠냐? 만날 몰려와서 욕하고 때려 부수고, 칼 들고 와서 협박하고. 진짜 좆빠졌다."

"아무리 텃세가 심해도 그렇게까지 한다고? 고소하지 그랬어. 네가 법은 잘 알잖아."

"찬이야, 지역사회에서는 법보다 강한 게 인맥이야. 인맥에서 막히면 아무 일도 못해."

"그래? 그래서 넌 어떻게 했는데?"

"사장들한테 다 찾아가서 무릎 꿇었지 뭐. 나 한번만 살려달라고. 그렇게 몇 번 하니까 받아주더라. 지금은 같이 술도 먹고 형님 동생 하는 사이가 됐지."

"이야, 천하의 안성진이 무릎을 꿇었다고? 진짜 대단한데?"

"내가 누구냐? 남자가 한번 시작했으면 끝장을 봐야지."

"그래서 사업은 잘되는 거야?"

"응, 한 달에 이백 벌이는 돼. 나는 어디든지 다 배달해 주니까. 다른 사장들은 거리가 멀면 안 갖다줘. 그런데 난 아무리 멀어도 다 갖다 주거든. 그렇게 하다 보니까 단골이 조금씩 늘더라고."

"마인드가 좋네. 넌 사업이 체질인가 보다."

"찬이야, 너는 어떻게 지내냐? 거기도 시골이잖아?"

"시골이지. 장평이랑 비슷해."

"그럼 관사에서 사는 겨?"

"아니, 자취 해."

"너 그러다 진짜 자취의 달인 되겠다. 고등학교 때도 내내 자취만 했잖아."

"그래도 그때랑은 좀 다르긴 하지. 옛날에 자취할 때는 진짜 힘들었는데."

"너도 참 열심히 산다. 그건 내가 알지. 아무튼 반갑다야. 우리 오늘 좆나게 마시자!"

유리문을 열고 들어서자 낮은 천장과 함께 다소 어두운 내부가 눈에 들어왔다. 중앙에 커다란 원형 탁자가 자리해 있고 그 위에 고려청자 같은 빛깔의 화분이 놓여 있다. 안내데스크 앞에서 남자 직원 한 명이 어르신들에 둘러싸인 채 이야기를 나누고 있다. 데스크 너머에는 정갈한 유니폼을 입은 여자 직원 두 명이 앉아 있다. 그녀들은 각자가 마주한 모니터를 바라보며 업무에 몰두하고 있는 듯하다. 그녀들 중 젊은 여자가 먼저 나를 알아보고 말을 건넸다.

"안녕하세요, 고객님? 무엇을 도와드릴까요?"

"네, 통장 하나 만들려고요."

"그러시군요. 그러면 신규계좌 개설 도와드리겠습니다. 실례지만 어떤 용도로 쓰실 통장인가요? 목적에 따라서 추가 이자 혜택과 수수료 면제 혜택이 있거든요."

"월급 통장으로 쓸 거예요."

"그러시군요? 혹시 공무원이신가요?"

"네, 공립학교 교사니까 공무원이라고 할 수 있죠."

"아, 그러셨구나. 어쩐지. 속리산중학교 선생님이신가 보네요?"

"네, 이번에 신규로 발령받았거든요."

"어머, 축하드려요. 첫 부임지가 보은이라니, 정말 환영합니다. 그러면 공직자 우대 통장으로 만들어 드릴게요."

그녀의 목소리에는 친절함이 배어 있었다. 그에 걸맞게 컴퓨터와 서류를 다루는 손놀림이 노련했다. 나는 그녀의 안내에 따라 몇 가지 서류를 작성했다.

"다 됐습니다, 고객님."

"그런데 이 근방에서 현금인출기는 여기에만 있는 거죠?"

"아니요. 저쪽 우체국에도 있어요. 하지만 우체국에서 현금을 인출 하시면 수수료가 붙으니까 고객님은 이쪽으로 오시는 게 더 나으세요."

"네, 잘 알겠습니다. 감사합니다."

나는 통장을 들고 일어섰다. 그러자 그녀가 미소를 지으며 친절하게 인사했다. 미소 속에 비친 희고 가지런한 치아가 예뻤다.

"미진씨!"

"네, 계장님!"

그 소리에 내 귀가 번쩍 뜨였다. 나는 그녀의 유니폼에 달린 이름표를 보았다. 이런 우연이 있을까? 낯익은 이름이었다. 미진, 그녀의 이름은 송미진이었다. 나는 피식 웃고 말았다. 농협에 미진이라는 이름을 가진 사람이 한 명 더 있는데. 다른 농협에 있는 미진이도 건강하게 잘 있으려나.

"미진씨, 우리 판촉물로 나온 비누 있지? 그거 어르신들께 하나씩 나눠 드려."

"네, 계장님! 어르신들, 잠시만 기다리세요!"

그녀가 옆문을 열고 나갔다.

"아이고, 저 아가씨는 언제 봐도 참 상냥해. 우리 손주며느리 삼고 싶다니까."

"누구 마음대로? 저 아가씨가 자네 손자를 좋아해 준대?"

"그래서 뭐? 자네 손자는 잘났나?"

나는 어르신들의 옥신각신하는 소리를 뒤로 하고 밖으로 나왔다. 나의 발걸음이 학교를 향했다. 학교는 걸어서 십여 분 거리에 있다. 학교 주변은 대부분 논과 밭이다. 논과 밭을 따라 멀리까지 시선을 옮기다 보면 들판의 끝은 어김없이 크고 작은 산들에 닿아 있다.

이곳은 보은군 삼승면이다. 전형적인 시골이다. 내 고향, 청양군 장평면과 꼭 닮았다. 그렇다면 이곳에는 제2, 제3의 김찬들이 있으리라. 또한 제2의 안성진도 있으리라. 분명한 건 이들에게는 지독하게 현실적인 이야기든, 대책 없는 위로든, 어깨를 토닥이며 조언을 건네줄 어른이 부족하다는 사실이다.

이들이 느낄 막연함을 나는 안다. 이들이 느낄 불안을 나는 안다. 이들이 느낄 답답함과 속상함을 나는 안다. 이들이 앞으로 맞닥뜨리고 자각하게 될 불합리함을 나는 안다.

안타깝지만 현실을 바꿔줄 수는 없다. 정상국의 말처럼 세상에는 분명히 자신이 통제할 수 있는 것과 통제할 수 없는 것들이 있으니까. 다만, 이들이 자신과 주변을 돌아보고, 마음을 추스르고, 다시 생각할 수 있도록 도움을 주고 싶다. 교사로서뿐만이 아니라 그럴 책임이 있는 어른으로서 말이다. 어쩌면 그것이 이곳에서의 나의 소명이 아닐는지.

그늘진 모퉁이에 핀
들꽃 같은 그대에게

　나에게 이 소설을 쓰도록 동기를 제공한 사람은 나의 아내다. 아내는 나보다 두 살 연하다. 우리는 1980년대에 유년시절을, 1990년대에 학창시절을 보냈다. 그러나 우리 두 사람의 성장 환경은 사뭇 다르다. 나는 시골 출신이고 아내는 도시 출신이다. 아내에게 나의 어린 시절 이야기를 들려주면 아내는 공감하기는커녕 아예 믿지 못하겠다는 반응을 보일 때가 많다.

　나의 어린 시절은 그야말로 야성의 시절이었다. 열 살 겨울방학 때 토끼를 잡으려고 매일 뒷산을 헤집고 다닌 얘기, 쥐를 산 채로 잡아 가해하며 놀던 얘기, 당숙이 들고양이를 잡아먹은 얘기, 집에서 돼지를 도축했을 때 생간을 소금에 찍어먹고 따뜻한 돼지 피를 마셨던 얘기를 들려주면 아내는 그저 신기해할 따름이다. 들에는 달구지가 돌아다니고, 저녁이면 집집마다 아궁이에 불을 때서 하얀 연기가 피어올랐다. 집안에서는 할아버지가 짚으로 새끼줄을 꼬고 아버지는 쇠죽을 끓였다. 동네 아이들이 모두 희든 검든 고무신을 신고 다녔다. 아내는 이런 풍경을 TV 드라마에서만 봤다고 한다.

　아내와 나는 학교생활도 많이 달랐다. 선진적이고 좋은 것들은 언제나 도시 학교에 먼저 적용됐고 시골 학교는 가장 늦게 그 혜택을 맛봤다. 아내는 교실에서 화목 난로를 썼고, 그래서 아침마다 난로 당번이 장작을 타와 불을 지폈다는 사실도 알지 못한다. 처가에서 내 이야기에 공감해주는 사람은 장인어른뿐이다. 장인어른과 나의 어린 시절은 20년 넘는 시간 차가 있음에도 묘하게 닮았다. 한때 북한의 생활수준이 남한에 비해 20년 뒤처져 있다는 말이 있었다. 장인어른은 대전 토박이다. 남한 내에서도 도시와 시골의 시간은 20년 정도 차이를 두고 흘러갔다.

우리 아들을 보면 격세지감을 더욱 실감한다. 우리 아들은 나의 어린 시절과 비교도 안 될 만큼 풍요로운 환경에서 살고 있다. 집은 항상 깨끗하고 따뜻하며, 먹을 게 흔하고, 좋은 옷과 책과 놀거리가 많다. 나는 결코 부자가 아니다. 평범한 직장인이다. 그럼에도 우리 아들은, 아니 거의 대부분 아이는 부족함을 모르고 산다. 물질적인 면만 놓고 보자면 시대가 너무 좋아진 것이다. 나는 가끔 아들에게 지금이 얼마나 좋은 세상인지 말해주려 한다. 하지만 아내가 극구 만류한다. 어차피 얘는 당신의 말을 하나도 이해하지 못할 거라고. 당연히 그러하리라. 나 역시 우리 어머니가 어릴 적에 감자 한 개로 끼니를 때웠다는 이야기를 할 때마다 시큰둥하게 들었으니까.

아내는 말한다. 당신이 특이한 거라고. 아무리 세대차이가 난다지만 당신은 유독 더 옛날 사람 같다고. 나는 정보통신 분야에서 일하고 있는 엔지니어다. 컴퓨터와 통신, 그리고 전기를 공부했다. 요즘은 AI혁명을 관심 있게 지켜보고 있다. 그럼에도 나의 내면에는 여전히 어린 시절에 형성된 시골 정서가 진하게 배어 있다.

아내의 말대로 나는 특이하다. 그 말은 나의 어린 시절 경험과 그로 인해 형성된 시골 정서가 희소하다는 뜻이다. 희소한 것은 가치가 있다. 내 경험을 이야기로 만들면 어떨까? 아내에게도, 아들에게도, 어른이 돼서 만난 도시 친구들에게도 재미있는 이야기가 되지 않을까? 나는 그런 생각으로 이 소설을 쓰기 시작했다.

고등학교 때 자취방에서 지네를 잡았던 일을 첫 페이지에 썼다. 왠지 그 사건이 맨 처음 떠올랐다. 이 소설의 내용은 내가 학창시절에 경험했거나 관찰한 사건들에 바탕을 두고 있다. 1990년대 말 농촌지역 고등학생의 자취생활과 그 속에서 겪는 고군분투를 사실적으로 담아내 독자들에게 공감과 웃음을 주고자 했다. 특정 시대적 배경을 충실히 재현하며 정형화되지 않은 유머와 따뜻함을 더해 보았다. 디지털화 이전의 감성과 생활상이 독자들의 향수를 자극할 수 있기를 고대한다. 하지만 읽는 이의 재미를 위해 소설적 상상을 가미한 부분도 적지 않다. 가상의 인물 또한 여럿이다. 그러므로 이 소설은 순수한 창작물로서 읽혀야 한다.

이 소설은 성장소설이다. 주인공 소년이 주변 인물들과의 관계를 통해 내적으로 성장해 가는 과정을 그리고 있다. 주인공 소년 김찬은 단순하고 소박한 환경에서 자라왔지만 자취를 시작하며 다양한 인간관계와 삶을 경험한다. 김찬의 친구로 등장하는 이승업과 안성진은 기성세대의 시각으로 보자면 영락없는 문제아들이다. 그러나 이들에게도 각자의 사정과 고민이 있다. 이들은 청소년기의 방황과 갈등, 그리고 성장의 한 단면을 대표하는 인물이다.

예를 들어 안성진은 김찬과 대비되는 인물로서 청소년기의 혼란과 욕망을 상징적으로 보여준다. 안성진은 주로 문제적이고 반항적인 행동으로 묘사된다. 그는 자주 규칙을 어기고, 자신의 욕망에 솔직하며, 자신의 행동을 정당화하거나 자랑스럽게 떠벌리는 모습을 보인다. 김찬은 안성진의 행동을 비판적으로 바라보지만 때로는 그의 자유로움과 당당함을 부러워하기도 한다. 그러나 안성진에게 거리를 두며 자신의 정체성을 유지하려고 노력한다.

한편, 나는 이 소설에서 한국 사회의 불평등 구조가 청소년에게 미치는 영향을 조명하려 했다. 주인공이 자신이 마주한 현실을 인식하면서 느끼는 불만과 불안, 좌절감과 열등감, 가족애, 그리고 자아성찰에 대한 감정을 담담하게 그려 보았다. 이를 통해 독자들에게 공감과 성찰을 제공했으면 한다.

나중에 아들이 이 소설을 읽게 될 것을 감안하여 아버지로서 전하고 싶은 메시지도 담으려 노력했다. 우리 아들은 온라인이 디폴트인 세상에서 태어났다. 인터넷 검색도 키보드를 사용하지 않고 AI 비서에게 말로 시킨다. 아들에겐 그게 더 자연스럽다. 우리 아들은 요즘 애들답게 다방면에서 뛰어나다. 하지만 아쉬운 점도 많이 있다. 그런 아들에게 조금이나마 생각할 거리를 주고 싶었다.

누구에게나 과거가 있다. 아름다운 과거, 힘든 과거, 슬픈 과거, 잊고 싶은 과거. 과거는 단순히 지나간 시간이 아니다. 과거의 생각과 감정이 무의식 속에 남아 현재의 삶에 계속 영향을 미치기 때문이다. 과거는 참 끈질기다. 나는 이번 기회에 나의 어린 시절을 꽤 긴 시간 동안 반추해 보았다. 그러면서 과거를 다시 인식하고, 해석하고, 정리했다. 내 열등감의 뿌리에 접근하는 게 유쾌하지 않았지만 의미 있었다. 그리고 여러 사람의 얼굴을 떠올렸다. 모두에게 고맙고 미안했다. 소설을 쓰면서 깨달은 것이 있다. 지금 내 곁에 있는 사람들에게 잘하자는 거다. 이들도 결국은 과거의 사람이 되고 말 테니까. 이 단순한 사실을 왜 이제야 알게 됐을까.

소설을 퇴고하기까지 계절이 네 번 바뀌었다. 소설을 위해 시간과 체력과 정신력을 나눠 쓰는 건 쉽지 않았다. 나는 지금 보람과 해방감을 동시에 느낀다. 아내와 아들에게 소홀했던 시간을 끝내고 다시 내 자리로 돌아가려 한다. 이 지면을 빌어 가족과 친구, 직장 동료를 비롯하여 내 곁에 있어주는 모든 이에게 감사를 표한다.